Anna Hope

Verwachting

Vertaald uit het Engels door
Gerda Baardman

Ambo|Anthos
Amsterdam

MIX
Papier van verantwoorde herkomst
FSC® C004472

Eerste druk januari 2021
Tweede druk februari 2021
Derde druk april 2021
Vierde druk mei 2021
Vijfde druk juni 2021

ISBN 978 90 263 5285 0

Oorspronkelijke titel *Expectation*
Oorspronkelijke uitgever Doubleday, an imprint of Transworld Publishers
Omslagontwerp Marry van Baar, op basis van omslagontwerp van Jo Thomson / TW
Omslagillustratie © Georgia Kokolis / Gallery Stock / Trunk Archive
Foto auteur © Laura Hynd

Verspreiding voor België:
Veen Bosch & Keuning uitgevers nv, Antwerpen

Voor Bridie, als ze groot is, en voor Nimmi,
die me weer in het verhaal heeft geweven

Het probleem of de kwestie van het moederschap los je niet op. Je begeeft je op het terrein, ongeacht de gevolgen.

Mothers: An Essay on Love and Cruelty, Jacqueline Rose

London Fields

2004

Het is zaterdag, dus marktdag. In het late voorjaar of de vroege zomer. Halverwege mei; in de verwilderde voortuin bloeien de hondsrozen. Het is nog vroeg, althans voor het weekend – nog geen negen uur, maar Hannah en Cate zijn al op. Ze praten niet veel terwijl ze theezetten en boterhammen roosteren. Het zonlicht valt schuin de kamer in en verlicht de planken met de niet bij elkaar passende pannen, de kookboeken en de slecht geverfde muren. Toen ze hier twee jaar geleden kwamen wonen, hadden ze zich voorgenomen het monsterlijke zalmroze in de keuken over te schilderen, maar daar zijn ze nooit aan toegekomen. Nu vinden ze het leuk. Net als al het andere in het slordige, vriendelijke huis doet het warm aan.

Boven ligt Lissa nog te slapen. In het weekend staat ze zelden voor twaalven op. Ze werkt in een pub in de buurt en gaat na haar werk vaak nog uit – een feestje in een appartement in Dalston, een kroeg in de buurt van Kingsland Road of verder weg in de ateliers in Hackney Wick.

Ze eten hun toast op, laten Lissa slapen, pakken hun verschoten canvas boodschappentassen van het rekje aan de deur en lopen de stralende ochtend in. Ze slaan links af en dan rechts af naar Broadway Market, waar de kramen net worden opgezet. Dit is de mooiste tijd – voordat het druk wordt. Ze kopen amandelcroissants bij de bakker aan het begin van de straat. Ze kopen belegen cheddar en geitenkaas met een askorst. Ze kopen mooie tomaten en brood. Ze kopen een krant van de enorme stapel bij de deur van de Turkse slijter. Ze kopen twee flessen wijn voor later. (Rioja. Altijd rioja. Ze hebben geen verstand van wijn, maar weten wel dat ze rioja lekker vinden.) Ze slenteren langs de andere kramen, kijken naar bric-à-brac en vintage kleren. Er staan mensen voor de pubs, zoals altijd op Londense markten, om negen uur al met een pul bier in de hand.

Thuis leggen ze hun aankopen op de keukentafel, zetten muziek op, maken een heroïsche pot koffie en gooien de ramen naar het park open. Daar stroomt het gazon al vol met groepjes mensen. Af en toe kijkt iemand naar het huis. Ze weten wat die iemand dan denkt: hoe kom je aan zo'n huis? Wat moet je doen om in een victoriaans herenhuis van twee verdiepingen aan het mooiste park van Londen te mogen wonen? Gewoon, mazzel. Een vriend van een vriendin van Lissa had haar een kamer aangeboden, in hetzelfde jaar kwamen er nog twee kamers vrij en nu wonen ze hier alle drie. Alleen officieel is het niet hun eigendom. Ergens ver weg in Stamford Hill zit een makelaar, maar ze hebben het sterke vermoeden dat die niet bijhoudt hoe de buurt zich ontwikkelt, want de huur is al twee jaar niet verhoogd. Ze zijn stilzwijgend overeengekomen nooit iets te vragen en niet over het brokkelige linoleum of de vuile vloerbedekking te klagen. Die dingen zijn niet belangrijk als je zoveel van een huis houdt.

Rond elven wordt Lissa wakker; ze slentert naar beneden, drinkt een halve liter water, grijpt naar haar hoofd, gaat met haar koffie buiten op het stoepje zitten, draait een sjekkie en geniet van de ochtendzon, die de onderste stenen tree net begint te verwarmen.

Als er koffie is gedronken en sigaretten zijn gerookt en de ochtend in de middag is overgegaan, lopen ze met borden, eten en dekens het park in en gaan in het met lichtspikkels bestrooide lommer van hun lievelingsboom liggen. Langzaam eten ze van hun picknickgerechtjes. Hannah en Cate lezen om beurten de krant. Lissa beschermt haar ogen tegen de zon met het kunstkatern en kreunt. Even later trekken ze de wijn open en drinken die op, hij laat zich makkelijk drinken. De middag verdiept zich. Het licht wordt stroperig. Het geroezemoes in het park zwelt aan.

Zo is hun leven in 2004 in London Fields. Ze werken hard. Ze gaan naar theaters. Ze gaan naar galeries. Ze gaan naar optredens van bands van vrienden. Ze eten in de Vietnamese restaurants aan Mare Street en Kingsland Road. Op donderdag gaan ze naar vernissages in Vyner Street, ze lopen alle galeries af en drinken gratis bier en wijn. In de buurtwinkels weigeren ze plastic tasjes, al vergeten ze dat ook weleens. Ze fietsen overal naartoe. Ze dragen zelden een fietshelm. Ze gaan naar de film in de Rio in Dalston en bestellen pide in Turkse restaurants, drinken Turks bier en eten van die ingelegde Turkse groenten waarvan het water je in de mond loopt. Op zondagmorgen kopen ze in alle vroegte op de bloemenmarkt aan Columbia Road bloemen. (Als Lissa vroeg terugkomt van een feest koopt ze soms goedkope bloemen voor het hele huis – armenvol gladiolen en irissen. Soms krijgt ze ze voor niets omdat ze zo mooi is.)

Als ze een kater hebben gaan ze naar de stadsboerderij aan Hackney Road om te ontbijten met gebakken ei en worstjes tussen de gezinnen met krijsende kinderen; ze zweren altijd weer dat ze daar pas weer naartoe gaan als ze zelf kinderen hebben.

Soms gaan ze op zondag een eind lopen; langs Regent's Canal naar Victoria Park en verder, naar Greenway en Three Mills Island. Ze genieten van het uitzicht op Londen vanaf het kanaal.

Ze zijn geïnteresseerd in de geschiedenis van East End. Bij de boekhandel aan het eind van de straat kopen ze boeken over psychogeografie. Ze proberen door Iain Sinclair heen te komen, maar blijven in het eerste hoofdstuk steken en lezen andere, toegankelijker boeken over de *opeenvolgende immigratiegolven waaraan dit stadsdeel zijn karakter te danken heeft: de hugenoten, de Joden, de Bengalen. Ze zijn zich ervan bewust dat zij ook deel uitmaken van een immigratiegolf. Als ze heel eerlijk zijn, zouden ze die laatste golf het liefst tot stilstand brengen – ze zijn bang voor een tsunami van mensen zoals zijzelf.*

Ze maken zich zorgen. Over klimaatverandering – over het tempo waarin de permafrost in Siberië smelt. Over de kinderen in de torenflats achter het winkeltje waar ze hun koffie en taboulé kopen. Over de kansen van die kinderen. Over hun eigen betrekkelijk geprivilegieerde positie. Over steek- en schietincidenten, totdat ze lezen dat die voornamelijk bendegerelateerd zijn, waar ze dan opgelucht over zijn, waarover ze zich dan weer schuldig voelen. Ze maken zich zorgen over de gentrificatie die uit de Londense City naar de randen van hun park sluipt en eraan knabbelt. Soms vinden ze dat ze zich over al die dingen meer zorgen zouden moeten maken, maar op dit punt in hun leven zijn ze gelukkig, dus doen ze dat niet.

Ze maken zich geen zorgen over een atoomoorlog of over de rentevoet of de welvaartsstaat, of over hun vruchtbaarheid of hun ouder wordende ouders of hun studieschuld.

Ze zijn negenentwintig. Ze hebben geen kinderen. In alle andere generaties in de geschiedenis zou dat een opmerkelijk feit zijn. Zij merken het nauwelijks op.

Ze beseffen dat dit park – London Fields –, het gras waarop ze liggen, altijd gemeenschapsgrond is geweest waar het volk zijn koeien en schapen liet weiden. Dat vinden ze een mooi idee; ze denken dat het tot op zekere hoogte de aantrekkingskracht verklaart van dit kleine, rafelige lapje groen waarvan ze het gevoel hebben dat het van hen is. Ze hebben het gevoel dat het van hen is omdat dat ook zo is; het is van iedereen.

Het liefst zouden ze de tijd stilzetten – hier, nu, in dit park, in dit heerlijke middaglicht. Ze willen dat deze huizen betaalbaar blijven.

Ze willen sigaretten roken en wijn drinken alsof ze nog heel jong zijn en het niets uitmaakt wat ze doen. Het liefst zouden ze zich hier nestelen, in de schoonheid van deze warme middag in mei. Ze wonen in het mooiste huis aan het mooiste park in het mooiste deel van de mooiste stad ter wereld. Een groot deel van hun leven ligt nog voor hen. Ze hebben fouten gemaakt, maar geen noodlottige. Ze zijn niet heel jong meer, maar voelen zich nog niet oud. Het leven is nog kneedbaar en vol mogelijkheden. Alles ligt nog open.

Ze hebben nog tijd om te worden wie ze later willen zijn.

2010

Hannah

Hannah zit op de rand van het bed met het kunststof doosje met ampullen in haar hand. Ze haalt haar duimnagel langs de dunne verpakking en haalt er eentje uit. Hij weegt haast niets. Snel de naald erop, een tikje met haar vingertop om de luchtbellen weg te krijgen – ze weet wat ze doet, ze heeft het vaker gedaan. Maar toch. Misschien moet ze het moment ergens mee markeren.

De eerste keer, twee jaar geleden, had Nathan zich met de naald over haar heen gebogen en haar buik elke dag gekust terwijl de naald erin ging.

Vanmorgen kuste hij haar anders.

Hannah, dit is de laatste keer, beloofd?

Ze heeft het beloofd, want ze wist dat het na deze keer niet meer nodig zou zijn.

Ze trekt haar shirt omhoog en pakt een huidplooi. Een prikje en het is klaar. Dan staat ze op, trekt haar kleren recht en gaat de ochtend in, naar haar werk.

Lissa is er nog niet als Hannah de Rio in loopt, dus bestelt ze thee bij het barretje en gaat naar buiten. Het is september maar nog warm, en het is druk op het pleintje naast de bioscoop. Ze ziet Lissa's lange gestalte van het station door de straat aankomen en zwaait. Lissa heeft een jas aan die Hannah nog niet kent: smal bij de schouders en wijd uitlopend onder de taille. Haar haar is lang en los, zoals altijd.

'Mooi,' mompelt Hannah terwijl Lissa zich naar haar toe buigt voor een begroetingskus. Ze pakt de ruwlinnen revers tussen duim en wijsvinger.

'Die jas?' Lissa kijkt ernaar alsof het haar nu pas opvalt dat ze hem aanheeft. 'Die heb ik al jaren. Uit die kringloopwinkel in Mare Street. Weet je nog?'

Nooit een winkel waar je zelf ook zoiets zou kunnen kopen, altijd een kringloopwinkel of *die marktkraam, weet je wel, dat mannetje in Portobello?*

'Wijn?' vraagt Lissa.

Hannah trekt haar neus op. 'Mag niet.'

Lissa raakt haar arm aan. 'Ben je weer begonnen?'

'Ja, vanmorgen.'

'Hoe voel je je?'

'Prima. Ik voel me goed.'

Lissa pakt haar hand en geeft haar een kneepje. 'Zo terug.'

Hannah kijkt haar vriendin na, die naar de bar loopt, en ziet dat de jonge barman opveert bij haar aandacht. Ze lachen vrolijk samen en dan is Lissa weer buiten in de zon met een plastic bekertje rode wijn. 'Even een snelle peuk, oké?'

Hannah houdt de wijn vast terwijl Lissa een sjekkie draait. 'Wanneer ga je daar nu eens mee stoppen?'

'Binnenkort.' Lissa steekt de sigaret aan en blaast rook uit over haar schouder.

'Dat zeg je nu al vijftien jaar.'

'Echt? Nou ja.' Lissa's bedelarmband rinkelt als ze haar hand naar haar wijn uitsteekt. 'Ik heb een nieuwe afspraak,' zegt ze.

'O ja?' Het is heel erg, maar Hannah kan het nooit onthouden. Er zijn al zoveel audities geweest. Zoveel bijna gekregen rollen.

'Margetheater – maar wel goed. Goeie regisseur. Die Poolse.'

'Ah.' Nu weet ze het weer. 'Tsjechov?'

'Ja. *Wanja*. Jelena.'

'Hoe ging het?'

Lissa haalt haar schouders op. 'Goed. Gedeeltelijk tenminste.' Ze neemt een slok wijn. 'Wie weet? Ze heeft veel met me aan mijn manier van praten gewerkt.' Dan geeft ze een imitatie van de Poolse regisseuse ten beste, met veel maniertjes en accenten.

'Hier, nog eens. Maak het echt. Niet van die... hoe noem je? Emotie uit magnetron – hoogste stand. Twee minuten. Ping! Smaakt nergens naar.'

'Jezus,' zegt Hannah lachend. Ze staat altijd weer versteld van de onzin die Lissa te verwerken krijgt. 'Nou ja, als je de rol niet krijgt, kun je altijd nog een solovoorstelling maken, *Regisseurs die me hebben afgewezen*.'

'Dat zou best grappig zijn als het niet zo waar was. Nee. Het is wel grappig. Maar...' Lissa fronst haar wenkbrauwen en gooit haar sigaret in de goot. 'Zeg het toch maar niet meer.'

'Niet slecht,' zegt Lissa als ze uit de bioscoop komen en weer in het donker op straat staan. 'Deed een beetje aan Tsjechov denken.' Ze haakt haar arm door die van Hannah. 'Een hele tijd gebeurt er niets en dan ineens die emotionele dreun. De Poolse regisseuse zou het waarschijnlijk prachtig vinden. Maar wel lang,' gaat ze verder terwijl ze naar de markt lopen, 'en niet één behoorlijke vrouwenrol.'

'Niet?' Daar had Hannah nog niet bij stilgestaan, maar nu Lissa het zegt ziet ze in dat het waar is.

'Hij zou niet door de bechdeltest komen.'

'De bechdeltest?'

'Jezus, Han, en jij noemt jezelf feminist?' Lissa loodst haar naar de kruising. 'Dat weet je toch wel – zitten er twee vrouwen in? Hebben ze allebei een naam? Praten ze samen over iets anders dan een man? Bedacht door een Amerikaanse schrijfster. Massa's films komen er niet doorheen. De meeste.'

Hannah denkt na. 'Ze hadden wel zo'n gesprek,' zegt ze dan. 'Halverwege de film. Over die vis.'

Ze proesten van het lachen en steken gearmd over.

'Over vis gesproken,' zegt Lissa, 'zullen we iets eten? We zouden noedels kunnen halen.'

Hannah pakt haar telefoon. 'Ik moet naar huis. Ik moet morgen een rapport inleveren.'

'Over de markt dan?'

'Ja.' Hun favoriete route. Ze slalommen langs de met luiken afgesloten Afrikaanse kapperszaken, langs wankele stapels kartonnen dozen, kratten overrijpe mango's waar vliegen omheen zwermen. De metalige bloedlucht uit de slagerswinkels.

Halverwege de straat is een kroeg waar een groepje jonge mensen met bontgekleurde cocktails met retroparasolletjes op de stoep staat. De sfeer is ongedwongen en ze zijn luidruchtig; sommigen hebben ondanks de schemer hun zonnebril nog op. Als Lissa ze ziet houdt ze haar pas in en trekt aan Hannahs arm. 'Kom op – één drankje?'

Maar Hannah is ineens moe – geïrriteerd door de jonge mensen die op een doordeweekse avond staan te lachen, door

Lissa's stuurloosheid. Wat heeft zij nou om 's morgens voor op te staan? Bovendien vergeet ze aldoor dat Hannah tegenwoordig niet drinkt.

'Ga jij maar. Ik moet naar huis, ik moet dat rapport nog schrijven. Ik neem de bus, denk ik.'

'O, oké.' Lissa draait zich weer om. 'Ik denk dat ik ga lopen. Zo'n mooie avond. En hé...' ze neemt Hannahs gezicht tussen haar handen, 'succes.'

Cate

Iemand roept haar. Ze volgt de stem, maar die kronkelt en echoot en laat zich niet vangen. Ze worstelt zich omhoog, breekt door het oppervlak, begrijpt – haar zoontje, dat naast haar in bed ligt, huilt. Ze legt hem aan de borst en tast naar haar telefoon. Dertien over drie – nog geen uur na de vorige keer dat hij wakker werd.

Ze heeft weer gedroomd, de nachtmerrie: kapotte straten, overal puin en daar dwaalt zij met Tom in haar armen doorheen en doorzoekt de uitgebrande karkassen van gebouwen naar iets, iemand – maar ze herkent de straten of de stad niet, weet niet waar ze is, en alles is afgelopen, alles is verwoest.

Tom drinkt, zijn greep verslapt langzaam en ze luistert of zijn ademhaling al wijst op een begin van slaap. Dan haalt ze met zo weinig mogelijk beweging haar tepel uit zijn mondje, trekt haar arm terug, draait zich op haar zij en trekt het dekbed over haar oor. En ze valt, valt in de put van de slaap, de slaap is water – maar hij huilt alweer, steeds harder, hij schreeuwt zijn smart, zijn verontwaardiging uit omdat ze hem zomaar loslaat, en ze hijst zichzelf weer omhoog.

Haar zoon kronkelt onder haar in het gruizige licht. Ze tilt hem op en wrijft over zijn ruggetje. Hij laat een boertje, ze legt hem weer aan de borst en sluit haar ogen terwijl hij zuigt en dan bijt. Ze slaakt een kreet van pijn en rolt weg.

'*Wat?* Wat is er?' Ze wrijft met haar vuisten in haar ogen en Tom jammert met wild maaiende armpjes en beentjes, sluit zijn gebalde vuistjes om het niets. 'Hou op, Tom. Alsjeblieft, alsjeblieft.'

Aan de andere kant van de muur klinken zachte stemmen, het bed kraakt. Ze moet plassen. Ze legt haar huilende zoontje midden in het bed en loopt naar de gang, waar ze even aarzelt. Rechts van haar, in de andere kamer, ligt Sam. Die slaapt overal doorheen. Beneden is de smalle gang met de stapels dozen, de op een hoop gegooide dingen waar ze sinds de verhuizing niet meer naar heeft omgekeken.

Ze zou weg kunnen gaan, dit huis uit, haar spijkerbroek en laarzen aantrekken en weglopen, weg van het jammerende wezentje dat ze nooit tevreden kan stellen, weg van de man in de kosmische leegte van zijn slaap. Weg van zichzelf. Ze zou niet de eerste vrouw zijn die dat deed. In de slaapkamer wordt het krijsen van haar zoon steeds luider – een klein, angstig diertje.

Ze haast zich naar de wc, pist snel en strompelt dan terug naar de slaapkamer, waar Tom ligt te brullen. Ze kruipt naast hem en neemt hem weer aan de borst. Natuurlijk loopt ze niet weg; dat is wel het laatste, het allerlaatste wat ze zou doen, maar haar hartslag voelt vreemd, ze haalt hortend adem en misschien kan ze niet anders, misschien gaat ze wel dood, net als haar moeder vóór haar, zodat haar zoontje door zijn vader en diens familie in dat steriele huis in de diepste krochten van Kent moet worden grootgebracht.

Eindelijk huivert Tom aan haar borst, hij ontspant zich en

valt in slaap. Maar nu is zij klaarwakker. Ze gaat rechtop zitten en trekt de gordijnen open. Door het raam ziet ze het parkeerterrein waar de auto's gehoorzaam in ordelijke rijen staan, daarachter de donkere rivier en daar weer achter de oranje verlichting van de ringweg, waar het verkeer al op gang komt: vrachtwagens die naar de kust rijden of terugkomen van de Kanaalhavens, auto's op weg naar Londen, de grote geoliede machine die naar het licht toe dendert. Ze voelt haar hartslag, de golf adrenaline in haar bloed. De maan komt achter de wolken vandaan en verlicht de kamer, het gekreukte dekbed, haar zoontje dat zich nu naast haar met gespreide armpjes overgeeft aan de slaap. Ze wil hem beschermen. Hoe kan ze hem beschermen tegen alles wat op zijn nietsvermoedende hoofdje zou kunnen neerkomen? Ze raakt zijn haar aan en ziet de tatoeage op haar pols, zilverig in het maanlicht. Ze volgt de tekening met een vingertop van haar andere hand – een spin van filigraan in een web van filigraan –, een herinnering aan een vorig leven.

Ze wil iemand zien. Iemand spreken. Iemand uit een ander leven. Iemand bij wie ze zich veilig heeft gevoeld.

Ze zit op haar bankje aan de rivier. Er stijgt een lage mist op van het water en de oever wordt overwoekerd door een wirwar van brandnetels. Er ontstaat beweging op het jaagpad, een dunne stroom voetgangers, joggers, mensen op weg naar hun werk, met gebogen hoofd op weg naar de stad. Tom is eindelijk rustig, een warm gewicht tegen haar borst, zijn gezicht omlijst door een berenmutsje. Hij is vanochtend om een uur of vijf weer wakker geworden en liet zich niet meer troosten, dus zijn ze maar hiernaartoe gegaan. Volgens haar telefoon is het bijna zeven uur, dus de supermarkt gaat zo open, dan kan ze tenminste ergens heen waar het warm is; ze staat op en volgt de oever van het zijriviertje, loopt de boogbrug over en de voetgangerstunnel door en komt uit op het parkeerterrein. Tegen de tijd dat ze bij het groepje mensen voor de deur van de supermarkt staat, begint het te miezeren.

Tom jengelt in de draagzak en Cate sust hem. Er komt een vrouw in uniform naar buiten die een blik op de lucht werpt en weer naar binnen gaat, waarna de deuren open glijden. De mensen komen in beweging en volgen haar langs de broodafdeling, waar de verwarmde lucht een geur van suiker, gist en deeg verspreidt. Zij zet koers naar het schap met babyproducten en vult haar mandje met foliepakjes. In het begin kocht ze er hoogstens twee tegelijk – ervan overtuigd dat de volgende maaltijd een behoorlijke, zelfgemaakte zou zijn – maar nu koopt ze grote hoeveelheden. Net als met luiers: in het begin wist ze zeker dat ze katoenen luiers zou gebruiken, maar na de traumatische bevalling is ze met wegwerpluiers begonnen, toen kwam de verhuizing en nu laadt ze enorme pakken pampers in haar mandje, van het soort dat gegarandeerd pas na een half millennium afbreekbaar is.

Het is twee minuten lopen naar huis, langs de bomen in kooien van beton en ijzerdraad, het hok voor de afvalcontainers, afgesloten met een hangslot, het parkeerterrein met de slagbomen, de borden die waarschuwen voor de anti-klimverf op de muren. Ze doet de voordeur open en loopt de smalle keuken in. Ze zet de tas neer, haalt Tom uit de draagdoek en zet hem in de kinderstoel. Ze kiest een foliepakketje – banaan met bosbessen – en Tom steekt er zijn handjes naar uit terwijl ze de dop eraf draait en de plastic speen voor zijn mondje houdt. Hij begint blij te zuigen als een kleine astronaut aan zijn ruimtevoer.

'Môgge.' Sam slentert met een hoofd als een ragebol de keuken in. Hij ziet eruit alsof hij zich de vorige avond voor het slapengaan niet heeft uitgekleed – verwassen T-shirt en boxer. Koerst zonder op te kijken naar de waterkoker, steekt een hand uit om de temperatuur te voelen, knop om, koffiedik in de gootsteen, cafetière nauwelijks omgespoeld voordat er verse gemalen koffie in wordt geschud. Omfloerste luxe van de ochtendtrance – er hoeft niet te worden gesproken voordat de cafeïne in het bloed is opgenomen.

'Môgge,' zegt ze.

Sam kijkt naar haar met een waterige, glanzende blik in zijn ogen. 'Hoi.' Hij steekt een hand op.

'Hoe laat was je thuis?'

'Laat,' zegt hij schouderophalend. 'Uur of twee. Paar biertjes gedronken na sluitingstijd.'

'Lekker geslapen?'

'Hm. Oké.' Hij zucht, laat zijn nekwervels kraken. 'Niet geweldig, ging wel.'

Hoeveel uur achter elkaar? Zelfs als hij laat naar bed gaat heeft hij – wat? zes, zeven uur ononderbroken slaap –, het idee alleen al, zeven uur achter elkaar, wat een weelde. Toch ziet hij er moe uit, met donkere kringen onder zijn ogen, bleek; hij is kok, zit altijd binnen. Hij slaapt in de logeerkamer, die blijkbaar niet meer voor logés is: het is nu zijn kamer, net zoals de kamer die hun kamer had moeten zijn nu van haar is, van haar en hun zoon. Toms bedje wordt alleen als opslagplek voor kleren gebruikt, Tom slaapt bij Cate. Dat is makkelijker omdat hij zo ontzettend vaak wakker wordt.

Hij kijkt weer naar de koffie, duwt, schenkt in. 'Jij ook?'

'Graag.'

Hij loopt naar de ijskast om melk te pakken. 'Vandaag vroeg

beginnen,' zegt hij. 'Ik draai de lunch.'

Hij is souschef in een restaurant in het centrum. *We lopen tien jaar achter op Londen*, had ze hem onlangs aan de telefoon tegen een vriend in Hackney horen zeggen, *maar 't is te doen. Ik heb wel wat ideeën.*

Hij had op het punt gestaan een eigen zaak in Hackney Wick te beginnen voordat de huren daar de pan uit rezen. Voordat zij zwanger werd. Voordat ze hierheen verhuisden.

Hij geeft haar haar koffie, neemt een slok van de zijne. 'Heb je mijn buis gewassen?'

Ze kijkt om zich heen, ziet de stapel in de hoek, wasgoed van drie dagen. 'Nee, sorry.'

'Echt niet? Ik had het speciaal ergens neergegooid waar je het niet kon missen.' Sam loopt naar de stapel wasgoed, houdt het minst vuile koksbuis tegen het licht en begint op het aanrecht driftig de vlekken eruit te boenen. Buiten verdicht de motregen zich tot een hoosbui.

'Wat gaan jullie vandaag doen?' vraagt hij.

'Wassen, denk ik. Uitpakken.'

'En dat speelclubje? Waar mijn moeder het over had?' Hij knikt naar de kleurige flyer op de koelkastdeur die Alice had meegebracht. Alice, Sams moeder, met haar bezorgde gezicht en haar getuite lippen, iets tussen een grimas en een glimlach. *Zo'n leuk clubje, echt. Je kunt er nieuwe mensen leren kennen.* Alice, het meesterbrein achter het plan *om een huisje voor jullie te kopen. In Canterbury.* Alice, hun reddende engel. Alice die een sleutel van het schattige huisje heeft en graag onaangekondigd langskomt.

'Mja,' zegt Cate. 'Misschien.'

'En vanavond hebben we die toestand,' zegt Sam, die het boenen opgeeft en zijn koksbuis op een stoel te drogen hangt, 'niet vergeten. Bij Mark en Tamsin.'

'Dat was ik niet vergeten.'

'Zal ik je komen halen?'

'Oké.'

'Maar Cate?'

'Ja?'

'Probeer vandaag naar buiten te gaan, oké? Met Tom?'

'Ik ben al buiten geweest toen jij nog sliep. Luiers en eten kopen.'

'Ik bedoel écht naar buiten.'

'Definieer "buiten",' mompelt ze.

Sam kijkt naar de keuken. 'Weet je,' zegt hij terwijl hij een theedoek pakt en het aanrecht schoonveegt. 'Het is het makkelijkst als je elke avond even schoonmaakt. Gewoon zoals een kok, de theedoek van die dag in de was gooien. Samen met mijn buis.' Hij houdt de vuile theedoek omhoog. 'Waar is de wasmand?'

Ze kijkt hem aan. 'Geen idee.'

'Je moet een systeem hebben,' zegt hij hoofdschuddend. 'Een systeem, meer niet.' Hij legt de theedoek opzij, buigt zich naar Tom, tilt hem uit de kinderstoel en houdt hem boven zijn hoofd, en hun baby kraait van pret en trappelt met zijn voetjes. Dan is het moment weer voorbij. Sam geeft Tom terug en legt een hand op Cates schouder. 'Helemaal kapot,' zegt hij tegen niemand in het bijzonder.

'Ja,' zegt ze. 'Ik ook.'

Lissa

De Green Room, Wardour Street. Het toneel van meer castings dan ze kan tellen. De receptioniste is jong en glamoureus en kijkt nauwelijks op als Lissa haar naam opgeeft.

'Lissa Dane. Sorry, ik ben een beetje...'

'Geeft niet. Ze lopen toch uit.' Haar naam wordt aangevinkt op een lange lijst en een klembord en een pen worden over de balie geschoven. 'Neem plaats. Wil je dit invullen?'

Lissa knikt, ze heeft dit vaker gedaan. Een snelle blik in de wachtkamer: vier mannen, twee vrouwen, de vrouwen allebei in de dertig, een donkere en een roodharige. De rooie is aan het bellen, zacht, nadrukkelijk en verontschuldigend: 'Nee, nee, ik weet dat ik "half" zei, maar ze lopen uit. Weet ik niet. Misschien een halfuur. Misschien langer. Vind je het erg? Ik kan hem bij jou komen ophalen. O god, goddank, dank je wel, zeg het maar als ik iets voor jou kan doen, dank je.' Ze drukt het gesprek weg en vangt Lissa's blik. '*Veertig minuten, verdomme*,' fluistert ze woedend.

Lissa trekt een meelevend gezicht. Niet best, maar het kon erger. Ze heeft weleens bijna twee uur moeten wachten voordat ze iemand te spreken kreeg. Maar zij heeft geen kinderen die uit school komen. Ze werpt een blik op de aanwijzingen in haar hand.

Ouderavond, een leraar en twee ouders die zich zorgen maken over hun zoon.

Bovenaan het formulier ziet ze de naam van een bekend merk chocoladekoekjes. Tegenover haar zit een man ijverig zijn formulier in te vullen en antwoorden te onderstrepen. Ze slaat het eerste vel om en begint met invullen.

Lengte. 1 m 73.

Gewicht. Ze aarzelt, weet niet meer wanneer ze zich voor het laatst heeft gewogen. Zestig kilo? Doorgaans vult ze zestig in. Nu dus ook.

Taille. 76 cm.

Heupen. 96 cm.

Ze probeert tegenwoordig naar waarheid te antwoorden; bij dit soort dingen heeft smokkelen geen zin. Ze heeft heel lang maar wat opgeschreven, niet zozeer onwaar, alleen... onnauwkeurig. Maar bij die shoot in Berlijn kwam ze zichzelf tegen, in dat oude appartement met al die Japanse papieren lantaarns waar de assistente steeds met nieuwe outfits aankwam die geen van alle pasten, al hadden ze de maten die ze een maand daarvoor bij de casting in Londen had opgegeven; de kleine ontwerper drentelde misprijzend tut-tuttend om haar heen.

Je siet so dick uit. So dick in diese.

Uiteindelijk moest ze een broek van de assistente lenen. Uiteindelijk is ze uit de spot geknipt.

Terwijl ze haar antwoorden neerkrabbelt moet ze weer aan Hannahs opmerking van de vorige avond denken: *een solovoorstelling. Regisseurs die me hebben afgewezen.* Grappig, natuurlijk was het grappig, maar het stak toch. Zoiets zou ze nooit tegen Hannah zeggen.

Hé! Han! En *ivf-zwangerschappen die niet zijn aangeslagen?* Ook leuk, toch? Lachen.

Maar dat is natuurlijk geen vergelijking. Niets is erger dan Hannahs pijn.

De castingdirector laat zich zien en de sfeer slaat om, verscherpt. 'Oké, mensen. We lopen een beetje uit.'

Hij is bruin, vlezig, bijna dik. Hij heeft het gezicht van een zelfingenomen baby. Maar hij vraagt haar vaak voor dit soort dingen, dus glimlacht en lacht Lissa, ze flirt tegen wil en dank.

De roodharige vrouw is aan de beurt. Lissa ziet dat ze haar woede onderdrukt en een glimlach opzet.

In een reflex kijkt ze snel op haar telefoon. Nog steeds niets over de auditie. Tsjechov. Op zich betekent dat niets – soms wacht je weken op zoiets en wordt dan ineens verrast, maar ze voelt dat de hoop al aan zijn lange, gestage eb is begonnen. Als ze morgen nog niets heeft gehoord wordt ze prikkelbaar, in het weekend gekwetst en emotioneel en begin volgende week zal ze defensief, moeizaam overeind krabbelen. Haar huid is in de loop der jaren dunner geworden, niet dikker.

Ze negeert de handschoen- en hoedenmaten – soms lijken die formulieren sinds de jaren vijftig niet veranderd – vult haar schoenmaat in, staat op en geeft de papieren terug aan de jonge receptioniste.

Die staat op. Ze is lang, dun en in het zwart. Ze pakt de polaroidcamera die voor haar ligt en maakt er een loom gebaar mee naar de witte muur.

Lissa ziet de andere vrouwen opkijken terwijl ze voor de kale bakstenen muur gaat staan, een snelle, taxerende blik op haar figuur, haar kleren. Op zoek naar schaduwen, rimpels, grijze haren.

Ze trekt haar gezicht in de plooi.

Vroeger solliciteerde ze nooit naar zoiets.

Toen ze van de toneelschool kwam zei haar nieuwe agent, die haar op een yogablok had zien zitten en snel haar indrukwekkende cliëntenlijst met haar doornam, dat ze haar nooit commercials zou laten doen tenzij ze dat echt wilde.

En áls je dat wilt, zei haar nieuwe agent, *dan alleen voor andere Europese landen. Hier moet je je niet in zoiets laten zien.*

Daar moesten ze allebei om lachen. *Hahaha*. In die tijd deed ze elke week auditie voor drie filmrollen. In de tijd dat een castingdirector ervoor zorgde dat je in de wachtruimte nooit een andere kandidaat voor dezelfde rol tegenkwam. Dat je met je script in een stille kamer zat, als een renpaard, geconcentreerd, in de startblokken. Dat de regisseur opsprong als je binnenkwam en je zijn (nooit haar) hand toestak. *Fijn dat je kon komen.*

De camera klikt en zoemt.

'Bedankt,' zegt de jonge vrouw, die de foto droog wappert. 'Ga zitten.'

Lissa gaat niet zitten. Ze loopt langs de rij naar de kleine toiletruimte om haar gezicht te checken. In de spiegel ziet ze dat haar mascara is uitgelopen; er zitten zwarte puntjes onder haar ogen. *Fuck.* Ze wrijft erover met haar duim. Hoe goed je je ook voelt, hoe mooi je je outfit ook vindt, er gebeurt gegarandeerd altijd iets wat alles verpest.

Je moet het spelletje meespelen, Lissa, had de assistent van haar eerste agent eens aan de telefoon verzucht toen ze had geweigerd voor een auditie een push-upbeha te kopen. *Dat weet je. Ze zeiden dat ze iemand met grotere tieten zochten.* Die push-upbeha was ook nog ter sprake gekomen in het telefoontje waarin de agent haar dumpte.

Langs de benen van de wachtende acteurs loopt ze weer naar de wachtkamer, waar ze gaat zitten en haar ogen sluit.

Ze heeft haar best gedaan.

Met het verstrijken van de tijd, waarin ze van twintiger dertiger werd zonder dat haar carrière echt opschoot, heeft ze serieus geprobeerd het spelletje mee te spelen. Ze is via drie agenten, allemaal lager in de pikorde dan de vorige, omlaag gestuiterd. Van 'nooit commercials' naar 'uitsluitend commercials'. Van 'beschermd tegen de geur van paniek' naar de zekerheid dat die uit al haar poriën wasemde, bij castings, op feestjes en op straat.

Alsjeblieft. Geef me werk. Kan niet schelen wat voor werk. Alsjeblieft.

Net als in dat tv-programma waar haar moeder in de jaren tachtig naar keek. *Geef me een baan. Geef me een baan.*

'Lissa. Rod. Daniel.'

Haar ogen schieten open. De castingdirector is terug. Zij is aan de beurt. Ze loopt de verduisterde cabine in waar twee mannen op een bank verveeld op hun telefoon zitten te scrollen. De lucht is muf en de tafel staat vol koffiekopjes, half opgegeten sushi en e-sigaretten. De mannen kijken geen van beiden op.

Ze gaat op de x op de vloer staan. De camera glijdt over haar lichaam. Ze noemt haar naam en die van haar agent. Draait naar links. Draait naar rechts. Laat haar handen zien.

Als de mannen hetzelfde hebben gedaan klapt de castingdirector in zijn handen.

'Oké. Lissa, jij bent de moeder, Rod, jij de vader. Dan, jij speelt de leraar.'

Dan knikt overdreven ijverig. Lissa ziet dat hij de vorige avond de instructies heeft gelezen, want hij heeft zich op zijn rol gekleed: jasje met leren elleboogstukken, stropdas.

'Lissa, Rod, jullie zitten hier.' De castingdirector gebaart naar een paar stoelen bij een tafel. 'Dan, jij gaat aan de andere kant zitten. Daar staan de koekjes.'

Lissa kijkt naar een kruk met een schaal koekjes, die er wat pips bij liggen in de bedompte lucht.

'Goed. Kunnen jullie een stukje improviseren?'

Een van de mannen op de bank kijkt even naar de monitor en dan weer op zijn telefoon, en Dan buigt zich gretig naar hen toe.

'Zo, eh, mevrouw... Lacey. Meneer... Lacey, ik maak me een

beetje zorgen over... Josh.' Hij leunt achterover, duidelijk ingenomen met zijn eerste inval.

'O ja?' Nu buigt de acteur naast Lissa zich naar de leraar toe. Hij is knap, maar op een nietszeggende manier. Ze ziet de gespannen spieren onder het katoen van zijn shirt. 'Dat klinkt... zorgelijk.'

'*Kijk naar mij.*'

Lissa kijkt geschrokken op naar de castingdirector die met een barse bariton uit een script voorleest.

'De koekjes,' zegt de castingdirector tegen haar. Hij wuift haar blik weg. 'Ik doe de stem van de koekjes. Je moet naar de koekjes kijken, niet naar mij.'

'O,' zegt ze. 'Oké.'

'*Kijk naar mij*,' zegt hij weer.

Ze kijkt naar de koekjes.

'*Je weet dat je dit wilt. Ja. Goed zo. Kom maar.*'

Lissa buigt zich aarzelend naar de schaal.

'*Yeah.*' Zijn stem daalt nog een half octaaf. Zet hij nu een Amerikaans accent op? Hij klinkt net als Barry White.

De mannen op de bank kijken nu allebei op. Ze ziet de monitor – een strakke close-up van haar gezicht, haar rode wangen, haar verwarde gelaatsuitdrukking.

'*Yeah*,' mompelt de castingdirector. Hij kijkt ook naar de monitor, afwachtend.

Stilte.

'Toe dan,' zegt hij met zijn gewone stem.

'Sorry?' Ze voelt het zweet over haar rug lopen. 'Ik ben het even kwijt.'

Dan buigt zich naar haar toe, gretig als altijd. 'Je moet er een pakken,' zegt hij. 'Stond in de instructie. *Je stopt het in je mond.*' Hij wijst naar het papier. 'Hier staat dat je je niet op de leraar kunt concentreren. Op wat hij zegt. Door die koekjes. Je kunt je niet beheersen.'

'O. Oké.'

De mannen kijken naar haar: de acteurs, de castingdirector, de cameraman, de mannen op de bank. Een van de bankmannen noteert iets op een papiertje. De andere leest het, knikt en kijkt weer op zijn telefoon.

De castingdirector zucht. 'Heb je de instructie niet gelezen, Lissa?'

'Kennelijk niet goed genoeg.'

'Nee.' Hij werpt de bankmannen een verontschuldigende blik toe. 'Goed, nog een keer. En Lissa, kun je nu wat meer met die koekjes flirten?'

In Oxford Street is het vergeven van de lunchpauzeshoppers. De ingang van de metro gaapt wagenwijd, maar ze loopt door. Ze wil niet naar beneden en naar huis, nog niet.

Fuck die koekjes.

Fuck die dikke castingdirector met zijn drie vakanties per jaar. Fuck die twee regisseurs die als verveelde pubers op hun schermpje zitten te kijken. Fuck de camera die langs je lichaam glijdt, veel langzamer dan bij de mannen. Fuck de scriptschrijvers van die fucking commercials. *Je kunt je niet beheersen.* Fuck de gasten die in die fucking business de baas zijn.

Zonder erbij na te denken loopt ze in noordoostelijke richting, door Goodge Street, langs Tottenham Court Road en dan Chenies Street, langs de rode deur van haar oude toneelschool. Dan Bloomsbury Street, langs de ingang van het British Museum, Russell Square, de long van de buurt, de opluchting, al dat groen. Ze loopt verder, over Gordon Square naar de drukke Euston Road, waar ze de binnenplaats van de British Library in duikt, haar tas openhoudt voor de portier en in de stille drukte blijft staan.

Hoelang is ze niet in een bibliotheek geweest? Ze neemt de roltrap naar de eerste verdieping, waar groepjes mensen op stoelen met leuninkjes zitten alsof zijzelf een soort tentoonstelling of uitstalling zijn. Maar daar – ah – daar zijn de leeszalen. Zeldzame boeken. Menswetenschappen I. Ze duwt de zware deur open; misschien kan ze hier een tijdje zitten, bij Zeldzame Boeken, en zich door de zeldzame boeken laten kalmeren, weer tot zichzelf komen.

'Mag ik uw pas zien, mevrouw?' Een beveiliger met een vriendelijk gezicht houdt haar met opgestoken hand tegen. 'Uw bibliotheekpas?'

'Ik heb geen... Sorry.'

Er staat iemand achter haar te ritselen met zijn spullen in een doorzichtige plastic tas en zijn pasje al in zijn opgestoken vuist.

'Voor de leeszalen moet u een pas hebben, mevrouw,' zegt de beveiliger terwijl hij de man doorlaat.

'O, oké.' De wereld zit vandaag vol stekels. Ze draait zich om en loopt de grote hal weer in, waar ze zich op een bankje laat vallen.

'Lissa? Liss?'

Even herkent ze hem niet, hier, zo buiten zijn context, maar dan – natuurlijk – 'Nath!' Ze staat op en ze omhelzen elkaar.

'Wat doe jij hier?'

'Ik...' Ja, wat doet ze hier eigenlijk? 'Ik wilde ergens iets over lezen,' zegt ze.

'O?'

'Ja – een... Ik overweeg een cursus. Maar ik mag er niet in.'

'O? Nou ja. Daar doen ze hier nogal moeilijk over.' Hij glimlacht en ze is blij met hem. Ze had behoefte aan een vertrouwd iemand. 'Hé,' – hij gebaart naar het drukke restaurant achter hem – 'ik heb even pauze. Zin in koffie?'

In de rij kijkt ze naar het publiek: mensen van alle leeftijden met laptops onder de arm, tikkend op hun telefoon, allemaal met dezelfde doorzichtige tasjes. Ze bestelt haar koffie en terwijl Nathan cappuccino met een dubbele shot espresso bestelt, denkt ze aan Hannah – geen koffie, geen drank, al jaren niet. Zijzelf zwaaide vaak met de wijnfles voor haar neus – *Kom op, Han, een klein glaasje mag toch wel* – maar dat heeft ze inmiddels opgegeven. Hoeveel jaar proberen ze het nu al? Vier? Vijf? Ze is de tel kwijt.

Ze weet nog dat Hannah in het begin, toen zij en Nathan het pas probeerden en resultaat uitbleef, op een avond zat te huilen. *Maar ik heb altijd hard gewerkt. Zo hard, mijn hele leven.* En dat zij iets zei als: *Natuurlijk gaat het lukken. Kan niet anders. Jullie samen, toch?* Alsof het heelal zich er ook maar iets van aantrok dat je je drie slagen in de rondte werkte, belasting en kijk- en luistergeld betaalde, altijd het braafste meisje van de klas was, onderdirecteur van een wereldwijd opererende charitatieve instelling was en getrouwd was met een schat van een man die wetenschappelijk hoofdmedewerker aan een vooraanstaande Londense universiteit was. Wat ze had willen zeggen: *Het kwaad treft soms goede mensen. Dagelijks. Kijk je weleens naar het nieuws?*

'Oké,' zegt Nathan. Hij laat Lissa voorgaan en ze zoeken een vrij tafeltje. 'Wat voor cursus?'

Hij gaat als eerste zitten en ze ziet aan zijn ogen dat hij moe is. Maar hij ziet er wel goed uit, hij heeft nog iets jongensachtigs, hij draagt dezelfde flanellen overhemden als twintig jaar geleden, met de mouwen tot de elleboog opgestroopt. Zelfs zijn haar is nauwelijks veranderd, dik, donker en heel kort geknipt.

'Eh... ja.' Ze neemt een slokje koffie. 'Iets met... film.'

'Film?'

'Ja – voor... promotieonderzoek.'

'Promotie? Tjonge. Pas maar op. Daar kun je je lelijk op verkijken.'

'Ja. Dat hoor ik vaker.'

Eigenlijk sneu, zo'n leugen, maar ze fleurt er juist weer een beetje van op. Waarom niet? Waarom zou ze niet iets heel anders gaan doen? Het roer omgooien?

'Daar heeft Hannah niets over gezegd,' zegt Nathan.

'Ja, nee, het is nog heel nieuw.'

'Vertel,' zegt hij en hij kijkt haar aan.

'Ehm.' Lissa roert suiker in haar koffie. 'Een soort... feministische toetsing. Met gebruikmaking van – je weet wel, de bechdeltest... voor films van nu en uit de jaren zeventig... en de jaren veertig. Vrouwenrollen vergelijken. Hoe die zijn gekrompen. Veranderd. *All About Eve, Network...*'

'*Network!* Was dat niet die film waarin die man voor het oog van de camera doodgaat?'

'Ja. Ja! Maar Faye Dunaway is daar – ongelooflijk, zo verschrikkelijk fel, heftig, onsympathiek. En al die films uit de jaren veertig, de "vrouwenfilms"' – ze maakt met haar vingers aanhalingstekens in de lucht – 'die waren eigenlijk geweldig. Bette Davis, Katharine Hepburn...'

'*Herfstsonate*,' zegt Nathan. Hij buigt zich naar voren.

'Wat?'

'Ken je die niet? Echt niet? Liv Ullmann, Ingrid Bergman. Twee schitterende vrouwenrollen. Over heftig gesproken. Na die film moest ik in therapie.'

'Ik zal 'm opzoeken,' zegt ze lachend. 'Bedankt.' Ze buigt zich over het tafeltje, pakt zijn pen en schrijft de titel op haar hand.

'Misschien zou je voor je nieuwe academische carrière in een notitieblok moeten investeren,' zegt hij.

'Ja,' ze geeft hem zijn pen terug, 'misschien wel.'

'Hoe gaat het met het acteren?'

'O. Ja.' Ze haalt haar schouders op. 'Verschrikkelijk. Vernederend. Vraag morgen nog maar eens.'

'Echt? Ik dacht dat het best goed ging. Dat ene stuk... die Shakespeare. Daarin was je geweldig.'

'Dat is drie jaar geleden, Nath.'

Margetoneel, *King Lear*, achter in een pub in Peckham. De rol van Regan, voor tweehonderd per week plus onkosten. Ze moesten nog harder praten wanneer in de bar de races op tv waren.

'Waar leef je nu van? Je werkt toch niet meer in de horeca?'

Ze schuift haar kopje van zich af. 'Ik werk soms in een callcenter. Geld inzamelen voor goede doelen. En ik ben schildersmodel.'

'Nog steeds? Jezus, echt?'

'Ja. Nou ja.' Zijn gezichtsuitdrukking steekt haar. 'Zo erg is het niet. Goede doelen. En dat modellenwerk is oké. Aan de kunstacademie. Kon erger.'

'Maar je kunt zoveel meer. Je bent zo slim.'

'Dank je, maar deeltijdbanen die iets om het lijf hebben en waarbij je toch tijd overhoudt om naar alle audities te gaan liggen niet voor het opscheppen.'

Hij knikt, ontnuchterd.

'En jij, Nath?'

'Hoezo, ik?'

'Hoe gaat het met jou?'

'O, oké. Overwerkt. Onderbetaald. Ik verzuip in de administratie.'

Dat bedoel ik niet. Ik bedoel met de baby. De niet-baby. Hoe ga je daarmee om?

'Maar wij academici klagen nu eenmaal graag.'

Als ze opstaan om afscheid te nemen gaat haar telefoon. Haar agent. Ze maakt een gebaar naar Nathan, die haar beduidt dat ze moet opnemen.

'Lissa?'

Aan de toon hoort ze dat het goed nieuws is. 'Ja?' Ze probeert de gretigheid uit haar stem te houden.

'Ze willen je. Voor Tsjechov. Je hebt de rol.'

Cate

Sam zit achter het stuur en ze rijden langs de rijtjeshuizen en koopjeshallen van Wincheap naar het punt waar de bebouwing uitdunt en uiteenvalt in linten van autowegen naar Londen, naar de kust. Ze zijn laat. Zij en Tom sliepen toen Sam van zijn werk terugkwam, ze lagen samen breeduit op bed. Nu dommelt Tom weer in zijn autozitje terwijl ze de weg naar Ashford inslaan, langs tuincentra, kleine industrieterreinen met kinderspeelplaatsen, campershowrooms en iele groepjes bomen.

Ze heeft de enige fatsoenlijke blouse aangetrokken die ze kon vinden en haar zwangerschapsspijkerbroek met de enorme zwarte tailleband. En een oud vest eroverheen. Had beter gekund. Had beter gemoeten. 'Komen er ook andere mensen?'

'Ik denk het niet. Alleen Tamsin en Mark.'

'Wat doet hij ook alweer?'

'Hij heeft een bedrijf. Landbouwmachines. Loopt heel goed.' Sam kijkt haar aan. 'Misschien wil hij in een restaurant investeren. Hij heeft geld zat. We hebben het er al jaren over.'

Ze probeert zich Marks gezicht voor de geest te halen, maar ziet het niet voor zich. Sinds haar huwelijk heeft ze hem maar één keer ontmoet, toen ze het huis gingen bezichtigen. Maar in die tijd was alles vaag. 'Hoelang zijn ze al getrouwd?'

'Een eeuwigheid. Ze kennen elkaar van school.' Weer kijkt hij haar aan en er verstrakt iets in zijn mondhoek. 'Geweldige mensen. Echt. Zolang je niet over politiek begint is er niets aan de hand.'

Ze knikt, glimlacht, omcirkelt de spin op haar pols met haar duim en wijsvinger.

Ze rijden een landweggetje in met grote huizen aan weerskanten en een enorme groothandel in fruit, waar zelfs om deze tijd nog vorkheftrucks over het terrein rijden. Sam stopt bij een houten hek en drukt op de knop van de intercom. Er klinkt gezoem en het hek zoeft open. Er staat een zwarte Land Rover Defender op de oprit. Sam parkeert ernaast en tilt de slapende Tom uit de auto. De bel wordt beantwoord door blikkerig hondengekef, getik van nagels op een houten vloer, voetstappen.

'Sorry dat we zo laat zijn,' zegt Sam als zijn zusje opendoet. 'We moesten Tom nog aankleden. En we stonden in de file.'

Tamsin heeft een spijkerbroek, hakken en een grijs truitje aan. Lovertjes hebben zich als ijspegels aan haar schouders gehecht. Ze omhelst hen – kort, hoekig, geurig – en neemt hen mee naar de keuken, waar de uitgestrektheid van de glimmende vloer alleen wordt onderbroken door een groot granieten kookeiland. Cate trekt haar vest strakker om zich heen terwijl Sam Tom in zijn zitje op de eettafel zet. Daarboven hangen drie grote zwarte lampen. Aan de muur hangt een bord met in grote houten letters EAT erop, alsof Mark, Tamsin en hun twee kinderen anders zouden vergeten waar dit deel van de ruimte voor bedoeld is.

'Ze zijn er!' roept Tamsin naar haar man, die uit een andere kamer komt. Mark is lang en breed. Zijn shirt zit strak om zijn lijf. Hij ziet eruit als een reclame voor een bepaald soort mannelijkheid, een bepaald soort succes. Hij kust Cate en geeft Sam een boks. Een horloge zo groot als een klein zoogdiertje omklemt zijn pols.

'Wil je iets drinken?' Tamsin leidt Cate naar een leunstoel. 'Spuitwater?'

'Nou,' zegt Cate, 'ik wil wel een glas wijn. Rode wijn. Als dat goed is?' Haar stem klinkt vreemd. Ze heeft hem vandaag nauwelijks gebruikt. 'Een klein glaasje rode wijn lijkt me heerlijk,' zegt ze weer. Ze geeft alle lettergrepen evenveel nadruk, alsof ze een taal spreekt die nieuw voor haar is.

'Mark!' blaft Tamsin. 'Glaasje rood voor Cate.'

'Komt eraan.' Mark loopt naar het aanrecht, waarachter vanbinnen verlichte kasten staan, en schenkt uit een open fles een glas wijn in. Net een forensisch patholoog die bloed uitgiet aan de snijtafel.

'Hier,' zegt Mark. Hij zet het glas op het glazen tafeltje voor haar. 'Dat tovert wel wat kleur op je wangen.' En hij lacht. En Tamsin lacht. En Sam lacht. En Cate lacht ook, al weet ze niet precies waarom. Tamsin en Mark zijn heel bruin. Hun tanden steken opvallend wit af bij hun huid. Ze herinnert zich dat Sam zei dat ze pas terug zijn van vakantie. Daar kan ze straks naar vragen als ze door haar gespreksstof heen is.

'Antipasti,' zegt Tamsin en ze pakt een schaal waarop vleeswaren, kaas en olijven liggen te glinsteren in het blauwachtige licht.

Cate pakt een olijf en laat de zoutheid over haar tong rollen.

Buiten is een grote tuin die helemaal uit gazon bestaat en daarachter een dal waar de rivier doorheen loopt. De Great

Stour, die ook achter hun huis stroomt – dat weet ze omdat ze daar samen hadden gewandeld, zij, Sam, Tamsin en Mark, toen ze hier voor het eerst waren *om een indruk van de omgeving te krijgen.*

Zullen we door de boomgaard lopen? had Tamsin gezegd. Dat deden ze dus, door de landelijke laan, langs de groothandel, langs de blokhutten voor de plukkers met de nummers in spuitverf op de zijkant, de dartborden, de moeders die hen vanaf hun campingstoeltjes met hun baby's op schoot argwanend in de gaten hielden, de radio's, het vele Russisch overal, en toen de boomgaard, of eerder de eindeloze rechte rijen bomen. Het was zomer en de bomen waren opgesloten in metalen kooien alsof ze erop geënt waren, met hun armen smekend of in overgave uitgestrekt. *Dat is geen boomgaard*, wilde ze zeggen, *dat is bio-industrie.*

'Hoe was jullie vakantie?' vraagt ze met haar gezicht weer naar de kamer.

'O, geweldig,' zegt Tamsin. 'We zijn naar Turkije geweest. All inclusive. De kids gingen helemaal uit hun dak. We hebben ze van het ontbijt tot het avondeten niet gezien. Ze waren helemaal vrij.'

'Waar zijn ze nu?' Ineens komt de verschrikkelijke gedachte bij Cate op dat ze hen ergens zijn vergeten.

'In de gelagkamer.' Tamsin gebaart naar een half openstaande deur en dan ziet ze ze, hun zoon Jack, hun dochter Milly, met verdoofde, onbewogen gezichten in het blauwe licht van de tv. 'Hé! Volgend jaar moeten jullie meegaan. Dan gaan we allemaal samen. We kunnen Alice ook meenemen, dan maken we er een grote familievakantie van, ze is geweldig met de kids. Wacht – of Dubai. Kerstmis!' Ze klapt in haar handen. 'Mark! Zeg jij eens wat. Zeg dat ze mee moeten naar Dubai.'

'Jullie moeten mee naar Dubai,' zegt Mark met een toegeeflijke glimlach naar zijn vrouw. 'Wij gaan elk jaar. Ik werk eerst wat en dan doen we een weekje Atlantis. Weleens gezien?'

Mark zoekt de foto's op zijn telefoon en ze gaan allemaal om hem heen staan. Cate ziet een enorm roze stenen gebouw, een strook zand, de zee daarachter. 'Een kunstmatig eiland,' zegt hij. 'Ze hebben er alles. Gordon Ramsay-restaurants, een waterpark. De kids gaan helemaal uit hun plaat.'

Het ziet er verschrikkelijk kwetsbaar uit, die grootsheid, die hoogmoed. 'Atlantis?' zegt Cate.

'Ja.' Mark knikt. 'Zoek maar eens op.'

'Was Atlantis niet in de zondvloed verdwenen?'

'Welke zondvloed?' Tamsin kijkt verbijsterd.

'Uit de Bijbel.'

'Heel aardig van jullie,' zegt Sam haastig. 'Maar ik denk niet dat we dit jaar weg kunnen. Volgende keer misschien.'

Cate kijkt naar de tafel, waar Tom ligt. Wat lijkt hij daar klein, zo teer, een klein bootje op een zee van gepolijst eikenhout. Wat ligt hij stil.

'Sorry.' Ze staat snel op, loopt naar hem toe, houdt haar hand voor zijn neusje, voelt de zachte opluchting van zijn adem. Buiten, achter de glazen deuren, kleuren de heuvels roodbruin in het laatste licht. Het gras is zo kort gemaaid dat het bijna met de grond gelijk is gemaakt.

Tamsin komt bij haar staan. 'Wat zijn ze lief, hè, als ze slapen.' Haar gezicht, lichtroze gepoederd, glanst in het licht van de hanglampen. 'Hoe gaat het met het huis?' vraagt ze.

'O.' Cate schuift iets opzij. 'Goed. Geweldig. We zijn heel dankbaar.'

'Wanneer nodigen jullie ons uit?'

'Binnenkort. Als we op orde zijn.'

'Dat meen je niet.' Tamsin lacht. 'Heb je nog niet alles uitgepakt?'

'Nog een paar dozen te gaan.'

Tamsins hand landt op haar mouw. 'Je ziet er moe uit,' zegt ze. 'Sam zegt dat jullie samen slapen?' Ze fluistert bijna. 'Jij en Tom? In hetzelfde bed?'

'Ja.'

'Is dat wel zo'n goed idee?'

'Het is gewoon makkelijker. Voor de nachtvoeding. Je weet wel.'

'Dan moet je stoppen.' Tamsins hand sluit zich om haar arm. 'Dat kind moet van de tiet af. Je hebt tijd voor jezelf nodig. Eén dag per week. Vind je niet?'

'Ik...'

'Zeg maar ja! Alice doet het wel. Die wil Tom dolgraag vaker zien. Wacht. Sam!' Tamsin klapt in haar handen om de aandacht van de mannen te trekken. 'Sam! Cate neemt een dag vrij! Wij regelen het wel, ma en ik. Alice wil dólgraag helpen.'

Het is al bijna donker als ze thuiskomen. Tom slaapt door als ze hem uit zijn autozitje haalt en in haar bed legt. Ze gaat naar beneden, naar de woonkamer, waar Sam met zijn laptop op de bank ligt. Hij zet zijn headphone af als ze binnenkomt en houdt zijn biertje omhoog. 'Jij ook?'

Ze schudt haar hoofd. Hij schuift op, zodat ze bij hem kan zitten. 'Dat was toch niet zo erg?'

'Waarom heb je tegen je zus gezegd dat Tom bij mij in bed slaapt?'

'Omdat het zo is.'

'Heb je er iets op tegen?'

'Ik zou liever zelf bij jou in bed slapen.'

Ze lacht. Ze kan er niets aan doen. Het lijkt zo'n absurd idee.

'Ik maak me zorgen over je, Cate.'

Hij kijkt oprecht bezorgd. Of misschien niet bezorgd, eerder teleurgesteld, de teleurstelling van iemand die online iets heeft besteld en daar allerlei verborgen gebreken aan ontdekt als de garantie net is verlopen.

'Heb jij Tamsin gevraagd om met je moeder een vaste dinsdag te regelen?'

Het antwoord staat op zijn gezicht.

'Had je dat niet even met mij kunnen bespreken?'

'Ik dacht dat het je goed zou doen. Dat je opgelucht zou zijn.'

'En ik dacht dat het wel zo netjes was om even met mij te overleggen voordat je mijn leven voor me invult.'

'Wow. Oké. Ik wilde alleen maar helpen. Ik dacht dat moeders zoiets nodig hadden.'

'Dit is geen hulp. Dit is een overval.'

'Jezus, Cate.' Hij heft zijn handen.

Ze staat op en loopt naar de keuken. Ze trilt. Ze kijkt naar de woonkamer, waar Sam met zijn rug naar haar toe zit. Hij heeft al een of andere game aangeklikt en zet zijn headphone weer op.

Dat is het patroon van hun avonden. Wat passief-agressief geplaag over en weer en dan elk met zijn of haar eigen laptop in zijn of haar eigen stoel. Als het meezit kan zij op de bank. Dan gaan ze naar bed. Elk naar een ander bed. En *repeat*.

Haar telefoon zoemt. Een bericht van Hannah – gemiste oproep. Haar hart springt op. Op Hannah kan ze blindvaren. Hannah is het absolute noorden. Ze pakt haar telefoon en belt terug.

'Cate?'

'Hé.'

'Hoe gaat het? Ik probeer je steeds te pakken te krijgen.'

'Sorry. Ik was...' Wat was ze? Geen idee.

'Hoe is het in Canterbury?'

'Anders,' zegt ze.

'Hoezo anders?'

'Ik weet niet.' Ze probeert te bedenken waarom het zo anders is. Probeert een grap te verzinnen. 'We zijn bij Sams zus geweest. Ze willen met ons naar Dubai.'

'Klinkt goed.'

'Vind je?'

Een zuchtje. 'Het went wel. Zoiets kost tijd.'

Cate zwijgt.

'Hoe is het met mijn petekind?'

'Goed. Hij slaapt.'

Er valt een stilte, op de achtergrond klikken de toetsen van Hannahs computer, Hannah doet weer eens twee dingen tegelijk, de grote wereld kolkt om haar heen, roept haar terug.

'Han?' begint Cate.

'Sorry, ik was mijn werkmail aan het checken. Die ene moest ik even versturen.'

'Zullen we ergens afspreken? Komend weekend? Zaterdag? Ik kan Tom meenemen. Misschien kunnen we naar de Heath? Sinds we hier wonen ben ik niet meer terug geweest. Hij groeit zo hard...'

Ze zet zich al schrap voor een 'nee', maar dan zegt Hannah: 'Wacht even... Eens kijken... Zaterdag? Ja, waarom niet?'

Ze praten nog wat en dan beëindigt Cate het gesprek. Ze loopt naar het raam. Ze woont nu zes weken in Kent. Op de puntdaken van de flatgebouwen aan de overkant zitten meeuwen te slapen. Daar stapt een man uit zijn auto. Misschien degene die aan de andere kant van de muur woont, die elke nacht wakker wordt van Tom.

Hij kijkt op. Cate steekt een hand op. Hij staart naar haar – een donkere gestalte in het raam – met een verbijsterde, niet-begrijpende uitdrukking op zijn gezicht en kijkt dan weg.

Afscheiding

1995

Het seminar heet Feminisms. Het zit niet vol. In de populaire cultuur overheerst het idee dat het feminisme zijn werk heeft gedaan. Het is het tijdperk van de Spice Girls. Van de dudette. Voor Lissa, dochter van een feministe, spreekt het vanzelf dat zij ook feministe is. Een standpunt dat ze nooit tegen het licht heeft gehouden. Ze heeft Feminisms gekozen omdat Sciencefiction het enige alternatief was.

De leeslijst is intimiderend en bestaat voornamelijk uit werk van buitenlandse auteurs. Dat leest Lissa allemaal niet voor het seminar. Bij Engels leest eigenlijk niemand zich in voor de colleges. Je bladert de boeken alleen even door in de week die je hebt om er iets over te schrijven. Volgens Lissa is dat het voornaamste wat je aan de universiteit leert: overtuigend bluffen. Hoe beter de universiteit, hoe beter de bluf. Die theorie heeft ze vaak uiteengezet in het bed van haar nieuwe vriendje, een drugsdealer uit Manchester met een rijtjeshuis in Rusholme. Hij loopt net zoals Liam Gallagher en weet als geen ander een parka te dragen. Hij is donker, grappig en slim en ze heeft nog nooit iemand gezien die zo sexy was.

Het meisje zit bijna helemaal vooraan, haar gezicht gaat schuil achter haar lange haar, haar tengere lijfje verdrinkt in de slobbertrui, waarvan ze de mouwen over haar duimen heeft getrokken. Lange patchwork rok, kistjes, veel eyeliner. Een bepaald type – provinciaalse rebellen, indiekids die op zaterdagavond in drommen door Manchester zwalken. Wild dansen bij de studentenvereniging. 'Sit Down' van James. Lissa moet met het meisje (Hannah) samen een presentatie geven: Kristeva en de afscheiding. *Lissa heeft zich niet ingelezen, dus ze heeft geen idee waar het over gaat. Kom je naar mijn kamer? vraagt ze aan Hannah. Morgen? Uur of drie?*

Om klokslag drie staat Hannah bij Lissa voor de deur. Ze heeft een stapeltje zware boeken in haar armen. Ze klopt aan en trekt haar mouwen over haar afgekloven nagels. Tot nu toe is de universiteit niet wat Hannah ervan had gehoopt. Ze studeert alleen in Manchester omdat ze in Oxford niet is toegelaten en haar tweede keus, Edinburgh, al vol was. Dus na een tussenjaar – waarin ze niet heeft 'gereisd', zoals de meeste studenten die ze ontmoet blijkbaar hebben gedaan, maar gewerkt om te sparen voor kleren, boeken en andere dingen die ze misschien nodig heeft – studeert ze nu aan universiteit nummer drie en woont ze nog steeds bij haar ouders in Burnage. Dat is goedkoper, zo hoeft ze geen huur te betalen. Haar ouders zijn er blij mee en zij doet alsof ze ook blij is, maar vanbinnen is ze woedend omdat ze bij het toelatingsgesprek in Oxford een vraag over Keats heeft verpest. Woedend omdat haar beste vriendin, Cate, daar wel is toegelaten. Woedend omdat ze geen universiteit ver van huis als derde keus heeft opgegeven. En vooral woedend omdat ze merkt dat de stad waar ze al haar hele leven woont vergeven is van de rijke studenten. De laatste paar maanden heeft ze als barvrouw bij de studentenvereniging gewerkt en omdat ze van nature goed observeert heeft ze veel geleerd. Ze heeft Feminisms *helemaal niet nodig, ze zou nu al een complete dissertatie over klassenverschillen kunnen schrijven. Degenen die op dure internaten hebben gezeten, hun overhemd met de kraag omhoog dragen, sporten en in weinig avontuurlijke, brallende roedels rondlopen. Degenen die op openbare scholen hebben gezeten en aan andere tafels zitten, maar* naar de rugbyjongens opkijken en in de bar net zoveel bier drinken als zij. De onaangepasten, die hun onaangepastheid als een ereteken dragen en zo andere onaangepasten aantrekken en samen onaangepaste kliekjes vormen. En degenen zoals het blonde meisje bij wie ze nu voor de deur staat. Dat zijn degenen die haar dwarszitten: ze zijn glibberig, moeilijk in een categorie te vangen. En Hannah houdt van categorieën. Dit meisje klinkt alsof ze rijk is, maar gedraagt zich niet zo. Hannah heeft haar nooit bij de studentenvereniging gezien. Ze is mooi, maar springt daar achteloos mee om – bij de seminars die om elf uur beginnen heeft ze bijvoorbeeld vaak de make-up van de vorige avond nog op. Het puntje van haar wijsvinger is oranje van het roken. Zo te zien borstelt ze haar haar zelden. Maar ze heeft iets ondefinieerbaars, iets wat Hannah zielsgraag zelf ook zou hebben, al kan ze het niet benoemen.

Het meisje doet open en Hannah komt binnen. Het is een bende in de kamer. Het ruikt er naar sigaretten en overal staan volle asbakken. Her en der staan halfvolle glazen water. Een lege wijnfles. Er ligt een Indiase grand foulard op het eenpersoonsbed. Aan de muur hangt een collage – foto's van jonge mensen op een strand in een ver land, Lissa op een scooter, zonder helm, Lissa met een jongeman met donker haar in een nachtclub, allebei met grote pupillen en hun gezichten in close-up vlak bij elkaar. Nogal alledaags allemaal. Maar Hannahs oog valt op een andere afbeelding, die achteloos tegen de muur is gezet – een olieverfschilderij van een blond meisje dat opgekruld in een stoel een boek zit te lezen.

Ze knielt erbij neer. Ben jij dat? vraagt ze.

Ja, zegt Lissa achteloos. Heeft mijn moeder gemaakt. Jaren geleden.

Wat goed.

Lissa gaat op haar bed zitten en kijkt een tikje geamuseerd toe terwijl het meisje met het donkere haar haar bezittingen hongerig inventariseert, dan aan haar bureau gaat zitten en het eerste boek *openslaat. Ze beweegt zich met precisie. Haar potloden zijn geslepen.*

Dit zijn de dingen die Lissa over de universiteit, Manchester en klasse meent te weten: ze is de dochter van een socialiste. Ze heeft in Noord-Londen op een openbare school gezeten. Ze gaat liever om met een drugsdealer dan met een jongen van een duur internaat. Er zijn veel te veel jongens en meisjes van dure internaten in Manchester, maar onder de grauwe postindustriële buitenkant gaat de echte stad schuil. Dát Manchester is op dit punt in de geschiedenis – voor wie zoals Lissa van dance en xtc houdt – misschien wel de geweldigste stad op aarde.

Het langharige meisje interesseert haar omdat ze een Manchesters accent heeft, een zeldzaamheid op deze universiteit. Lissa houdt van de mensen van deze stad. En ze vindt het ernstige, zelfs wat boze gezicht van het meisje leuk. Ze hoort haar graag sparren met de andere studenten bij het seminar. Hannah is bijterig en dat vindt Lissa leuk. En ze vindt haar op deze lentemiddag ook interessant omdat ze denkt dat het meisje haar aan een mooi cijfer kan helpen.

Oké, zegt Hannah. Afscheiding dus.

Schiet mij maar lek, zegt Lissa.

Hannah buigt haar hoofd en leest voor terwijl ze de puntjes van haar haar om haar vingertoppen draait.

Afscheiding houdt in stand wat in het archaïsme van de pre-objectrelatie bestond, in het oergeweld waarbij een lichaam van een ander lichaam wordt afgescheiden om te kunnen zijn.

Oergeweld, zegt Lissa. Wat betekent dat?

Nou, zegt Hannah, de geboorte, toch? De babyfase, voordat we toetreden tot de symbolische orde. De taal. Al die dingen.

Als jij het zegt, zegt Lissa. Weet je wat? Ze buigt zich naar een la in haar kast en haalt er een zakje wiet uit. Dat heeft ze die ochtend van haar vriend gekregen.

Maar... Hannah voelt een lichte paniek opkomen en legt haar hand op het stapeltje boeken. Het is drie uur. Ik bedoel... We moeten morgen toch een presentatie geven?

Weet ik, maar misschien helpt het.

Lissa voelt Hannahs blik terwijl ze de joint draait. Ze neemt de tijd, geniet van haar eigen handigheid, voltooit het procedé met een zwierig gebaar, zet het raam open en leunt naar buiten, vier verdiepingen boven Owens Park. Ga door, zegt ze en ze steekt op.

Hannah zucht en leest verder.

Op het niveau van onze individuele psychoseksuele ontwikkeling markeert het afstoten het moment waarop we onszelf van de moeder afscheiden en een grens beginnen te herkennen tussen het ik en de ander, tussen het ik en de moeder.

Lissa denkt aan Sarah, die haar in september in de oude, met haar spullen volgepakte Renault 5 naar haar nieuwe kamer heeft gebracht. Ze heeft haar in een restaurant in de stad op een lunch getrakteerd. Zo schat, zei ze bij het toetje, je bent toch aan de pil, hè? Daarna gaf ze haar twintig pond, een mooi portret van de achtjarige Lissa in de gebloemde stoel op zolder, een pakje Drum en een snelle zoen op haar wang voordat ze naar Londen terugreed. Een scheiding die Sarah nauwelijks dwars leek te zitten.

... zoals ik in het ware theater, leest Hannah verder, zonder schmink of maskers, aan het afval en de lijken zie wat ik voortdurend afscheid om te kunnen leven. Die lichaamssappen, die bezoedeling, die stront, daaraan moet het leven het hoofd bieden...

Wát? Staat dat er echt?

Ja. Hannah kijkt op en glimlacht. Dit is de eerste keer dat Lissa haar ziet glimlachen. Ze heeft een mooie lach. Interessant. Des te mooier omdat ze er niet scheutig mee is.

Die stront... die stront, daaraan moet het leven het hoofd bieden, zwaar en moeizaam, op leven en dood. Daar sta ik op de grens van mijn zijn als levend wezen.

Wow, zegt Lissa.

Ja, zegt Hannah.

Lissa blaast rook naar buiten. Het geluid van het verkeer op Wilmslow Road beneden, de mistige, gedempte geluiden van de woontoren, Portishead, 'Glory Box' in een kamer vlakbij.

Dus... zegt Hannah. Die presentatie?

O. Ja. Oké. Zullen we... zegt Lissa, om te beginnen alles opnoemen wat we afscheiden?

Waarom? vraagt Hannah. Ze is geen liefhebber van de omtrekkende beweging. Ze heeft een lineaire geest.

Waarom niet? Kom op – Lissa zwaait met de joint naar Hannah – hoeveel kun je er opnoemen?

Hannah trekt haar neus op. Nou, pis natuurlijk... urine. Stront. En bloed, twee soorten bloed. In je aderen en menstruatiebloed.

Er zijn vast wel meer soorten.

Waarschijnlijk wel.

Om te beginnen is dit genoeg. Kots. Snot. Oorsmeer.

We moeten het opschrijven. Hannah pakt een potlood en begint te krabbelen.

Hoeveel hebben we nu? vraagt Lissa.

Zeven.

En oogklodders?

Absoluut. Maar hoe heet dat officieel?

Geen idee. Wil jij niet?

Hannah heeft nog maar één keer geblowd, afgelopen zomer in het Ritz met Cate, en ze werd er duizelig en misselijk van. Ze loopt naar het raam en voelt zich opgelaten. Ze neemt de joint van Lissa aan. Een klein, verkennend trekje. Vanuit haar ooghoek kijkt Lissa geamuseerd toe en ze pakt het notitieblok en een pen.

Spuug, zegt Hannah en ze neemt een diepere trek. Over spuug gesproken, ik heb hem geloof ik een beetje nat gemaakt.

Geeft niet, zegt Lissa, ga door.

Slijm, zegt Hannah.

Oké. Niet zeggen.

Slijm.

Ze proesten allebei.

Roos?

Ja, roos is goed. Lissa stopt met schrijven en gaat weer naar het raam. Ze staan dicht bij elkaar. Ze ruikt Hannahs geur: wierook en shampoo.

En baby's? vraagt Lissa. Ze pakt de joint weer terug.

Wat is daarmee?

Nou, die scheid je in zekere zin toch ook af?

Misschien. Hannah rimpelt haar neus. Of eigenlijk de huid eromheen. Hoe heet dat? Die vloeistof. Vruchtwater.

Ja. Precies. We moeten een band beginnen, zegt Lissa. Ze giechelt. Vrucht. Of... nee... Afscheiding.

Ze lachen nu voluit.

God. Ja. Afscheiding. Geweldig.

Ze laten T-shirts bedrukken, zwart met felroze letters. Felroze mag, besluiten ze, want het is ironisch. Ze noemen alles op wat ze afscheiden en geven bij alles voorbeelden uit hun eigen leven. Ze werpen de vraag op of zaad van een man dat uit je lichaam loopt – dat na de seks sporen in je onderbroek achterlaat – zelf ook een vorm van afscheiding is. (Hannah heeft nog nooit seks gehad, dus hierover laat ze Lissa het woord doen.) Ze delen mee dat er verschillende soorten vaginale afscheiding zijn: het soort dat een witte korst achterlaat en het soort dat een gele korst vormt, het soort dat je afscheidt als je opgewonden bent. Ze opperen dat afscheiding – met alle negatieve connotaties van dien – feitelijk een patriarchale term is. Ze besluiten dat er net zoveel verschillende soorten vaginale afscheiding zijn als de Inuit woorden voor sneeuw hebben.

Ze zien met voldoening dat de jongens er ongemakkelijk van worden. Ze voelen een nieuw soort macht. Ze worden opgeladen. Ze worden vriendinnen.

2010

Hannah

Ze staat in de rij bij de visboer, op de drempel, de zon schijnt fel door het raam en achter haar klinkt geroep van de markt. Het is een warme dag, het ijs smelt en de resten van de vangst van die dag zitten onder het bloed en de schubben. Twee jongemannen in waadbroek lopen heen en weer tussen de toonbank en het hakblok achterin waar de vis wordt schoongemaakt en ingepakt.

Acht jaar geleden, toen ze pas in deze buurt woonde, was deze winkel van een Jamaicaan. Alles was in de kleuren van de Jamaicaanse vlag geschilderd. Hij verkocht verse vis, zoutevis en groenten en achterin allerlei andere spullen: wierook en bootleg-reggaecassettes. Hij had een prachtig gezicht. Toen de winkel terwijl hij er nog in zat door een projectontwikkelaar werd verkocht, werd er een campagne voor hem opgezet: artikelen van plaatselijke journalisten in *The Guardian*, een sit-in in een espressobar in de straat – eigendom van dezelfde projectontwikkelaar. In de kerk werd boos vergaderd en iedereen ging erheen. Hannah herinnert zich een man, een vijftiger, die opstond en wit weggetrokken van woede riep: 'Ik weet nog wat een zooi het hier vroeger was. Toen was het veel fijner.'

Maar die storm is al lang gaan liggen en de ananassen, de zoutevis en de bakbananen hebben plaatsgemaakt voor witte tegels en vis die aan de lijn gevangen is. Deze visboer is al niet nieuw meer. En ondanks een restje ongemakkelijkheid dat af en toe de kop opsteekt vindt Hannah het een mooie winkel, met de vangst van de dag, flirterige jongemannen en de boodschap dat de zee nog vol is en dat het misschien nog wel goed komt met de wereld.

Eindelijk is ze aan de beurt en ze flirt een beetje, zoals het hoort, wanneer ze zeeduivelmedaillons koopt, om advies vraagt over de bereiding en saffraan en zeekraal bestelt, die ze met de vis in haar tas stopt. Als ze naar buiten loopt zweet ze: het eerste teken van de hormonale dip. Haar hele hoofdhuid is nat. Dit is het vervelende hiervan, wat ze je niet vertellen, het onderdrukken van de hormonen, de kunstmatige menopauze na drie weken, waarbij je hormoonspiegel helemaal naar nul zakt: overdag zweten, 's nachts zweten en voortdurend willen huilen.

Maar ze is goed in niet-huilen; dat heeft ze tot een kunst verheven. Ze huilt nooit als de ene vrouw na de andere op haar werk meedeelt dat ze zwanger is. Of als ze elke dag haar temperatuur opneemt en die op de tabel invoert. Of als ze elke maand weer bloedt. Ze huilde zelfs niet toen haar oudste vriendin haar vertelde dat ze zwanger was. Hannah heeft Cate heel dicht tegen zich aan getrokken zodat ze haar gezicht niet zag.

Buiten loopt ze met een boog langs de espressobar met de onvermijdelijke buggy's op de stoep, haar blik dwaalt langs de baby's en de ouders met hun cappuccino of latte macchiato in de hand. (Ze is ook goed geworden in het niet al te aandachtig naar de kinderen kijken; het is niet verstandig om naar de mollige armpjes van een baby te kijken, of naar een peuter aan de hand van zijn moeder, of naar een pasgeboren kindje in een draagdoek tegen de borst van de vader.) Maar als ze langs de bloemenkraam komt blijft ze staan, de uitstalling trekt haar aandacht. De verkoopster spreekt haar aan. 'Wat hebt u nodig?' vraagt ze. Ze is eind vijftig, begin zestig, en heeft blauwe ogen.

'Ik...' Hannah weet even niet wat ze moet zeggen. Wat heeft ze nodig? 'Wat zijn dat?' Ze wijst naar een stekelige bloem met een lange steel.

'Kaardenbol. Uit mijn eigen tuin, we hebben dit jaar een gigantische oogst. En dit...' ze buigt zich naar haar emmers, 'zijn astertjes.'

'Die wil ik allebei wel.'

De vrouw bindt de bloemen losjes met draad bij elkaar en wanneer ze ze overhandigt raken haar ruwe knokkels die van Hannah. Hannah loopt door naar het eind van de markt, waar het minder druk is, steekt het kanaal over en slaat rechts af, door het buurtje naar haar appartement, worstelend met haar tassen totdat ze de onopvallende metalen buitendeur open heeft. Ze klimt de buitentrap op naar de bovenste etage van het gebouw van drie verdiepingen, een oude pub, verbouwd en al verkocht voordat hij goed en wel klaar was. Samen met twintig andere stellen verdrongen ze zich bij de bezichtiging en de dag daarop moesten ze hun bod in een verzegelde envelop insturen. Voordat Cate naar Canterbury verhuisde kwam ze geregeld op bezoek. Dan streek ze over haar buik, bewonderde het uitzicht en sprak haar verwondering over Hannahs meevaller uit.

Het is geen meevaller, wilde Hannah zeggen. *Zo werkt het gewoon. Je werkt hard, spaart tien jaar lang en tegen de tijd dat je der-*

tig bent heb je genoeg voor een aanbetaling. Het is geen toverkunst, gewoon rekenen.

En nu woont Cate in een huis dat de ouders van haar man voor haar hebben gekocht en waar ze niets voor hoeft te betalen, met haar mooie, gezonde zoontje waar ze geen enkele moeite voor heeft hoeven doen, en nu is ze weer ongelukkig. Zo klonk het althans de vorige avond aan de telefoon.

Hannah pakt haar aankopen uit, legt de vis, de zeekraal en de wijn in de ijskast, snijdt de bloemen schuin af en zet ze in een vaas, die ze in een lange naar binnen vallende baan middaglicht neerzet. De kaardenbollen zijn een verrassing met hun strenge, strak omlijnde schoonheid. Haar laptop staat open op tafel en als ze hem wil dichtklappen ziet ze het rapport waar ze die ochtend aan heeft gewerkt voordat de zon haar naar buiten lokte. Ze slaat het document op en doet de laptop dicht.

Ze zweet nog steeds, dus loopt ze naar de gootsteen om water in haar gezicht te plenzen. Het voelt heel vreemd, alsof haar schedel wordt uitgeschraapt. Ze krijgt weer behoefte om te huilen. Ze wil Nathan naast zich hebben, zijn arm rustig om haar heen. Maar hij is gewoon in de bibliotheek, een klein eindje fietsen langs het kanaal. Hij komt zo thuis. Dan eten ze samen en vertelt hij over zijn dag. Ze kijkt op, haar blik rust op de bloemen, de tafel, het licht.

Dit is het huis dat ze heeft opgebouwd.

Daar staat de tafel die ze in een rommelwinkel onder een oude spoorbrug heeft gevonden en zelf in een weekend helemaal geschuurd.

Daar staat de ingelijste foto van de tuin van het huis in Cornwall waar Nathan haar ten huwelijk heeft gevraagd, elk grasssprietje met rijp bedekt.

Daar staat de boekenkast tegen de muur, vol poëzie, romans

en logboeken van Nathan. (Ze is opgegroeid in een huis zonder boeken en kan minutenlang voor de kast staan en hem tegen haar laten spreken, de ruggen keurig op alfabet: Adichie, Eliot, Forster, Woolf.)

Daar ligt het kleed dat ze dat weekend in Marrakesh hebben gekocht. Het winkelen 's avonds in de soek, het afdingen, de uiteindelijke capitulatie en het belachelijke bedrag dat ze moesten neertellen om het in het vliegtuig te mogen meenemen. Maar het is prachtig, Beni Ouarain, uit het Atlasgebergte. Dikke, roomkleurige wol. *Het zal u geluk brengen*, zei de verkoper terwijl hij het ruitpatroon met zijn vingers volgde, en verbeeldde ze het zich of flitste zijn blik even naar haar buik toen ze haar creditcard pakte om te betalen?

Daar staat de divan die ze in een pakhuis in Chelsea hebben gekocht, uitgekozen vanwege de lage, twintigste-eeuwse lijn en de donkere leisteenblauwe linnen bekleding. De divan waar ze twee weken na de eerste ivf-behandeling op heeft gezeten; de juichende blijdschap om die twee helderroze streepjes. De divan waarop ze zat, in een dekentje gewikkeld, terwijl Nathan kookte, soep en risotto voor zijn zwangere vrouw.

En daar, een eindje verderop in de gang, is de badkamer. De witte, schuin afgewerkte tegels. De lotions in hun bruine glazen flesjes. Dat is de plek waar ze drie weken na de test, na een dag bloeden kronkelend van de pijn een klodder ter wereld bracht. Een vezelig zakje waar de baby in zat die niet was blijven leven. Nathan en zij wisten niet waar ze het moesten laten. Uiteindelijk zijn ze 's avonds laat het park in gelopen, waar ze een kuil hebben gegraven om het diep in de grond weg te stoppen.

Maar wacht – hier, kom eens, deze kant op, de gang door, een klein vertrek – doe de deur open, ga binnen staan, kijk hoe het licht naar binnen valt, zachter, meer diffuus. Dit kamertje wacht, er is hier niets dan een stil gevoel van afwachting.

Dit is het huis dat Hannah heeft opgebouwd, drie verdiepingen boven Londen, zwevend in het licht.

De stoofpot is gaar en staat op het fornuis te pruttelen. Vers boerenbrood en een kommetje aioli. Er staat een glinsterende fles witte wijn op het aanrecht met twee glazen ernaast. Hannah hakt peterselie en mengt er citroen en zout doorheen. Ze hoort de voordeur en dan staat Nathan achter haar met een hand op haar rug. 'Hé.' Ze draait zich om, een snel kusje op de mond. 'Hoe gaat het met je hoofdstuk?' Als haar man iets moet afmaken, gaat hij altijd naar de British Library. Hij zegt dat hij het daar in het weekend fijn vindt, dan is het stiller in de leeszalen; hij werkt daar makkelijker dan thuis, zegt hij.

'Ach, je kent dat. Langzaam maar zeker.'

Ze geeft hem een glas wijn dat hij dankbaar aanneemt, schept stoofpot op, strooit er peterselie overheen en geeft Nathan zijn kom. Ze gaat eerder aan tafel zitten dan hij, met een zeker gevoel van ceremonieel. Het is zaterdag, ze mag eten en drinken wat ze wil. Ze neemt een slokje wijn. Die smaakt schoon, hard en stralend; ze zou haar glas wel in één teug willen leegdrinken, maar ze zet het weer op tafel, naast haar kom. Discipline. Dat heeft ze altijd gehad en dat zet ze nu ook in. Geen cafeïne. Geen alcohol. Behalve op zaterdagavond.

Nathan kijkt op, betrapt haar erop dat ze op hem let en pakt haar hand. 'Heerlijk.'

'Dank je.'

'En jij? Heb jij vandaag gewerkt?'

'Even, vanmorgen. Maar toen was het zulk mooi weer dat ik naar het park ben gegaan.'

‘O, dat wilde ik nog zeggen,’ zegt hij, ‘ik zag Lissa laatst.’

‘Lissa? Waar?’

‘Gisteren, in de bibliotheek.’

‘In de bibliotheek? Wat deed ze daar?’

‘Ze zei dat ze zich wilde inlezen voor een promotieonderzoek.’

‘Grappig. Dat had ik nooit van haar verwacht.’

‘Nou ja, je kent haar. Het leek nogal ondoordacht.’

Hij pakt de fles. Ze kijkt toe terwijl hij zijn glas weer volschenkt.

‘Nath?’ zegt ze zacht.

‘Ja?’

‘Ik dacht... Het klinkt misschien stom, maar van de week bedacht ik, toen ik met de injecties begon, toen ik daar zat met die naalden... of we niet iets van een... ritueel konden doen.’ Het woord smaakt vreemd. Terwijl ze het uitspreekt, breekt het zweet haar weer uit, op haar voorhoofd. Ze dept het op met haar mouw.

‘Wat voor ritueel?’ Nathan legt zijn lepel neer, vouwt zijn handen voor zijn kin. Rituelen, daar geeft hij les in – die zijn zijn dagelijks brood.

‘Ik weet niet.’ Ze voelt dat ze weer rood aanloopt, ze heeft weer een opvlieger. ‘Iets om het te markeren. Ik bedoel, als we... Als we zoiets deden, hoe zouden we dat dan aanpakken, denk je? Wat zouden we kunnen doen?’

Hij glimlacht. ‘Een ritueel kan van alles zijn. Het hoeft niet eens serieus te zijn. We kunnen iets simpels doen.’ Weer pakt hij haar hand. ‘Een kaars aansteken, of...’ En als ze geen antwoord geeft: ‘Of helemaal niets. Gewoon afwachten.’

‘Ja,’ zegt ze, ineens opgelaten, en ze trekt haar hand terug. ‘Ja. Laten we maar gewoon afwachten.’

Lissa

'Lieverd.' Sarah doet open en loopt meteen weer de donkere gang in. 'Kom vlug binnen. Ik heb iets opstaan.'

Lissa volgt haar moeder door de gang naar de keuken.

'Ik ben soep aan het maken, god mag weten waarom. Het is nog zo heet. Wil je een kom?' Sarah loopt naar het fornuis, tilt het deksel van de pan en roert. Het lange grijze haar van Lissa's moeder is boven op haar hoofd in een knot gedraaid die met twee Japanse kammen op zijn plaats wordt gehouden. Ze heeft haar schilderskiel aan, oeroud, bruin en onder de verf.

'Ja, heerlijk,' zegt Lissa. Bij Sarah slaat ze nooit eten af – haar moeder kan zo lekker koken.

'Tien minuutjes,' zegt Sarah. Ze doet het deksel weer op de pan. 'Ik maak er ook iets van salade bij.'

Lissa tilt de kat van een van de eetstoelen en gaat zitten. Het is zo mogelijk een nog grotere troep dan anders: stapels brieven op de tafel, sommige geopend, sommige niet. Haar moeders tijdschriften: de *New Statesman*, oude *Guardian Reviews*; brieven van goede doelen: Greenpeace, Freedom from Torture. Een ongeopende, officieel ogende envelop is gebruikt om een lijstje op te schrijven; Sarahs sierlijke handschrift loopt als spinnenpootjes over het papier.

Judy??

Cortisol? Dr L. vragen

Ruby – pillen.

'Wat is er met Ruby?' Lissa kijkt op.

'Iets met haar buik. De stakker loopt al dagen te kotsen en ze heeft diarree. Die dierenarts. Je moet zowat tien jaar van tevoren een afspraak maken, echt.'

‘Hoe is het met je hand?’

‘O, gewoon.’ Sarah buigt haar vingers. ‘Gaat wel.’

‘Dit ziet er wel belangrijk uit.’ Lissa pakt een brief en zwaait ermee naar haar moeder.

Sarah draait zich weer om naar het fornuis en wuift haar dochters opmerking luchtig weg. ‘Nee hoor. Dat zie je aan de envelop.’

‘Echt?’

‘Een liefdadigheidsinstelling die meer geld wil. Of iemand die me een creditcard wil aansmeren.’ Sarah haalt een pakje shag uit de zak van haar schilderskiel en draait een sigaret. ‘Jij ook?’

‘Lekker.’

Lissa neemt het aangeboden pakje aan en geniet van de zoetheid van het vloeitje op haar tong – altijd hetzelfde merk, zwarte Rizlavloeitjes met dropsmaak, de vingertoppen van haar moeder die al zolang ze zich kan herinneren oranje zijn, haar hese, lage adem. Haar moeder is weer aan het werk, zoveel is duidelijk: de kiel, de troep en het vleugje manische energie dat ze uitstraalt, alsof er ergens vlakbij een bijeenkomst is, een interessanter gesprek in een andere kamer. Maar Lissa weet dat ze er niet naar moet vragen, nog niet in dit vroege stadium. Wat Sarah ook aan het maken is, het is nieuw.

‘Komijn.’ Haar moeder rommelt in de kastjes. ‘Er moet komijn bij. Natuurlijk. Verdomme.’

Lissa gooit de envelop weer op de stapel, waar hij een kleine lawine veroorzaakt die alleen door de fruitschaal wordt tegengehouden. Als haar moeder zich geen zorgen maakt over onbetaalde rekeningen, dan gaat zij het ook niet voor haar doen.

‘Zoete paprika?’ Sarah draait zich om met de kruiden in haar hand.

'Wat jij wilt, mam.'

'Zo moet het maar. Komijn? Dat heb ik toch altijd in huis? Raar.'

'Kan ik iets doen?'

'Ik ga een salade maken. Jij mag groente snijden als je wilt. Maar wacht. Hier.' Haar moeder gooit haar een groezelig doosje lucifers toe, Lissa vangt het en loopt naar de geopende tuindeur, die de late zomerlucht binnenlaat.

De tuin is het mooiste aan dit huis. Haar moeder heeft groene vingers en wat binnen chaotisch aandoet valt op zijn plaats als je buiten komt; haar moeders gevoeligheid, alles net op het randje van wild. Lissa strijkt een lucifer af en rookt. 'Ik heb de rol,' zegt ze zacht tegen de lavendel en de kamperfoelie.

'Sorry schat?' roept haar moeder uit de keuken. 'Wat zei je?'

'Die rol.' Ze blaast een dun sliertje rook uit en keert haar gezicht naar de keuken. 'Weet je nog?'

'Vertel nog eens.' Haar moeder staat met haar gezicht in het donker.

'Tsjechov. Jelena.'

'O ja, geweldig. Geweldig.' Haar moeder omhelst haar en Lissa snuift haar geur van verf en kruiden op, haar knisperdroge haar.

Lissa lacht en voelt weer het belletje van de opwinding in haar buik dat daar al zit sinds ze het voor het eerst heeft gehoord. 'Dank je. Ja hè. De regisseur is een vrouw. Ik vind haar goed. Lastig, zeggen ze, maar goed.'

'Echt geweldig. Dat moeten we vieren!'

Voordat ze kan protesteren duikt haar moeder al in de kast waar ze de drank bewaart. 'Hmm. Witte wijn. Pouilly-Fuissé van de Lidl. Zou goed moeten zijn. Maar niet koud. Of Gordon's – zullen we een gin-tonic maken? Wacht. Ik weet niet of ik ijs heb. Maar ik bik wel wat los uit de vriezer. Zullen we daarmee beginnen? Daarna zien we wel.'

'Oké.'

'Gooi dan 's een citroen op.'

Haar moeder schenkt neuriënd twee grote bellen gin in en plenst er een beetje tonic bij. 'Zit niet veel prik meer in, maar het moet maar. Hier.' Met een zwierig gebaar overhandigt Sarah haar het glas. 'Kom, we gaan in de tuin zitten. Die salade kan wel even wachten.'

Sarah gaat haar voor over het slingerende stenen paadje, langs lavendelstruiken, tomatenplanten, pompoenen en kruiden naar een verweerd tafeltje met een paar stoelen onder een houten pergola.

'Je sjekkie is uitgegaan, schat.' Haar moeder buigt zich naar haar toe en geeft haar weer vuur. 'Proost. Goh. Op jou.' Ze heft haar glas. 'En op Tsjechov. Jelena... Dat is toch...'

'*Oom Wanja*.'

'Ja, *Oom Wanja*. Prachtig. Maar wacht, was dat nou dat stuk met dat geweer?' Haar moeder plukt een sliertje shag van haar lip.

Voor Sarahs pensioen was ze lerares Engels. Engels en tekenen op de plaatselijke middelbare school, een goede Noord-Londense school van het soort waarvoor ouders uit de middenklasse elkaar de tent uit vochten om een plaatsje voor hun kinderen te bemachtigen.

'Dat was *De meeuw*.'

'O ja. *De meeuw*. Met die mislukte jonge actrice. En *Wanja*?'

'Dat is een mislukte... Gewoon, iemand die mislukt is. In het leven. Ze zijn allemaal mislukt, hè. Tsjechov.'

'En jij bent de vrouw van de...'

'Mislukte academicus. Serebrjakov.'

‘O ja. God ja... Dat heb ik Glenda nog zien spelen, geloof ik, vroeger.’

Glenda Jackson is haar moeders maatstaf voor alles wat in het acteursvak goed en solide is.

‘Of nee... Wacht, dat was die hele mooie... Hoe heet ze, Greta eh.’

‘Scacchi?’

‘Ja, die. Prachtig. Net als jij straks.’ Sarah buigt zich naar Lissa toe en pakt haar pols. ‘Goh, wat goed, schat. Een mooie rol. Dat werd tijd. Dat moet je aan Laurie vertellen. Die vindt het vast geweldig.’

Laurie, Sarahs beste vriendin, die dramatische vorming gaf op dezelfde school en haar vrije tijd heeft opgeofferd om Lissa klaar te stomen voor de toneelschool.

‘Vertel jij het maar,’ zegt Lissa.

‘Zal ik zeker doen.’ Haar moeder leunt achterover en neemt haar door de rook heen aandachtig op. Sarahs blik. Niets ontgaat haar. Hoeveel uur heeft ze dat niet moeten verdragen? Als kind poseerde ze voor haar moeder – urenlang, jarenlang, altijd in die gebutste oude stoel op zolder. Totdat ze het op een dag niet meer wilde.

‘Ik moet zeggen,’ zegt Sarah, ‘geweldig dat je kunt doorgaan voor... Hoe oud is ze in het stuk? Ze zijn nooit ouder dan een jaar of dertig, hè, de vrouwen in die stukken. Of vijftig. Of dienstbode. De dienstboden schuifelen maar wat op en af, toch?’ Ze zwaait met haar sigaret. ‘Samowars aansteken en zo.’

‘Ja,’ zegt Lissa, al weet ze niet precies waar ze ja op zegt. Op alles waarschijnlijk. Ja, het is geweldig dat ze voor dertig kan doorgaan. Ja, er zijn nauwelijks rollen tussen de dertig en de vijftig, niet alleen bij Tsjechov, maar helemaal nergens. Misschien in het echte leven. Misschien is dat... het vrouw-zijn. *Wasteland Years.*

'Goh.' Haar moeder neemt een ferme slok. 'Gezellig hè? Ik heb in geen eeuwigheid meer overdag gedronken. Hoe heet die regisseur?'

'Ze komt uit Polen. Klara.'

'Goh, dat je nooit iets hebt gezegd.'

'Dat doe ik niet meer. Dat is toch niet meer de moeite?' Ze plukt met haar vrije hand aan een velletje aan haar duim.

'Nee, dat moet je niet zeggen. Je moet het altijd laten weten als er zoiets gebeurt. Dan doe ik mijn geluksoorbellen in.'

'Ja, ach. Ik weet niet of dat nou wel zoveel helpt. In het algemeen.'

'Wel toen je die televisierol kreeg. En toen je ziek was.' Haar moeder priemt verwijtend met haar sigaret in Lissa's richting.

De zon komt om de hoek van het huis en valt op het gras naast hen. Lissa keert haar gezicht ernaartoe. De kat drukt zich mauwend tegen de kuiten van haar moeder.

'Wanneer begin je?'

'Volgende week maandag.'

'Zo snel al? Hoelang repeteren jullie?'

'Vier weken.'

'Netjes. Betalen ze goed?'

'Neu. Maar genoeg.'

'Mooi,' zegt Sarah. Ze drukt haar peuk uit in de dichtstbijzijnde bloempot. 'Mooi.' Ze klapt in haar handen. 'Goed. Heb je honger?'

'Ik help wel.' Lissa wil al opstaan, maar haar moeder wuift het aanbod weg.

'Blijf zitten. Geniet van de zon. Die valt nu net in de tuin. Het fijnste moment van de dag.'

Ze blijft dus zitten terwijl haar moeder in de keuken rondscharrelt en flarden van opera's zingt. In de lucht vormen de vliegtuigstrepen een kantwerkje tegen het blauw. Het is warm. Lissa kijkt naar het huis: twee verdiepingen, victoriaans, baksteen. Ze ziet het raam van de kamer die vroeger de hare was. Het daklicht van de zolder. Haar moeder heeft het huis gekocht van de afkoopsom van Lissa's vader, nu dertig jaar geleden. Ze heeft er nooit een cent aan uitgegeven, heeft ook nooit geld gehad om uit te geven, een lerarensalaris, genoeg voor goed eten, verf en ander materiaal en zo nu en dan vakantie. Als haar moeder het huis nu verkocht zou ze rijk zijn.

'Salade komt eraan.' Sarah loopt met twee dampende kommen naar het tafeltje, gaat weer naar binnen en komt terug met een grote houten schaal. Bittere rode blaadjes tussen het groen, verkruimelde walnoten en geitenkaas bovenop. Een apart kommetje olijfolie met een plas balsamicoazijn onderin. Lekker stevig brood met gezouten boter. Ze eten even zwijgend, omringd door de geluiden van de buurt: kinderen in pierenbadjes, barbecues, lachende mensen... Het stoffige eind van de vakantie: zomer in het lijf, zon op de huid.

'En verder?' vraagt haar moeder als ze klaar is. Ze schuift haar kom van zich af, draait een sjekkie en steekt het op. 'Hoe is het met Hannah? En met Cate?'

'Cate zit in Kent. Ik weet eigenlijk niet hoe het met haar gaat. Ik heb haar al een tijdje niet gesproken.'

'Waarom niet?'

'Tja. Zo gaat dat soms.'

'Hoe?' Sarah kijkt haar met haviksogen aan.

Lissa haalt haar schouders op. 'We zijn elkaar een beetje uit het oog verloren.'

'Je moet je vriendschappen onderhouden, Lissa. De vrouwen. Uiteindelijk zijn zij de enigen die je overeind houden.'

'Ik zal eraan denken.'

'Ja,' zegt Sarah. Door de rook heen kijkt ze naar Lissa. 'Ik heb Cate altijd bewonderd.'

'Weet ik.'

'Ze heeft principes.'

'Ja?' zegt Lissa. 'Ja, dat zal wel.'

'En Hannah?' vraagt Sarah.

'Met Hannah gaat het goed. Ik zag haar van de week nog.'

'Is ze nog steeds...?'

'Ja, ze doet weer een poging met ivf.' Lissa duwt een homp brood in haar kom.

Haar moeder zucht. 'Arme Hannah.'

'Ja,' zegt Lissa.

'Arme meid,' zegt Sarah weer.

'Arm is Hannah anders niet.'

'Bij wijze van spreken.'

'Weet ik,' zegt Lissa, 'maar het klopt niet. Ze is heel succesvol. Nathan ook. Ze hebben het erg goed.'

Haar moeder legt haar lepel neer. 'Goh. Wat ben jij ineens kregelig, Melissa.'

'Ik ben niet kregelig, ik vind alleen... Als je dan toch iets zegt, zeg dan iets wat klopt.'

'Ik zeg "arme Hannah" omdat ik weet dat ze al jaren zwanger probeert te worden. En dat het aldoor niet lukt. Ik kan me niets ergers voorstellen.'

'Echt niet? En als je een carrière probeert op te bouwen en het lukt almaar niet?'

'Hoe bedoel je?'

'O, laat maar.'

'Nee, serieus.' Sarahs ogen staan nu op scherp, ze heeft bloed geroken. 'Hoe bedoel je? Heb je het over jezelf? Vind je dat echt, lieverd?'

'Ja. Nee. Eigenlijk niet. Laat maar zitten. Alsjeblieft. Het is zo fijn nu. Laten we het niet verpesten.'

'Oké.' Sarah tilt Ruby op, neemt haar op schoot en aait afwezig over haar kop. Het is stil, het spinnen van Ruby klinkt als een buitenboordmotor in de verte. Lissa eet haar kom leeg.

'Jouw generatie,' zegt haar moeder zacht. 'Echt. Ik sta versteld van jullie.'

'Waarom?' Lissa schuift haar kom weg.

'Nou... Alles is jullie in de schoot geworpen. De vruchten van onze arbeid. Van ons activisme. God, wij hebben de barricades beklommen en de wereld veranderd. Voor jullie, voor onze dochters. En wat hebben jullie ermee gedaan?'

De vraag blijft loodzwaar in de zomerlucht hangen. Sarah sluit haar ogen alsof ze iets uit de diepte wil oproepen.

'Toen in Greenham. We stonden daar met duizenden vrouwen. Hand in hand om de basis heen. Jij stond naast me. Weet je nog?'

'Ja.'

Een stoffig kampeerterrein. Een hek, bedolven onder kinderspeelgoed. De andere kinderen die alle liederen uit hun hoofd kenden. Vrouwen met verweerde gezichten, eindeloos theedrinkend onder zeildoek. De vriendinnen van haar moeder: Laurie, Ina, Caro en Rose. Geen mannen. De enige mannen waren de militairen die aan de andere kant van de afzetting patrouilleerden met het geweer voor de borst.

Ze herinnert zich de verschrikkelijke blauwe dageraad toen de politie kwam en haar moeder aan haar haar uit de tent sleurde. Ze weet nog hoe bang ze was dat ze haar moeder zouden doodschieten.

Ze weet nog dat ze huilde en vroeg of ze naar huis mocht. Sarah nam haar mee naar een telefooncel en belde Lissa's vader, die haar met zijn zwarte Volvo kwam ophalen. Ze herinnert zich de uitdrukking op Sarahs gezicht toen haar vader wegreed. De teleurstelling. Alsof ze meer van haar had verwacht.

'We hebben voor jullie gevochten. Om jullie de kans te geven bijzonder te worden. We hebben de wereld voor jullie veranderd en wat hebben jullie ermee gedaan?'

Lissa staart naar de muur waar de blauweregen en de klimop elkaar verdringen. Ze krijgt een vertrouwd, benauwd gevoel in haar borst. 'Als ik je heb teleurgesteld, dan spijt me dat,' zegt ze.

'God,' zegt Sarah terwijl ze haar sigaret uitdrukt in de restjes van haar lunch. 'Doe niet zo dramatisch. Zo bedoel ik het helemaal niet.'

Ze neemt de trein van Gospel Oak naar Camden Road. Die zit deze zaterdagmiddag vol met gezinnen die naar Hampstead Heath zijn geweest. Jankende, jengelende kinderen met restjes zonnebrandcrème, ijs en kruimels van de picknick op hun rood aangelopen gezichtjes, vermoeide, rozige ouders die al een paar flesjes ophebben. Vrouwen van haar leeftijd, net uit de Ladies' Pond, nog met vochtig haar. Pas na Camden vindt ze een zitplaats. Het is verschrikkelijk, overdreven warm. Naast haar zit een puberjongen met rode ogen en een headphone waar muziek uit schettert.

Op Hackney Central loopt de trein leeg en Lissa neemt de route door het park. Hier – het rijk van de jongeren – komt het feest net op gang, de barbecues worden aangestoken, groepjes van vijf, tien, twintig mensen, sigarettenrook, houtskool, wiet, een onderstroom van drank en coke en de naderende avond. Ze ziet twee jonge vrouwen met hun rok opgetrokken tot hun middel; ze houden elkaar vast en pissen giechelend achter een boom.

Haar appartement is vlakbij, in het souterrain van het oude huis. Dat kon ze krijgen toen ze nog met Declan was, die haar het geld voor de aanbetaling had gegeven en haar hielp met de huur. Sinds ze uit elkaar zijn is ze erin geslaagd het aan te houden door een hachelijke combinatie van poseren bij de kunstacademie, callcenterwerk, hier en daar een rolletje en wat toeslagen om het rond te krijgen. Met pijn en moeite houdt ze het hoofd boven water. Nét.

Binnen is het heerlijk koel en ze laat haar tas in het halletje op de grond vallen, loopt de keuken in, vult een glas met kraanwater en drinkt het leeg. Aan de andere kant van de tuinmuur wordt iemand toegezongen – *Happy Birthday*, zingen de aangeschoten stemmen, *to youuuuu!*

In de slaapkamer gaat ze met haar ogen dicht op bed liggen. Ze heeft hoofdpijn – van de drank, van haar moeder, van de zon. *We hebben de wereld voor jullie veranderd en wat hebben jullie ermee gedaan?*

Ze weet wel wat haar moeder vindt. Dat zij haar tijd heeft verdaan – dat ze het stokje in de intergenerationele feministische estafetteloop niet heeft doorgegeven.

Ze had moeten zeggen: *We doen ons best. We doen alleen maar ons stinkende best.*

De luide, blikkerige muziek uit het park irriteert haar en ze loopt naar de woonkamer, waar ze de zonwering dichtdoet tegen de lage zon.

Ze haalt de dvd uit haar tas – *Herfstsonate*. Die lag bij Sarah in de stoffige televisiekamer, een hele Bergmanbox. Op het hoesje staat een intense close-up van de twee actrices. Ze weegt het even op haar hand, pakt haar laptop, loopt naar de bank en schuift de dvd erin.

In het begin verveelt ze zich bij het simplistische, statische camerawerk en de schutterige monologen tegen de camera; ze overweegt hem uit te zetten, maar dan zeilt Ingrid Bergman het beeld in en begint het vuurwerk. Het lijkt wel een bokswedstrijd tussen twee zwaargewichten die tegen elkaar zijn opgewassen en elkaar bruut afstraffen, ronde na ronde, moeder en dochter die frontaal met elkaar botsen en hun relatie tot op het bot ontleden. Na een halfuur merkt Lissa dat ze haar adem inhoudt. Tegen het eind zit ze als een strakgespannen balletje met haar armen om haar knieën.

Als de film afgelopen is staat ze op, loopt door de woonkamer en voelt haar bloedsomloop pijnlijk weer op gang komen. Ze draait een sjekkie, schuift het raam omhoog en gaat in de vensterbank zitten roken. Buiten is het inmiddels donker en ze krijgt in haar hemdje kippenvel van de koele avondlucht. De benzinelucht vermengt zich met de geur van geroosterd eten en houtskool van de barbecues in het park.

Ze denkt aan Nathan, aan zijn gezicht in de bibliotheek. *Na die film moest ik in therapie*. Zoiets zouden de meeste mannen niet zeggen. Maar Nathan is dan ook niet de meeste mannen.

Ze kent hem dankzij Sarah. Bij hun eerste ontmoeting was ze net twaalf geworden en weigerde ze nog langer voor haar moeder te poseren, en omdat de zaterdag haar schilderdag was zocht Sarah een ander model en had Lissa het rijk alleen.

Ze had een paar weken naar de waardeloze tv-programma's gekeken die op zaterdagmorgen werden uitgezonden en begon toen de deur uit te gaan, de helling af, naar Camden, zonder tegen Sarah te zeggen waar ze heen ging. Er hingen groepjes pubers, nauwelijks ouder dan zij, bij het kanaal rond. Ze kocht een cola bij de kiosk en ging dan op de brug naar ze zitten kijken. Nathan was er ook. Hij hoorde niet bij een bepaalde groep, hij was gewoon een Noord-Londense puber die op zaterdagmiddag wat blowde bij het kanaal.

Op een kille middag kwam hij naar haar toe. *Gaat-ie? Heb je het niet koud?* Ze gaf toe dat ze het inderdaad koud had en ze mocht zijn trui lenen. Die was groot en warm en hij had er gaten voor zijn duimen in gemaakt, zoals veel tieners doen. Ze deelden een blikje cider. Hij gaf haar haar eerste sigaret.

Een paar jaar later zagen ze elkaar vaak bij Camden Palace. Dan omhelsden ze elkaar – zoals je dat toen deed, je gooide je er helemaal in – je kon tegen elkaar zeggen dat je van elkaar hield en het ook echt menen, stoned en platonisch in je joggingpak op vrijdagavond. Toen ging hij het huis uit, studeren, en ze had zijn telefoonnummer niet en heeft hem jaren niet gezien, tot die avond van de vernissage van Sarahs expositie, toen ze net was afgestudeerd en hem weer tegenkwam en hem aan Hannah voorstelde. Toen zij al met Declan was.

Hij zal nu bijna veertig zijn.

Ze pakt haar telefoon en tikt een bericht.

Bergman heeft me gevloerd. Dank je. Denk ik.

Ze zet er een kusje onder. Wist het. Zet het weer terug. Wist het hele bericht. Schrijft er nog een.

Hoe wist je dat?

Wist het. Legt haar telefoon neer.

Hoe wist je dat? Wist je het? Wist je dat het me zo zou raken? Mag ik je bellen? Ik moet praten.

Ze pakt haar telefoon weer en schrijft:

Bedankt voor de Bergmanfilm. Prachtig. x Liss.

Geestverwanten

2008-2009

Op de avond van Hannahs huwelijk heeft Cate seks met de enige andere single aan haar tafel, een neef van Nathan, een Londense bankier van achtendertig. Bij de receptie hebben ze veel te veel cava gedronken en ze neuken op de wc in de Pub on the Park. Daarna spreken ze nog vaak af. Soms belt hij haar 's avonds om elf uur en dan gaat ze naar zijn huis. Hij heeft een heel huis voor zich alleen aan de rand van London Fields, bij Queensbridge Road. Hij heeft al een keer een huis in Dalston met winst verkocht. Hij heeft een keuken met een enorm fornuis dat hij nooit lijkt te gebruiken, want er liggen altijd bakjes van afhaalmaaltijden in de vuilnisbak.

Meestal doen ze het daar, in zijn huis, maar als hij op zakenreis is, zoals vaak het geval is, zien ze elkaar in hotels in Manchester, Birmingham of Newcastle. Onpersoonlijke luxe. Ze kijken samen naar porno. Daarvoor had ze nog maar zelden porno gezien en ze is verbaasd dat ze er zo van kan genieten. Eén keer hebben ze seks voor zijn webcam terwijl een ander stel ergens in het zuiden van de Verenigde Staten ook voor de computer aan het seksen is. Dat windt haar op.

Zo gaat het een paar maanden door. Overdag zien ze elkaar nooit. Hij vraagt haar nooit mee naar een expositie, ze gaan nooit samen uit eten. Hij is haar geheim. Ze schaamt zich als ze aan hem denkt. Soms hoort ze een paar weken niets van hem en dan weet ze dat hij het met iemand anders doet. Soms zou ze wel willen dat ze hem kon haten omdat hij niet iemand anders is. Maar hij is geen slecht mens. Geen lul. Hij heeft veel goede eigenschappen. Hij wil alleen geen vaste relatie met haar en zij eerlijk gezegd ook niet met hem.

Dan belt hij niet meer. Ze probeert zijn nummer een paar keer en wacht dan op de mededeling dat hij weer wil afspreken. Maar ze krijgt een kort, beleefd berichtje dat hij iemand anders heeft leren kennen en met haar wil trouwen.

Ze is drieëndertig. Ze begrijpt dat deze man in haar leven een plaats heeft ingenomen die ook door een echte partner had kunnen worden vervuld. Een echte partner heeft ze niet meer gehad sinds ze Lucy bijna tien jaar geleden in het woud in Oregon heeft achtergelaten. Maar in de jaren daarna is ze gaan vermoeden dat Lucy nooit echt van haar is geweest.

Ze wordt overvallen door een gevoel van radeloosheid. Ze gaat Guardian Soulmates proberen. Dat is de enige verstandige optie. Ze kiest een foto van zichzelf die in Hannahs vrijgezellenweek in Griekenland is gemaakt. Die is van een afstand genomen, ze zit op een muurtje en lijkt niet te dik. Bij het keuzemenu moet ze even nadenken:

Vrouw zoekt man.

Man zoekt vrouw.

Vrouw zoekt vrouw.

Man zoekt man.

Nummer één lijkt haar het eenvoudigst. Ze kiest de gebruikersnaam LitChick, vertelt over haar liefde voor boeken, politiek, modernistische schrijvers en de geschiedenis van het East End.

Ze heeft een date met een man die in een band speelt. Hij is klein, mager en Schots en hij draagt een zwarte spijkerbroek. Hij heeft geen kont. Hij kijkt onrustig naar de ruimte achter haar terwijl hij praat. Na één biertje krijgt hij een sms en staat op. Ik moet weg, zegt hij. Hij *buigt zich naar haar toe en geeft haar een kusje op haar wang.*

Ze gaat naar Covent Garden, naar een enorm terras op het plein, vol toeristen. Daar ontmoet ze een man in pak die een achterbakse, depressieve indruk maakt. Hij is pas gescheiden, vertelt hij. Zijn vrouw wil de voogdij over de kinderen. Ze krijgt het benauwd van hem. Ze zegt dat ze naar de wc moet en loopt snel naar de metro.

Zo gaat ze door, nog meer dates, nog meer mannen, en ze weet dat dit niet goed voor haar is – dat het haar beschadigt – maar net als een gokverslaafde kan ze niet stoppen.

In haar wanhoop gaat ze op een middag naar Lissa.

Als ze aanklopt is ze zenuwachtig. Ik zou niet zijn gekomen als ik niet zo wanhopig was, zou ze willen zeggen. Ik weet dat je me niet wilt zien. Ik weet dat je nog kwaad op me bent.

Maar Lissa doet open en is heel vriendelijk.

Ze laat Lissa haar profiel zien. Jezus, zegt Lissa. Dit moet je niet willen. Met haar hulp kiest ze een andere foto – een waarop ze lacht, dichterbij.

En tieten, zegt Lissa.

Echt?

Ja, iets van tiet, absoluut.

Ze stellen een nieuw profiel op dat minder serieus overkomt. Je moet de indruk wekken dat je het prima vindt om alleen te zijn, zegt Lissa. Als je te gretig bent, schrikt dat af.

Ze vraagt zich af waar en wanneer Lissa die regels heeft geleerd.

Deze keer heeft ze meer succes. Massa's mannen willen een date met haar. Ze ontmoet iemand – op een onopvallende manier knap. Rossig haar, bril. Haar hart maakt een sprongetje als ze hem ziet. Ze drinken iets en gaan dan naar een restaurant. Ze discussiëren over Philip Roth. Hij is freelance recensent en heeft uitzendbaantjes. Hij zet zijn bril vaak af om hem te poetsen. Een tic waarvan ze besluit dat ze hem vertederend vindt. Hij is klein, maar dat vindt ze niet erg. Na het eten betalen ze elk de helft. Ze kussen elkaar lichtjes op de lippen – een heel klein beetje tong –, zeggen dat het geweldig was en nemen afscheid. Daarna hoort ze niets meer. Ze kijkt om de haverklap op haar computer. Ze stuurt hem een berichtje. En nog een. Ze krijgt het gevoel dat ze gek wordt. Na een tijdje ziet ze dat hij online actief is. Hij heeft zijn profiel veranderd. Andere foto. Hij schrijft dat hij iemand wil ontmoeten die van boeken houdt.

In zo'n stemming lijkt alles inktzwart. In zo'n stemming lijken alle mannen beschadigde monsters. En zijzelf ook. Iedereen zegt dat iedereen aan online daten doet, iedereen moedigt haar aan vanaf de zijlijn. Maar in zo'n stemming weet ze dat dat alleen de muurbloempjes zijn. Degenen die overschieten. Ze kan zich bijvoorbeeld niet voorstellen dat Lissa online op zoek zou gaan naar een man.

Ze laat Lissa de foto's van de mannen zien. De muurbloempjes. Het overschot. Kijk, zegt Lissa. Je kiest de verkeerde mannen. Allemaal veel te mager. Te cerebraal. Jij moet een beer hebben. Wat vind je van hem? Ze wijst naar een man met een baard en wallen onder zijn ogen. Die ziet er lief uit. Of die? Ze klikt op het profiel van een man met tattoos en een honkbalpet. Daar, zegt ze. Probeer die eens.

Ze spreken af in The Dove op Broadway Market. Ze drinken bier en praten over muziek en eten. Hij is kok. Hij weet niets van politiek of boeken. Hij heeft zijn middelbare school niet afgemaakt. Hij is van school gegaan om een vakopleiding catering te gaan volgen, hij heeft in Parijs en Marseille gewoond en spreekt vloeiend Frans. Ze heeft het gevoel dat ze al haar hele leven wacht op een man die zijn school niet heeft afgemaakt en de straattaal van Marseille vloeiend beheerst. Hij flirt niet. Als hij zijn pet afzet, ziet ze dat hij al kaal begint te worden. Ze ziet dat hij in een haast schrikachtige reflex haar reactie peilt. Maar er valt helemaal geen reactie te peilen, want nu, na twee uur praten en een paar biertjes, heeft ze allang besloten dat het haar niets kan schelen, al was hij zo kaal als een biljartbal. Hij vertelt dat hij een ei-

gen restaurant zou willen. Geen pretenties, gewoon simpel, plaatselijk geproduceerd eten. Hij vraagt haar naar haarzelf. Ze vertelt over haar werk bij een klein bedrijf dat lokale projecten aan grote banken koppelt. Het kantoor aan de rand van Canary Wharf. In de lunchpauze in de rij staan tussen al die pakken. Ze vertelt het grappig. Ze doet verslag van een voetbalwedstrijd met vijf spelers aan elke kant, tussen kinderen uit de buurt en medewerkers van een Duitse bank. Hoe die kinderen de bankiers inmaakten. Het plezier dat ze daarin had. Hij vindt het een leuk verhaal, zoals ze al had gehoopt. En de groep Bengaalse vrouwen met wie ze die ochtend naar een vergadering van de Bank of America is geweest, zenuwachtig fladderend in hun sari's als een zwerm prachtige vogels.

Mooi, zegt hij. Mooi werk. Die bankiers. Draai die rotzakken maar een flinke poot uit.

Ja, zegt ze met een glimlach. Daar drink ik op.

Als hij weer bier gaat halen ziet ze dat hij zijn buik probeert in te houden. Na het derde glas doet hij geen moeite meer. Buiten op straat zoenen ze met hun handen in elkaars haar.

Ze gaan naar zijn huis, een groot studioappartement in een verwaarloosd huizenblok met uitzicht op het kanaal. Hij heeft een futon en een hele muur vol platen. Hij draait vintage reggae en trekt een fles wijn open. Het bed is onopgemaakt en hij gooit er snel een grand foulard overheen.

Ik verwachtte geen bezoek, zegt hij. Ze gelooft hem en vindt hem nu nog leuker. Ze hebben honger en hij zegt dat hij iets gaat maken. Ze kijkt toe terwijl hij griezelig efficiënt groenten snijdt. Hij moet wel aangeschoten zijn, maar zijn mes schiet niet uit. Zijn tattoos. Zijn forse onderarmen. Lissa had gelijk. Zij wil een beer.

Hij maakt pasta met kappertjes, chili en verse tomaten. Het is onvoorstelbaar lekker. Na het eten duiken ze het onopgemaakte bed in. Ze staat er versteld van hoe lekker hij neukt.

De volgende ochtend gaat de zon op boven de gashouder en het kanaal. Ze telt zijn tattoos en hij vertelt haar de verhalen die erbij horen.

En wat is dit? vraagt hij terwijl hij haar pols pakt en zijn vinger over haar spin laat glijden.

O, dat, zegt ze en ze trekt haar hand weg. Iets uit de nineties.

Drie maanden later is ze zwanger. Negen maanden later zijn ze getrouwd. Zeventien maanden later woont ze in Canterbury.

Alsof het leven voor haar heeft besloten. Haar heeft opgepakt, rondgezwierd en heel ver van huis weer neergezet.

2010

Cate

'Kom,' zegt ze opgewekt tegen Tom in zijn kinderstoel, waar hij ernstig een banaan zit te eten. 'We gaan op reis. Naar Hannah!'

Sam kijkt op van zijn telefoon. 'Het is zaterdag,' zegt hij.

'Weet ik.'

'Zaterdag is mijn dag.'

'Weet ik,' zegt ze weer, 'maar ik wil Hannah spreken en die werkt door de week. Ik had gedacht dat je blij zou zijn. Nu kun je weer naar bed.'

'Ik bedoel...' Hij schuift zijn honkbalpet naar achteren. 'Ik had naar mijn moeder zullen gaan, maar als je het zeker weet. Waar hebben jullie afgesproken?'

'In Hampstead. Op de Heath.'

'In Lónden?' Hij gaapt haar niet-begrijpend aan. 'Waarom?'

'Omdat ik haar mis. En ik mis Londen. En Tom groeit zo hard, en ze mist hem en...'

'Echt?'

'Hoezo?'

'Nou, ik bedoel, gezien de omstandigheden... kan ik me dat gewoon niet voorstellen.'

'Hoe bedoel je?'

'Nou... Als jij Hannah was, zou jij Tom dan missen?'

Ze kijkt naar haar handen en haalt diep adem. 'Hij is haar petekind. En ja, ik denk van wel. Ze zeggen dat het goed is voor vrouwen die zwanger willen worden als ze baby's zien.'

Tom lacht en ze kijkt op. Hij grijnst naar hen allebei en klapt in zijn handjes, zijn nieuwste kunstje.

Ze zoekt de tupperwarebakjes die ze heeft gekocht in de tijd dat ze nog dacht dat ze zelf zijn eten zou klaarmaken, prakken en in de blender pureren. Ze staan achter in de kast. Ze vult er een met partjes appel en een met rijstwafels, schenkt water in zijn tuitbeker, stopt luiers in de luiertas, pakt schone kleertjes in, trekt Tom zijn jasje aan, pakt de draagdoek, de buggy en haar portemonnee en loopt naar de deur. Sam staat op om hem open te doen, werpt een sceptische blik op de buitenwereld en krabt in zijn baard. 'Wat zeg ik nu tegen mijn moeder?' vraagt hij.

'Dat ik Hannah moest spreken. Zeg maar dat we haar volgende week zien. Dinsdag. Dat zou Tamsin toch regelen, weet je nog?'

'O. Ja. Cool.' Hij wisselt een high five met Tom en geeft haar een kusje op haar wang. 'Ben je voorzichtig? Red je het wel zo?'

'Tuurlijk!' Ze schrikt zelf van haar opgewekte toon.

Ze sjokt de weg af, langs het armetierige lapje gras met de ene boom, langs de supermarkt, door de voetgangerstunnel die uitkomt bij de afgebrokkelde stadsmuur. Als ze dit volhoudt, loopt ze haar vermoeidheid er wel uit. De zon schijnt fel, maar het is fris. Het seizoen slaat om; de lucht heeft hier iets opwekkends dat ze in geen jaren heeft gevoeld. De zee – het zal wel iets met de nabijheid van de zee te maken hebben. Ze heeft alleen een dun jasje aan. Ze overweegt terug te gaan, maar daarmee zou ze het risico lopen dat ze zich gewonnen gaf – als ze weer naar binnen ging, zou ze Tom uit de buggy kunnen halen en het opgeven. Hij is nu heel tevreden, trappelt, kijkt om zich heen en oefent met zwaaien naar honden en voorbijgangers.

In de trein is hij ook lief, hij staat op haar dij, hupt op en neer en probeert zijn beentjes uit terwijl het Engelse laagland aan hen voorbijtrekt. Haar telefoon zoemt. Hannah.

Gaat het nog door vanmorgen?

Ja!

Ze zet er een smiley bij, wat ze vroeger nooit zou hebben gedaan, maar nu lijkt het wel te passen bij de snelheid en bij haar nieuwe, felgekleurde opgewektheid.

Maar tegen de tijd dat de trein Londen nadert en vaart mindert is Tom moe, hij heeft zijn slaapje gemist en wordt lastig. Hij protesteert als ze hem op het perron in de buggy wil zetten, spartelt en wil niet worden vastgegespt. Ze buigt zich over de tas met de tupperwarebakjes, maar de tas met de vele vakken is groot en volumineus en wil ze niet prijsgeven. Eindelijk vindt ze ze. Ze pakt een rijstwafel en zwaait hem voor Tom heen en weer. 'Hier! Kijk eens, schatje.'

Hij huilt nu voluit, met echte tranen over zijn wangen. Hij wil geen rijstwafel. Hij wil waarschijnlijk bij haar drinken. Ze knielt bij de buggy neer. 'Even volhouden. Toe. Zo meteen mag je slapen.'

Ze duwt de buggy een eindje over het perron, maar Tom is buiten zichzelf, dus blijft ze staan en pakt de dunste van de twee draagdoeken, die ze al gebruikt sinds hij heel klein was, de doek waarin Sam hem draagt terwijl hij voor hem zingt. Sam. Ze zou al zijn opmerkingen en steken onder water voor lief nemen als hij nu bij haar was. Maar hij is er niet. De cavalerie komt niet, er is geen deus ex machina. Zij is hier de enige volwassene.

'Wacht even,' zegt ze. Haar stem klinkt steeds gespannener en de mensen werpen snelle, bezorgde blikken in haar richting. 'Wacht even, schatje.' Ze doet de draagdoek om, schikt de origami-achtige plooien en wurmt Tom er met moeite in. Het lijkt wel alsof ze met een octopus probeert te worstelen. Hij spartelt tegen haar aan, maar eindelijk wordt het huilen minder, hij bedaart en ze ademen gelijk op.

'Zo goed?' vraagt ze en ze aait door de doek heen over zijn ruggetje. 'Zo goed? Ja?'

Hij dommelt weg. Nu. Ze kan heen en weer blijven lopen totdat hij diep in slaap is of doorlopen, naar de metro, op het gevaar af dat hij wakker wordt. Ze kijkt op haar horloge en besluit tot het laatste.

Het is lawaaiig in de metro, lawaaiiger dan ze zich herinnert, maar gelukkig slaapt Tom door met zijn hoofdje tegen haar borst. De mensen kijken er glimlachend naar en zij glimlacht terug, maar haar hart gaat tekeer. Als er nu iets gebeurde – een aanslag of zoiets? Het voelt helemaal verkeerd om met dit kleine slapende jongetje in deze wagon te zitten, deze metalen wagon waarin je het gevoel hebt dat de dood er in zoveel verschijningsvormen zou kunnen binnendringen – in deze tunnel langs de opgestapelde beenderen van de doden, langs de hongerige geesten van de stad, en onder de rivier door – *de rivier* – die op zich al gevaarlijk moet zijn, toch? Hoe is het mogelijk dat ze dat nooit eerder heeft bedacht?

Ze had nooit van huis moeten gaan.

Tom slaapt door, maar zij is nu een strakke knoop van zorgen en haar hand ligt verstijfd op zijn ruggetje. *Alsjeblieft. Niet wakker worden. Nu niet. Nog niet. Pas als we er zijn.*

En hij wordt niet wakker, het schommelen van de trein wiegt hem en hij blijft diep in slaap – ook nog als ze de buggy de roltrap op sleept, bij Camden uit de metro stapt en naar de bovengrondse trein naar Gospel Oak loopt, en pas als ze door het hek van de Heath komt, tilt hij zijn lieve slaperige hoofdje op en kijkt om zich heen.

'Hallo! Hallo schatje!' Ze kan wel juichen, bijna in tranen, zo opgelucht. 'Kijk eens! Zie je al die bomen? Die blaadjes! Zie je dat? Zie je dat?'

Het is een stralende morgen. De weidse uitgestrektheid van Highgate Hill in de verte lijkt wel in lichterlaaie te staan met al dat rood, goud en bruin. Er zijn hardlopers, hondenuitlaters, goedgeklede stelletjes in bij elkaar passende gewatteerde jacks die druk gesticulerend in het Frans, Italiaans, Arabisch met elkaar praten. Dit is de Grote Wereld en zij hoort erbij. 'Mooi hè?' zegt ze. Ze haalt hem uit de draagdoek, zet hem in de buggy en loopt naar het koffiehuis onder aan Parliament Hill, dat goedkope, hun lievelings, de oude Italiaanse tent waar je nog broodjes ijs en toast met roerei kunt krijgen. Ze ziet Hannah voordat die haar ziet. Ze zit buiten aan een tafeltje.

'Hé! Hé, Hannah!' roept ze luid, ze is bezweet en lijkt die verschrikkelijke opgewekte toon maar niet kwijt te kunnen raken. Hannah kijkt op.

Ze staat op, omhelst haar – haar hals ruikt naar een duur, discreet parfum – en buigt zich naar Tom. 'Hé, kleine.'

Hannah heeft een sluik vallende wollen winterjas aan en haar haar ziet eruit alsof het kortgeleden door een bijzonder goede kapper onder handen is genomen.

'Wat zie je er mooi uit,' zegt Cate, nog steeds buiten adem.

'Dank je.'

Cate bekijkt Hannahs gezicht, zoekend naar tekenen van stress, maar ziet die niet; het lijkt eerder alsof haar blik van haar af glijdt, alsof Hannah met iets glads en ondoordringbaars is bekleed, een stenen gezicht heeft dat nergens houvast biedt, terwijl zijzelf zich poreus voelt. Meer dan. Alsof er grote gapende gaten in haar zitten waar iedereen in kan kijken en in kan rondtasten om een oordeel uit te spreken over de troep daarbinnen. Ze zweet en als ze Tom optilt blijkt die ook te zweten.

'O,' zegt Hannah met een lange blik op Tom. 'Hij is nat.'

'Dat is zweet.'

Hannah knikt. 'Zijn hele voorkant is drijfnat. En het is best fris, hè?'

Hannah heeft gelijk. Hij heeft zich helemaal onder gekwijld. Hij krijgt tandjes en ze had een slabbetje moeten meenemen. Waarom heeft ze geen slabbetje bij zich? Zijn borst is nat van zweet en kwijl en hij is nog zo klein en hij krijgt tandjes en Hannah heeft gelijk, het is niet warm – het is herfst geworden terwijl zij zich in huis verstopte. 'Hier, wacht even.' Ze geeft hem aan Hannah, die hem op schoot neemt.

'Zo, jongeman.' Tom draait zich om en kijkt Hannah twijfelend aan, en Cate ziet een flits van paniek op Hannahs gezicht.

'Niets aan de hand. Hij is net wakker...'

'Rustig maar.' Hannah steekt haar hand op. 'Het gaat prima.'

Cate buigt zich naar de buggy en zoekt zijn schone kleertjes. Die tas weer. Die kuttas, ze krijgt het er benauwd van. 'Hier!' Ze heeft een schoon truitje in haar hand. Ze laat het aan Hannah zien en die knikt en glimlacht. Cate kan haar onmogelijk duidelijk maken wat een triomf die vondst voor haar is, dus zegt ze maar niets. Ze trekt het truitje over Toms hoofd en geeft hem een rijstwafel, die hij blij aanpakt terwijl zij hem een mutsje opzet.

Ademhalen. Ademhalen. Ademhalen.

'Wil jij even op hem passen terwijl ik koffie haal?'

'Tuurlijk. Leuk, toch, Tom?'

Tom trappelt en grijnst.

'Wil jij ook iets?'

'Nee hoor, dank je.'

Cate komt overeind, loopt naar het koffiehuis en gaat in de rij staan. Ze kijkt telkens achterom naar Hannah en Tom. Hannah wijst naar iets wat zich net buiten haar blikveld bevindt. Cate kijkt naar de verschillende soorten kruidenthee, maar bestelt dan cappuccino en een koffiebroodje, gooit twee klontjes in haar koffie en loopt weer naar buiten, de ochtend in.

Ademhalen.

'Zo. Vertel eens.' Cate zet haar koffie neer en gaat zitten.

'Er valt niet zoveel te vertellen. Ik zit in een menopauzeperiode. Ik zweet. Ik ben prikkelbaar. Erg vervelend, maar het duurt nooit lang.'

'Maar je ziet er geweldig uit!' roept Cate en ze legt haar hand op Hannahs mouw. Een vreemde reflex – ze wil iets van die gladheid overnemen.

Hannah legt een hand op de hare. 'En jij?'

'Goed,' zegt Cate.

Ik denk dat ik gek aan het worden ben.

Er valt een stilte. Cate blaast in haar koffie terwijl Tom op Hannahs schoot zit te brabbelen, en ze staart naar haar mooie kindje in de armen van haar beste vriendin en voelt plotselinge, domme tranen in haar ogen. Ze buigt haar hoofd om ze weg te vegen voordat Hannah ze ziet. Maar die heeft het al gezien. Natuurlijk.

'Hé, je huilt.'

Cate knikt. Haar tranen stromen nu vrijuit. 'Het gaat wel. Echt. Alleen...'

Snot. En niets om het mee af te vegen, alleen het kleine dunne servetje bij haar koffie, onder het in plastic verpakte koekje. Ze snuit haar neus en het servetje lost op in haar hand.

'Hier.' Hannah haalt een pakje papieren zakdoekjes uit haar tas en Cate haalt er een uit en snuit haar neus nog een keer. 'Je ziet er moe uit.'

'Ik ben ook moe. Tom wordt 's nachts zo vaak wakker voor zijn voeding.'

'Lastig.' Hannah knikt. Ze buigt zich over Tom heen en fluistert in zijn oor: 'Hé, laat jij je mama eens met rust 's nachts. Ze moet slapen.'

'Moet jij eens opletten,' zegt Cate. 'Als jij je baby krijgt, dan slaapt die meteen door. Jij zorgt vanaf dag één voor orde en regelmaat.'

Hannah lacht. 'We zullen het zien. Hoe gaat het met Sam?'

'Goed. Waarschijnlijk. Ik weet het eigenlijk niet. Ze hebben aangeboden Tom een dag per week te nemen. Sams zus Tamsin en zijn moeder.'

'Maar dat is geweldig!' zegt Hannah. 'Gratis kinderopvang. Dat was toch een van de redenen waarom jullie zijn verhuisd?'

'Ja, misschien.' Cate kijkt naar Tom, die enthousiast met beide armpjes naar een hond zwaait. 'Maar als hij nou net zo wordt als zij?'

'Hoe bedoel je?'

Ze schudt haar hoofd. 'Sorry. Dat meende ik niet. Het is alleen...'

'Wat?'

'Soms heb ik het gevoel dat ik tekortschiet.'

'Waarin?'

'In alles.' Ze tilt haar vuist met het verfrommelde zakdoekje op. 'Ik had niet eens zakdoekjes bij me. Mijn moeder had altijd zakdoekjes bij zich. Een moeder hoort zakdoekjes bij zich te hebben. En ik ben bang.'

'Waarvoor?'

'Voor alles. De toekomst. Klimaatverandering. Oorlog. Ik vraag me aldoor af hoe de wereld eruitziet als hij zo oud is als wij nu.' Ze legt haar ene hand om de pols van de andere met haar duim op de spin. 'En ik moet steeds maar aan Lucy denken. Waar ze nu zou zijn.'

'Lucy? Echt?' Hannahs gezicht betrekt. 'Daar gaat het vast heel goed mee, waar ze ook is. Kom op, Cate, je hebt Tom. Je hebt Sam. Je hebt een leven.'

'Maar is het wel míjn leven?'

'Wat bedoel je daar nu weer mee?'

'Ik voel me gewoon...'

'Ja? Hoe voel je je?'

Eenzaameenzaameenzaamaltijdgodverdommealtijd.

'Soms denk ik...'

'Wat?'

'Dat het misschien onverantwoordelijk was. Om een kind te krijgen.'

En dan voelt ze dat ze Hannah kwijt is – armen over elkaar, afgewend hoofd. Ze voelt dat de ochtend met al zijn beloften haar ontglipt, hun allemaal ontglipt.

'Cate,' zegt Hannah afgemeten, 'luister. Neem dat aanbod aan. Neem die dag in de week voor jezelf. Om te slapen. En ik vind dat je met iemand moet gaan praten. Met een dokter.'

'Een dokter?'

'Als je depressief bent,' zegt Hannah langzaam, 'dan valt

daar iets aan te doen. Je hebt het eerder meegemaakt. Ga naar de dokter. Vraag medicatie. Word beter. Alsjeblieft.' Ze tilt Tom op en zet hem weer bij Cate op schoot. 'Vooruit, Cate, druk dit de kop in. Als je het niet voor jezelf doet, doe het dan voor Tom. Die heeft het trouwens koud,' zegt ze. 'Tom heeft het koud. Kom, we gaan naar binnen.'

Lissa

De eerste repetitiedag is een knisperfrisse dag aan het begin van de herfst en Lissa staat vroeg op. In de douche neuriet ze haar stem warm en laat haar tong in haar mond rondgaan. Ze kiest haar kleren met zorg: los katoenen shirt met open hals, spijkerbroek, rode kralenketting. Geen make-up, alleen een likje mascara. Ze steekt haar haar op, trekt een oversized mannenjasje aan en drapeert een dun sjaaltje om haar hals. Ze is zenuwachtig, maar dat is beheersbaar, aanscherpend, een lichte tinteling langs de randjes terwijl ze door het park loopt en van de ochtendstroom geniet, de snelle stappen van de wandelaars, de fietsers. De lucht is schoon, de bladeren van de platanen vangen het vroege zonlicht.

Onder het lopen spreekt ze zichzelf zacht toe en neemt de tekst door die ze al half uit haar hoofd kent; ze gebruiken de vertaling van Michael Frayn en ze raakt er al vertrouwd mee, internaliseert de cadans en leeft zich in: Jelena, de jonge vrouw van een oude man, begraven in haar huwelijk en dorstig naar het leven.

Jelena: Weet je wat dat betekent, talent hebben? Dat betekent dat je een vrije geest bent, dat je lef hebt, een brede horizon... Zo iemand plant een zaailing en ziet al voor zich hoe die er over duizend jaar bij zal staan, hij vangt een glimp van een millennium op. Zulke mensen zijn zeldzaam. Die moet je liefhebben...

Ze is benieuwd wie Astrov speelt, de dokter op wie Jelena verliefd wordt. Benieuwd wie alle rollen spelen waarvan ze de teksten de afgelopen drie weken telkens weer heeft gelezen.

Ze is een kwartier te vroeg op het adres dat op het omslag van haar script staat, een studio in een souterrain in Dalston, weggestopt in een zijstraatje tussen twee Turkse restaurants waarvan de luiken op dit vroege uur nog dicht zijn. De regisseur, Klara, zit al in een hoekje te praten met iemand die alleen maar de decorontwerper kan zijn; ze buigen zich over een maquette van het decor. Ze is kleiner dan Lissa zich herinnerde, een propje zelfs, en haar grijze haar staat wijduit als paardenbloemenpluis. Er staat een kring van een stuk of tien stoelen voor de spelers en daarachter nog een rij voor de technische ploeg. Op een tafeltje staat een dampende waterkoker. Er komt een jonge vrouw met een fris gezicht naar Lissa toe die haar krachtig de hand schudt en zich voorstelt als Poppy, assistent-toneelmeester. 'Fijn dat je er bent! Daar staat koffie, er zijn broodjes, pak maar waar je zin in hebt.'

Lissa zet haar tas naast een stoel en loopt naar de tafel.

'Profiteer ervan zolang het kan.'

Ze draait zich om naar de spreker en ziet een man van ongeveer haar lengte naast zich staan.

'Je weet maar nooit wanneer we zoiets weer krijgen.' Een diepe bas en een licht noordelijk accent. Liverpool? Hij is gladgeschoren, een jaar of vijftig, met al wat grijs in het vrij lange bruine haar dat over zijn oren valt. Zijn ogen zijn bijzonder, opvallend blauw. Ze kent hem ergens van. Waarschijnlijk heeft ze hem in een stuk gezien, maar ze weet niet meer wanneer.

Ze wil iets terugzeggen, maar hij heeft zich al omgedraaid en loopt met een croissant in zijn hand naar zijn stoel.

'Lissa?'

Als ze zich omdraait, ziet ze een veel jongere man met een smal gezicht, ver uit elkaar staande ogen en dikke lippen. Ze pakt zijn uitgestoken hand. Kent ze hem?

'Lissa Dane, toch?'

'Ja. Sorry, ik...'

De jonge man lacht. 'Ik herken je gezicht. Van de foto's.'

'Echt?'

'Ja, jij was toch met Declan Randall?'

'O. Ja, inderdaad.'

'Ik ben gek op zijn werk.'

Ze knikt. 'Ja, hij is heel getalenteerd.'

'Die laatste film – in die gevangenis. Van die Franse regisseur? Waanzinnig.'

'Die heb ik niet gezien,' zegt ze.

'Dat meen je niet.' Hij schudt zijn hoofd. 'Als er één carrière is waar ik jaloers op ben, dan is het die van hem.'

Ze knikt en merkt dat haar blik naar de plek glijdt waar de oudere acteur zit. Het laat haar niet los. Zijn gezicht. Waar kent ze dat toch van?

'Dus jullie zijn niet meer bij elkaar?'

'Nee,' zegt ze. 'Al een paar jaar niet meer. Hij heeft me gedumpt. Voor een visagiste.'

'Jezus,' zegt hij hoofdschuddend. 'Wat naar.'

'Ach ja. 't Was een monsterlijke egoïst. Maar goed.' Ze pakt haar koffie. 'Ook zilveren randjes en zo.'

De ruimte loopt nu vol, het geroezemoes bij de koffietafel zwelt aan, de kluwen acteurs verspreidt zich door de studio. De assistent-toneelmeester klapt in haar handen om iedereen bij elkaar te roepen. Lissa en de jonge man, die haar meedeelt dat hij Michael heet, slenteren naar de kring, waar ze naast de oudere acteur gaat zitten, die haar even toeknikt.

Alle stoelen zijn bezet. Klara loopt naar haar plaats maar gaat niet zitten, ze kijkt de kring rond totdat al haar spelers een voor een stilvallen. Ze laat de stilte aanzwellen totdat die de ruimte vult en legt dan een hand op haar hart. 'Daar zijn jullie dan,' zegt ze. 'Allemaal. Wie zijn jullie? Vertel eens. Johnny.' Ze knikt naar de man naast Lissa. 'Begin jij maar.'

'Johnny, Wanja.'

Een jonge, kwetsbaar uitziende vrouw in zwarte spijkerbroek en polo is de volgende. 'Helen, Sonja.'

Een voor een stellen ze zich voor: *Richard, Serebrjakov; Greg, Astrov*, en gaandeweg raakt het stuk bevolkt: de elegante oudere vrouw die Maria speelt, Jelena's schoonmoeder, de vrouw die zo te zien in de zeventig is en Marina speelt, de huishoudster. Lissa ziet hoe Klara naar haar spelers kijkt – die allemaal taxerend en opgewonden naar elkaar kijken, totdat de cirkel rond is en Lissa aan de beurt is. 'Lissa,' zegt ze, 'Jelena.'

'Goed,' zegt Klara, 'dan gaan we nu dit schitterende stuk lezen.'

Als Johnny zich naar de zwartleren tas bij zijn voeten buigt en zijn script eruit haalt, weet Lissa ineens waar ze hem van kent – van het callcenter. Ze ziet weer voor zich hoe hij daar in de armoedige kantine zat met dezelfde licht minachtende uitdrukking op zijn gezicht. Hij heeft iets koninklijks. Iets tragisch. Helemaal in het zwart, met die zwartleren tas aan zijn voeten.

Hannah

In het ziekenhuis hadden ze gezegd dat ze vroeg moesten komen, dus nu zitten zij en Nathan zwijgend naast elkaar op harde kunststof stoeltjes die aan de vloer vastgeschroefd zijn terwijl boven Londen de dag aanbreekt.

Nathan scrolt op zijn telefoon door mails van zijn werk terwijl Hannah de aanwezige stellen telt. Zeven. Ze kent de statistieken: 24 procent van de vrouwen van haar leeftijd zal zwanger worden tegen 15 procent van degenen die ouder zijn en bij degenen onder de vijfendertig ligt het percentage iets hoger. Ze kijkt naar gezichten, raadt leeftijden, probeert het uit te rekenen. Hoeveel van degenen die hier zitten hebben straks geluk? Eén stel? Twee?

De namen van de vrouwen worden afgeroepen en ze staan op met hun tas in de hand en nemen afscheid van hun partner. Nathan gaat tegenover Hannah staan en drukt zijn voorhoofd tegen het hare.

Dan worden de vrouwen opgehaald, door de openslaande deuren naar een wachtkamer waar de televisie aanstaat – het blikkerige geblèr van het ochtendprogramma. Het werkt op Hannahs zenuwen en ze wil er niet naar kijken of luisteren, dus haalt ze haar boek uit haar tas, probeert te lezen en bedenkt dat ze een koptelefoon had moeten meenemen. Haar naam staat halverwege op de lijst aan de muur.

Ze moeten een ziekenhuishemd aantrekken – een vreemd kledingstuk dat aan de achterkant open is. Ze gaan zo zitten dat je hun onderbroek niet ziet.

Zo gaat de ochtend voorbij. Ze krijgen slappe aanmaaklimonade te drinken. Een voor een gaan de vrouwen naar binnen en Hannah kijkt ze na – elk met hun kostbare vracht, vol hoop. Ze probeert hun gezichten, hun lichamen te lezen alsof ze daaraan kan zien welk lot voor hen is weggelegd – wie van hen het vurig verlangde kind zal krijgen. Alsof zijzelf verliest als zij winnen. Alsof vruchtbaarheid een nulsomspel is.

Ze denkt aan Cate. *Soms denk ik dat het onverantwoordelijk was. Om een kind te krijgen.*

De achteloosheid van die opmerking. De weelde van een geschenk waarvoor ze zo weinig moeite heeft hoeven doen.

Eigenlijk was Hannah er woedend om, maar ze had niets gezegd en haar woede weggestopt omdat ze er geen energie voor had.

De vrouw naast haar is zenuwachtig. Ze staat telkens op om naar de wc te gaan. Hannah wordt er ook zenuwachtig van.

'Is dit je eerste keer?' vraagt Hannah als ze terugkomt.

De vrouw knikt. 'En jij?'

'Derde.'

'Echt?' De vrouw lijkt onaangenaam getroffen en Hannah wilde dat ze haar mond had gehouden.

'Ik hou niet van narcose,' zegt de vrouw. 'Ik wil niet worden weggemaakt.' Haar gezicht is asgrauw in het ziekenhuislicht.

Tegen de tijd dat Hannah aan de beurt is, is zij net zo nerveus. Hoeveel eitjes zou ze hebben? Hoe meer het er zijn, hoe groter haar kans. Bij de laatste scan leken het er elf, maar soms zijn het alleen lege zakjes.

'Hannah Grey? Komt u maar.'

Ze volgt de verpleegkundige naar het kastachtige anesthesiekamertje, waar ze op de tafel gaat liggen.

'Gaat het?' De anesthesioloog werpt haar een snelle blik toe.

Haar hand wordt gepakt, de anesthesioloog vraagt haar terug te tellen van twintig naar nul, Hannah begint en…

'Dertien,' zegt ze in de verkoeverkamer tegen Nathan. 'Dertien eitjes.' Ze is duizelig, juichend.

'Zó.' Hij buigt zich naar haar toe en kust haar. 'Grote meid.'

'Hoe ging het bij jou?'

'Prima.' Hij grijnst. 'Wel grappig dat ze dezelfde blaadjes in de la hadden als de vorige keer.'

'Dat meen je niet.'

'Jawel!'

'Zouden ze die desinfecteren? Zouden ze daar iemand voor hebben?'

'Geen idee.'

Ze lachen en ze voelt zich licht zoals ze hier op de ziekenhuisstoel zit, stoned van de ziekenhuisthee. Tegenover haar zitten andere vrouwen. Sommige zien er gelukkig uit, andere minder. En ze weet het. Ze weet dat het deze keer gaat lukken.

Het is nog vroeg in de middag. Ze lopen naar huis, door achterafstraatjes, door het park, waar de blaadjes in het gouden licht rondtollen en vallen. In hun appartement hangt de kalme, clandestiene sfeer van een doordeweekse middag, alsof ze samen spijbelen. Ze zetten de ramen open om de dag binnen te laten en dan, voor het eerst in weken, gaan ze samen op hun bed liggen.

Ze wordt vroeg wakker. Ze heeft gedroomd, maar weet niet meer wat.

Naast haar slaapt Nathan door. Ze staat geluidloos op, pakt een deken van het bed, gaat naar de keuken, zet kamillethee en pakt haar laptop. Ze vraagt zich af of ze een film zal opzetten, maar er is niets wat ze wil zien, dus klikt ze naar een paar andere sites, naar de ivf-messageboards – duizenden vrouwen die vragen posten en duizenden die ze beantwoorden – de pastelkleurige zusterschap van angstige spanning en geruststelling. Ze kan er niet meer tegen en toch lonken ze altijd weer, lokkend met hun zusterlijke sirenenzang.

Na een tijdje legt ze haar laptop weg, loopt met haar deken naar het raam en kijkt over het park naar de stad daarachter. Ze denkt aan de embryo's, te klein om met het blote oog te zien. Hoeveel zouden er bevrucht zijn? Hoeveel pulseren er nu met de kleinst mogelijke levensklop? Ze wil naar ze toe. Naar het ziekenhuis lopen, de kamer zoeken waar ze liggen en erbij gaan zitten. De wacht over ze houden in de lange, kleine uren voordat het licht wordt. Ze is tenslotte hun moeder.

De volgende ochtend wordt ze op haar werk gebeld. Zodra ze het onbekende nummer op het schermpje ziet verschijnen springt ze overeind en neemt op in de gang. 'Er zijn er elf bevrucht,' zegt de verpleegkundige en haar hart springt op.

Ze probeert Nathan te bereiken, maar zijn telefoon gaat eindeloos over totdat ze de voicemail krijgt. Er verschijnt een bericht.

In vergadering. Alles goed?

Elf, schrijft ze en hij antwoordt met één woord. *Geweldig!*

En nu begint het wachten.

De volgende dag is er geen nieuws. Nathan moet overwerken en het appartement lijkt zo groot. Ze doet de deur naar de kleine kamer open. Dit kamertje kijkt uit op het westen, op het ziekenhuis. In de stilte gaat ze op de vloer zitten. Na een tijdje pakt ze haar telefoon en belt haar ouders. Haar vader neemt op.

'Hallo pap.'

'Hannah. Hoe gaat het, lieverd?'

'Goed.'

'Fijn om te horen.'

'En jullie?'

'Uitstekend.'

Hebben ze aan de telefoon ooit meer tegen elkaar gezegd?

'Momentje, lieverd. Ik roep mama even.'

'Bedankt, pap.'

Zijn zachte roep. Ze zit in de lege, schemerige kamer en stelt zich voor dat haar moeder onderbreekt wat ze aan het doen was, televisiekijken waarschijnlijk, met haar voeten op het lage tafeltje voor haar. Met de pantoffels die ze vorig jaar met Kerstmis van Hannah heeft gekregen, uit de catalogus. Daar komt ze, sloffend door de gang. Ze verjaagt de hond uit de leunstoel bij het telefoontafeltje.

'Hannah, lieverd.'

De zachte klinkers.

'Hoi mam. Stoor ik?'

'Nee hoor, schat. Helemaal niet. Ik zat naar *Strictly Come Dancing* te kijken. Wacht. Ik installeer me even.' Ze hoort dat haar moeder zich in de stoel nestelt. 'Hoe gaat het? Ben je naar de dinges geweest?'

'Ja.'

'Hoe ging het?'

'Goed, geloof ik.'

Ze geeft geen details. Haar moeder heeft een uiterst vage voorstelling van ivf, als ze die al heeft.

'Ah, fijn, lieverd. Ik zag Dot laatst nog. De kleine van haar dochter is al een jaar.' Dot en haar kleindochter – door ivf tot stand gekomen en vorig jaar geboren – zijn een krachtige talisman. Afgelopen kerst moesten ze komen opdraven, alle drie de generaties, voor een ongemakkelijk kopje thee.

'Een jaar alweer?' zegt Hannah in het donker. 'Wat gaat dat snel.'

'Zo'n schatje.'

'Hoe gaat het met Jim?' vraagt ze.

'Goed. Ze hebben de woningruil rond. Ze verhuizen over ongeveer een week. Net op tijd voor de bevalling.'

'Hayley zal nu wel op alle dagen lopen.'

'Ja. Ze is echt enorm. Binnenkort word je tante.'

'Ja, leuk,' zegt Hannah.

'Hoe is het op je werk?'

'Rustig.'

'Dat komt goed uit dan. En Nathan?'

'O... Goed.'

'Nou, geweldig, lieverd.'

Ze sluit haar ogen. Ze zou nu in Manchester willen zijn, in de kleine huiskamer bij haar ouders, en met haar moeder naar *Strictly* kijken bij de loeiende gaskachel.

'Ik zal voor je bidden, lieverd,' zegt haar moeder.

'Dank je,' zegt Hannah. Ze weet nooit wat ze daarop terug moet zeggen.

Dank je, mam, maar God bestaat niet.

'Ik ga ophangen. Kun je terug naar je programma.'

'Goed. Zeker weten?'

'Nathan is aan het koken,' jokt ze.

'O, mooi, nou, doe hem de hartelijke groeten, hè?'

'Zal ik doen. Dag mam. Ik hou van je.'

'En ik van jou, Han.'

De volgende dag wordt ze al vroeg gebeld door het ziekenhuis.

'De embryoloog wil graag vandaag terugplaatsen.'

Ze bedankt en gaat naar de badkamer, waar Nathan zijn tanden staat te poetsen.

'Ze willen het vandaag doen.'

Hij spuugt, spoelt zijn mond. 'Zeiden ze verder nog iets?'

'Het was een receptioniste. Maar ze zien er misschien niet goed uit, de embryo's.' De kleinste trillende levensklop.

'Het zal heus wel goed zijn, Han. Gewoon... wetenschap.'

Ze verfrommelt een propje wc-papier.

'Hé. Hé, Han.' Zijn hand op de hare.

Ze worden naar een heel klein, zwak verlicht kamertje gebracht. Ze moet zich van onderen uitkleden en krijgt een ziekenhuishemd.

Op de lichtpuntjes van de verzonken lampjes in de muur na is het hier donker. Er is een verpleegkundige. Een arts. Zij op de onderzoektafel. Haar benen in de beugels. De monitor naast haar. Haar hart. Haar hart. Nathans hand ligt stil op haar arm. De embryoloog komt binnen. 'Mevrouw Grey? Meneer Blake?'

Ze knikt.

'We hebben de dertien eitjes die we drie dagen geleden hebben geoogst goed in de gaten gehouden. Gisteravond waren er zich nog zeven aan het ontwikkelen.'

Ze knikt.

'Drie daarvan zien er levensvatbaar uit. Eén zelfs uitstekend. Een 3,5. De andere twee zijn een 2,5 en een 2.'

'En de andere?' vraagt Nathan.

'Minder levensvatbaar. We raden u aan de beste twee te laten plaatsen.'

'Ja,' zegt Nathan. 'Natuurlijk.'

In het plafond zitten ook kleine lichtpuntjes, als sterren.

'Han?'

'Zullen we dan maar beginnen?' klinkt de stem van de arts.

'Ja.'

Ze gaat liggen, schrikt even van het kille metaal als het speculum wordt ingebracht. Ze voelt een diepe, vreemde bijnapijn als haar baarmoedermond wordt opgerekt.

'Kijk maar naar het scherm.'

Nathan grijpt haar hand.

'Kijk, daar,' zegt de dokter. 'Daar gaan ze.'

Er verschijnen twee puntjes licht in het donker van haar baarmoeder.

Ze kijkt ernaar.

'Hier,' zegt de dokter vriendelijk als de afdruk uit de printer komt. 'Wilt u deze mee naar huis nemen?'

'Graag.' Hannah staart naar de foto, naar de twee vage puntjes licht. Ze kijkt. Ze kijkt en kijkt en kijkt.

Verzet

1998

Cate zet de laatste punt achter haar laatste tentamenessay (Griekse mythologie in Epithalamium van Spenser) en loopt de milde meizon in, waar ze traditiegetrouw met meel en rijst wordt bekogeld door een groepje wachtende vrienden, met wie ze op straat, op de kasseien, een fles champagne leegdrinkt. Dan gaan ze naar de pub, waar ze bier drinkt in de biertuin totdat de grond begint te golven, waarna ze naar de wc gaat om te braken.

De volgende ochtend wordt ze laat wakker, gaat rechtop zitten en staart naar de muur, helemaal volgeplakt met geeltjes met citaten van Spenser, Rochester, Congreve en Donne. Die haalt ze er een voor een af om ze in de prullenbak te gooien. Maandag moet ze uit haar kamer. Ze is klaar. Ze is naar de finish gestrompeld, overeind gehouden door de prozac die ze sinds het eind van haar tweede jaar slikt, sinds de dag waarop haar hoofd ineens, midden op de binnenplaats van haar college, uit elkaar leek te vallen. Onverwerkte rouw, zei de studentenpsycholoog. Uitgestelde rouw, bevestigde de dokter die het recept uitschreef. En Oxford zelf kan natuurlijk ook veel stress opleveren, voegde hij eraan toe.

Ze nam een tussenjaar. Ging naar Manchester. Trok in het huis van haar vader.

Ze weet dat ze niet cum laude afstudeert maar ook niet als slechtste, ergens ertussenin. Door het hoge raam ziet ze katterige studenten naar de winkel sjokken om fris en sigaretten te kopen. Aan de rechterkant kan ze nét de maskers van het Sheldonian Theatre zien. Daarachter de Bodleian Library. Ze zal nooit meer een voet in de bibliotheek zetten. Ze moet pakken. Ze vraagt zich af waar het allemaal goed voor is geweest.

Ze heeft geen thuis om naartoe te gaan. Haar moeder is dood, haar vader zit in Spanje, haar zus in Canada. Ze kan zolang bij Hannah terecht, die een flatje aan de rand van Kentish Town heeft, op loopafstand van de langwerpige heuvel waar Lissa bij haar moeder woont. Cate slaapt op de divan in de woonkamer. Hannah heeft een nieuw vriendje, Nathan. Ze kent hem via Lissa (natuurlijk). Hij is lang, knap en vriendelijk en hij loopt een beetje krom, alsof hij zich schaamt voor zijn lengte. In alle andere opzichten lijkt hij iemand die het goed voor elkaar heeft. Nathan blijft vaak slapen in het kleine flatje. Soms hoort Cate hen door de muur heen als ze in het donker wakker wordt.

Ze hebben het over Hannahs nieuwe baan, zij en Hannah, één keer – een beginnersbaantje bij een bedrijf dat managementtrainingen organiseert.

Waarom zou je dat willen? vraagt Cate.

Het is maar tijdelijk, zegt Hannah. Maar ik heb geld nodig. Ik wil geld verdienen. Ik heb nooit geld en daar word ik doodziek van. Ik doe dit gewoon een tijdje en dan ga ik iets doen wat wel de moeite waard is.

Maar Patti Smith dan? wil Cate vragen. En Emma Bovary? En de Pixies? Maar ze zegt niets, knikt alleen.

En wat ga jij doen? vraagt Hannah. Daar heeft Cate geen antwoord op.

Ze houdt niet van Londen. Alleen al het openbaar vervoer bezorgt haar hoofdpijn. Hannah legt advertentieblaadjes op de keukentafel en geeft hints over mensen die misschien een kamer te huur hebben, maar

Cate gaat nergens op in. Ze voelt zich niet op haar gemak bij Hannah en Lissa, een vriendschap die boven die van haar met Hannah uit is gegroeid. Ze voelt zich opgelaten als ze uit eten gaan met Nathan en Declan, Lissa's vriend, een belachelijk knappe Ierse acteur, naar een Ethiopisch restaurant dat Lissa kent, waar ze het eten zonder bestek op een zuur platbrood serveren dat je met je vingers moet afscheuren en in de saus dopen, en waar je koffie krijgt die ter plekke voor je wordt gebrand. Bij die maaltijden praten ze met veel nadruk, hevig gesticulerend; ze lijken allerlei dingen zeker te weten: welke films je moet zien, welke boeken je moet lezen, wie zijzelf zijn en wat ze gaan worden.

Cate weet niets zeker. Het leven lijkt tegelijk windstil en vol gevaren, alsof er ieder moment een golf uit het spiegelgladde water kan opkomen, een enorme, torenhoge golf die haar de diepte in zal sleuren.

Ze krijgt de uitslag van haar laatste tentamens. Cum laude. Ze vertelt het aan Hannah, die geschokt kijkt. Puur per ongeluk, zegt Cate haastig. Wat ze zichzelf dan weer kwalijk neemt. Maar het was écht per ongeluk, denkt ze. Dit had ze nooit verwacht.

Haar mentor belt om te feliciteren. Wat ga je nu doen? vraagt hij.

Ze kan alleen maar bedenken dat ze het aan haar moeder wil vertellen. Het goede nieuws.

Ze krijgt een e-mail van Hesther, een vriendin uit Oxford die nu in Brighton woont en haar uitnodigt een dagje langs te komen. In haar huis is nog een kamer vrij.

Als ze uit de trein stapt, ruikt ze de zee. Ze loopt erheen, gaat op het keitjesstrand staan en staart naar de bleke horizon. Dan loopt ze door de stad naar Hesthers huis. Brighton ziet er aangenaam vervallen uit. De menselijke maat. De kamer is goedkoop en klein, met een raam dat mooi licht binnenlaat. Ze neemt hem. Ze koopt wat meubels in de kringloopwinkels aan Lewes Road.

De andere kamer wordt bewoond door een vrouw die Lucy heet.

Lucy draagt een camouflagebroek en -top en kistjes, als een voetsoldaat in een naamloze oorlog. Ze heeft dikke dreadlocks die op haar rug hangen en een klein gezichtje met fijne trekken. Ze doet een master Internationale Ontwikkelingssamenwerking aan de universiteit van Sussex. Ze is half Amerikaans – opgegroeid tussen Devon en Massachusetts, en haar accent is een heerlijke mengeling. Twee zomers geleden heeft ze in een boom in Newbury gewoond, waar ze dertig meter boven de grond op een houten platform sliep om te protesteren tegen de vernietiging van een oeroud bos voor de aanleg van een ringweg.

Van Lucy leert Cate hoe je een boor gebruikt en planken in je kamer ophangt. Lucy heeft een wolkje okselhaar en gebruikt geen deodorant. Als ze dicht bij elkaar staan vangt Cate haar muskusachtige geur op. Met Lucy door de stad lopen is leerzaam – ze heeft een getraind juttersoog: hout voor de houtkachel, wijnkratten om kastjes van te maken, eten dat net over de datum is in de afvalcontainers bij de supermarkten. Lucy loopt licht, alsof ze nog door het woud wandelt. Alsof ze elk moment van een roofdier in een prooi kan veranderen, en weer terug.

Er ontstaat een ritme. Elke twee weken meldt Cate zich bij het arbeidsbureau en elke maand wordt er geld op haar rekening gestort. Niet veel, maar genoeg voor de kleine kamer en goedkoop eten – genoeg om te blijven ademhalen. Ze ontdekt tot haar blijdschap dat ze weinig nodig heeft. Hesther weet een baantje voor haar in de koffietent waar ze werkt, een klein eindje fietsen, aan de andere kant van de stad. Cate neemt het aan. Aan het eind van haar eerste dienst wordt ze contant uit de kassa betaald. De eerste keer vindt ze het naar – ze voelt zich een bijstandsfraudeur. Dat zegt ze tegen Hesther, die het wegwuift. Weet je wel hoeveel de overheid aan wapens uitgeeft? Bovendien is het maar voor even, totdat je je draai hebt gevonden.

Daarna gaat het makkelijker.

In het weekend gaan ze naar zee, drinken cider en kijken naar de zonsondergang en de spreeuwen die op het skelet van de West Pier zit-

ten en in grote, sjirpende wolken door de avondlucht dansen.

Lucy en Hesther horen bij een groep jonge mensen die vaak bij hen thuis komen en het dan over kapitalisme, hiërarchie, horizontale macht en verandering hebben. Ze plannen acties. Cate heeft geen idee wat een actie is, totdat Lucy tegen het eind van de zomer op een ochtend heel vroeg op haar deur klopt en zegt dat ze moet opstaan. Cate trekt haar trui en trainingsbroek aan en ze rijden naar High Street, waar Lucy het busje stilzet en zegt dat Cate achter het stuur moet gaan zitten. Dat doet ze, trillend van de zenuwen, terwijl Lucy een bandana over haar gezicht trekt en met een spuitbus verf in keurige letters SLAVERNIJ *– met het Nike-logo op de plaats van de* V *– op de gevel van een sneakerwinkel zet. Dan springt ze weer in het busje en roept dat Cate moet wegrijden. Dat doet ze – duizelend, snel. Ze voelt zich net Bonnie, of Clyde.*

Ze gaat weer lezen, maar nu andere boeken: Chomsky, Klein en E.P. Thompson. Ze gaat aan de discussies deelnemen. In het begin is het vreemd haar eigen stem in een groep te horen – het is zo lang geleden dat ze vond dat ze iets te zeggen had. Ze begint te geloven dat Oxford, dat centrum van macht – een macht waarvan ze had gehoopt dat die op haar zou afstralen – haar van haar stem had beroofd, of eerder dat ze die zelf had weggegeven. Of misschien alleen maar verstopt, denkt ze. Misschien had ze alleen maar het spoor van broodkruimels hoeven volgen om hem terug te vinden.

Ze gaat met Lucy en Hesther naar Londen om te demonstreren. Ze trekken kostuums aan die ze op de naaimachine maken; dikmaakpakken met krijtstreep om te protesteren tegen de volgevreten kapitalisten in de City. En overal fietsen. En geluidsinstallaties op zonnecellen die belletjes in de menigte blazen. Voorbijgangers blijven staan en schudden met hun heupen.

Ze gaat op maandagmorgen naar haar danscursus, waar de lerares harde muziek opzet en mensen van alle leeftijden wild door de zaal dansen, zwetend en als bezetenen schreeuwend. Soms, als de muziek op zijn allerhardst staat, schreeuwt ook zij het uit. Niemand let op haar, want dat is juist de bedoeling. Ze merkt dat ze kwaad is. Heel erg kwaad.

Aan de andere kant van die woede zit nog iets anders.

Op een ochtend vindt Lucy de antidepressiva in Cates kamer.

Waar heb je die voor nodig?

Ik was ingestort, zegt Cate. Op de universiteit. Sindsdien neem ik ze.

Je hebt geen antidepressiva nodig, zegt Lucy en ze kijkt haar glimlachend aan. Alleen betere vrienden.

Ze gooit de pillen weg en wacht op de klap die ze vreest – maar voelt alleen opluchting als de mist optrekt.

Ergens in haar achterhoofd weet ze wel wat Hannah zou zeggen als ze haar nu zag, hoe makkelijk je dit zou kunnen parodiëren, die uitkeringsfraude en die cider en dat dansen en naar de horizon kijken. Maar dat kan haar steeds minder schelen.

Ze stuurt Hannah een kaart, een ouderwetse foto van een oude vrouw met opgetrokken rok die tot haar enkels in zee staat – Kom erin, staat eronder, het water is heerlijk.

Lucy en Hesther hebben allebei een busje en Cate heeft wat gespaard en koopt er ook een – een oude ambulance die ze bij een cementfabriek buiten de stad neerzet en in de loop van de winter met wat hulp van Lucy en een kleine Makita-boormachine zelf verbouwt. Messing-en-groef aan de binnenkant, een bed van verzaagd triplex met legplanken erboven en laden eronder. In het voorjaar is hij klaar en ze denkt dat ze haar hele leven nog nooit zo trots is geweest.

Er is een album waar ze allemaal die hele herfst, winter en lente naar luisteren, Clandestino van Manu Chao. Het nummer 'Minha Galera' vindt Cate het mooist van allemaal.

O, mijn waterval.

O, mijn meisje.

Mijn Romameisje.

Ze draait het steeds opnieuw en als ze ernaar luistert denkt ze aan Lucy.

Het wordt zomer. Ze slaan muesli, koffie en rijst in bij de plaatselijke groothandel en gaan op pad. Ze rijden naar het westen. Ze zwemmen naakt in rivieren en komen euforisch en met zilverglinsterende ruggen weer boven. Ze gaan naar kleine festivals in valleitjes tussen de groene heuvels.

Cate begint sommige gezichten rond het kampvuur te herkennen: jonge mensen zoals zij en oudere mensen met gezichten die verhalen vertellen over weer en werk en een leven buiten. 's Avonds laat, bij de thee en de whisky, komen die oudere mensen los – ze vertellen over de Enclosure, het omheinen en in particulier bezit nemen van de woeste gemeenschapsgronden, over een ouder, wilder Groot-Brittannië, over vreedzaam en minder vreedzaam verzet tegen de status-quo. Cate heeft het gevoel dat ze hem kan aanraken, die levenbrengende stroom die zich door de heldere westelijke nacht slingert.

En dan dansen ze.

Op een donkere, maanloze nacht midden in de zomer, als de lucht om middernacht nog warm is, raakt Cate Lucy kwijt. Ze dwaalt urenlang zoekend rond en de paniek begint al aan de randjes van haar wezen te knagen. Ze vindt haar als het licht begint te worden; ze zit midden in een mensenhoop, met bloot bovenlijf en goudkleurig geverfde tepels.

Lucy spreidt haar armen naar haar uit en Cate stort zich erin en dan, vervuld van liefde en opluchting en verlangen om in bezit te nemen, buigt ze haar hoofd naar Lucy's gouden tepel en neemt hem in haar mond. Hij smaakt naar zout, metaal en aarde.

Kort daarna, als de zon zich al tegen de ruiten van haar busje drukt, laat Cate haar vingers in Lucy's gladde warmte glijden zonder op weerstand te stuiten. Ze kijkt naar Lucy, die met halfgesloten ogen onder haar schokt en haar rug kromt. Ze ziet een tattoo aan de binnenkant van Lucy's dij, een spin van filigraan in een web van filigraan, drukt haar lippen erop, kust hem. Ze rilt van begeerte – ze hoeft niet eens aangeraakt te worden om klaar te komen.

2010

Cate

Halverwege de ochtend, Tom slaapt. Cate zit aan de keukentafel met het papieren tasje met de pillen naast zich.

Vooruit, Cate, druk dit de kop in.

Alsof dat zo makkelijk is.

Vanmorgen is ze naar de dokter geweest, zoals Hannah haar had aangeraden. De dokter was vriendelijk, was aardig; ze vroeg naar Cates eetlust, nachtrust, libido. Ze vroeg naar haar bevalling en Cate vertelde.

Keizersnee.

Had u daar moeite mee?

Ze dacht aan de angst – om het kind, om haarzelf. De verwarring. De messen, de verdoving, de geur van brandend vlees.

Ja, ik geloof het wel.

De dokter vraagt of ze er weleens over denkt zichzelf of haar zoontje iets aan te doen. *Nee*, zei Cate. *Dat niet.*

Ja, zei de dokter, ze kreeg inderdaad de indruk dat Cate depressief was. Ze kon kiezen tussen cognitieve gedragstherapie, maar daar zijn lange wachtlijsten voor, en antidepressiva.

Maar als ze daarvoor koos, zou ze met de borstvoeding moeten stoppen. Ze vroeg of Cate al eens eerder antidepressiva had gebruikt.

Ja, prozac. Op de universiteit.

Goed, zei de dokter. *Dan kunnen we daar misschien mee beginnen.*

Cate haalt het doosje pillen uit de tas, drukt er een uit de strip en houdt hem in haar hand. Het onschuldige wit met ziekenhuisgroen. Haar hoofd ging er altijd van tintelen. Als ze erbij dronk kreeg ze een black-out.

Ze legt de pil op tafel, trekt haar laptop naar zich toe, googelt op 'borstvoeding antidepressiva' en leest dat de hoeveelheid medicatie die een baby met de borstvoeding binnenkrijgt doorgaans minder dan tien procent is van de hoeveelheid in het bloed van de moeder. Maar dat klinkt nog steeds als een heleboel.

Je hebt geen antidepressiva nodig. Alleen betere vrienden.

Haar vingers zweven boven de toetsen en dan tikt ze 'Lucy Skein' in op Google. Ze voelt haar hartslag versnellen. Er verschijnen een paar foto's, maar niet één die op Lucy lijkt, al moet die nu natuurlijk ouder zijn, veel ouder. Ze was vier jaar ouder dan Cate, dus is ze nu veertig, of bijna. Misschien heette ze niet eens echt Lucy Skein.

In de States zijn ze uit elkaar gegaan. Ze waren naar Seattle gegaan om tegen de WHO te protesteren. Ze hadden zich met pvc-buizen en ducttape aan elkaar vastgemaakt en zo de stad afgezet. Hadden de politie te paard zien aankomen, zwarte uniformen, gemaskerde gezichten, als in een sprookjestafereel: goed tegen kwaad, licht tegen donker. Hadden met duizenden andere demonstranten liggen scanderen terwijl ze met traangas werden bespoten tot alles brandde en ze bijna blind waren.

Ze herinnert zich de pijn, de vervoering – de extatische logica van het binaire. Van zwart en wit. Van gelijk hebben.

Na Seattle waren ze doorgereisd naar Eugene, Oregon, waar ze een paar maanden met tien andere activisten in een gekraakt pakhuis hadden gewoond, en daar had Lucy over de protestkampen bij Mount Hood gehoord, waar oeroude bomen werden gekapt. Op een frisse novembermorgen waren ze er samen naartoe gelift en daarna het woud in gelopen, waar de berg hoog oprees, de geur van aarde, hars, sneeuw in de lucht. Ze hadden het kamp bereikt en daar waren de bomen en de mensen in die bomen, hun kreten en fluitjes terwijl ze hoog boven hun hoofd in de netten heen en weer liepen. Cate zag de uitdrukking op Lucy's gezicht en keek hulpeloos toe terwijl Lucy haar touwen pakte, zich zekerde en bij haar vandaan klom, en Cate stond als aan de grond vastgeklonken met lood in haar hart terwijl Lucy opsteeg naar het groen en het licht.

Ze reden terug naar Eugene. Cates visum was bijna verlopen. Lucy had geen visum nodig. Ze gingen naar een tatoeëerder in het centrum, waar Cate ging zitten en Lucy haar hand vasthield terwijl de weinig toeschietelijke man zich over haar arm boog en een spin van filigraan in een zilveren web tekende. Ze stapte op het vliegtuig naar huis, vastbesloten terug te gaan zodra het kon. Ze ging elke dag naar het internetcafé om haar mail te checken, maar hoorde nooit iets. Die eerste weken, terwijl zich een korstje op de tattoo vormde, de huid genas en zij Lucy zo miste dat het haar te veel werd, drukte ze soms haar nagel erin en trok het korstje los om die pijn weer te voelen.

Ze ging weer in de koffietent werken, schreef zich in bij het arbeidsbureau, probeerde voor een vliegticket te sparen en wachtte op bericht, maar hoorde niets. Het voorjaar kwam en ging zonder bericht van Lucy. Toen, begin zomer, een e-mail – een paar woorden.

Een paar van onze mensen in het kamp zijn gearresteerd. Ze zeggen dat we terroristen zijn. Ik gebruik dit account niet meer.

Blijf spinnen.

Blijf weven.

Blijf liefhebben.

x L.

Daarna niets meer. Losgesneden. Vrije val.

Jaren. Jaren waarin Cate haar overal meende te zien, op het strand in Brighton, op de fiets in de stad met haar lange haar op haar rug. Jaren waarin Cate in het koffiehuis bleef werken en de deur altijd in de gaten hield, wachtend tot Lucy weer binnenkwam.

Maar degene die uiteindelijk binnenkwam was Hannah. Hannah die op een dag naar Brighton was afgereisd en nu in haar dure kantoorkleren in de koffietent stond rond te kijken – naar de plateaus met taartpunten, het schoolbord met het menu, de pitabroodjes, de hummus, de vegaburgers en de latte met sojamelk – en zei: *Je hebt een cum laude van Oxford op zak. Wat doe je hier in godsnaam nog?*

Hannah was uiteindelijk degene die haar vertelde over de kamer in het huis dat Lissa in London Fields had gevonden. Goedkoop. Aan het park. Een nieuwe kans. En omdat Cate zelf ook wel wist dat ze achter die toonbank stond weg te rotten, roestig van het wachten, nam ze het aanbod aan.

Ze staart naar de foto's op haar scherm en voelt weer het oude schrijnende gemis.

Ze had grondiger kunnen zoeken. Ze had weer naar de States kunnen gaan, dan had ze haar wel gevonden. Ze had haar, dat deel van haarzelf, kunnen opeisen.

En dan schiet haar iets te binnen – Hesther. Misschien staan er foto's van Lucy op Hesthers pagina – misschien hebben zij nog contact. Ze zoekt Hesther op, vindt haar profiel, foto's van haar gezin, haar negentiende-eeuwse huis in Bristol, haar hoge plafonds en haar prachtige keuken. Er staan ook een paar foto's uit de tijd in Brighton bij, maar niet één van Lucy.

Ze klikt op Hesthers naam.

Hé Hesther, lang niet gezien. Alles goed met je?

Moest vandaag ineens aan vrienden van vroeger denken. Heb jij de contactgegevens van Lucy Skein?

Veel liefs,

Cate.

Ze drukt op versturen.

Fuck.

Er wordt aangeklopt. Cate blijft roerloos zitten, maar er wordt weer geklopt, dwingender nu, en dan hoort ze een sleutel in het slot. Vol afgrijzen loopt ze de gang in en ziet Alice binnenkomen.

'Ik dacht dat je wel wat hulp kon gebruiken.' Sams moeder is kordaat. Ze heeft een sjaal om, een donsjack aan en een blos op haar wangen. Naast haar staat een overvolle tas op de grond. 'Dus ik heb dit maar meegebracht.' Ze tilt de tas op, waarin de felgekleurde plastic flessen elkaar verdringen. 'Zal ik binnenkomen?'

Cate doet een stap opzij en Alice loopt voor haar langs de keuken in. De pillen liggen nog op tafel, naast de laptop met de vrouwengezichten op het scherm. Met wild bonkend hart gaat Cate tussen Alice en de tafel in staan.

'Heb je die nou nog niet uitgepakt?' Alice trekt haar jack uit, hangt het over een stoel en wijst naar de opgestapelde dozen achter de deur.

'Nog niet. Ik bedoel – ik wacht op een leenauto om naar de kringloop te gaan.'

'Je mag die van Terry wel lenen,' zegt Alice. Ze haalt een fris, gestreken schort uit de tas en doet het om. Ze haalt flessen uit de tas. 'Ik had gedacht dat we de keuken, de wc en de badkamer maar eens onder handen moesten nemen en dan ergens theedrinken met taart erbij. Dan komen jullie ook weer eens buiten.'

Cate werpt een blik op de flessen. Alice' schoonmaakkast is een tempel vol kankerverwekkende stoffen in alle kleuren en maten. 'O, Alice, wat lief van je.' Ze draait zich om, trekt laptop en pillen naar zich toe en brengt ze in veiligheid onder haar vest. 'Alleen...'

'Ja?'

'Ik stond net op het punt om de deur uit te gaan.'

'De deur uit?' Alice houdt haar hoofd schuin; ze lijkt gespitst op de geur van leugentjes.

'Ja. Naar dat speelclubje.'

'Speelclubje?'

'Dat jij voor ons had gevonden.' Cate knikt naar de flyer op de ijskast. 'Ik wacht alleen tot Tom wakker wordt. Ik ga even bij hem kijken. Zo terug.'

Ze rent naar boven, naar de slaapkamer, waar Tom diep in slaap op het dekbed ligt met zijn armpjes in een rechte hoek van zich af. Ze duwt de pil weer in de strip, schuift die in de papieren tas en zet het geheel achter in de badkamerkast, bedekt het met een handdoek, boent haar gezicht met een waslapje, loopt weer naar de slaapkamer, trekt Tom over zijn pyamapakje een truitje aan, doet de draagdoek om, manoeuvreert hem er snel in en loopt naar beneden terwijl hij wakker wordt.

'Zo,' zegt ze. Ze grist de flyer voor het clubje van de ijskast en een pakje astronautenvoer uit de kast. 'Jammer dat ik je misloop, Alice. Ik ben je echt heel dankbaar.'

Alice staat midden in de kamer. 'Nou, goed dan. Maar dinsdag staat.'

'Dinsdag?'

'Ja. Dan hebben mijn kleinzoon en ik een áfspraak!'

Het adres op de flyer blijkt een laag, onopvallend gemeentegebouw te zijn. Ze loopt er snel langs, verder de helling op, maar staat er na een blokje om toch weer voor.

Ze hoeft helemaal niet naar dat clubje. Ze kan ook ergens anders naartoe, ergens waar wifi is, daar koffiedrinken en dan de hele ochtend nerveus haar schaarse energie verspillen aan nog meer vruchteloze zoektochten, maar het begint te regenen, Tom jengelt, en ze is er nu toch. Ze steekt over, gaat naar binnen en staat in een gang waar het één grote warboel is van buggy's, schoenen en jassen. Ze tilt Tom uit de draagdoek en geeft haar naam op aan de vrouw bij de receptie. Achter de dubbele glazen deuren lijkt de branding te bulderen.

'Vijf pond per keer,' zegt de vrouw, 'maar je hoeft nu maar drie te betalen, want ze zijn al een uur bezig.'

Cate peutert een paar munten uit haar portemonnee en gooit ze op de balie. Binnen wordt ze begroet door een kolkende zee van kinderen en plastic speelgoed. Ze grijpt Tom vast, die zich ook aan haar vastgrijpt en zijn hoofdje alle kanten op draait. Nergens een veilige haven. Haar hart gaat tekeer en het zweet breekt haar uit.

'Kringtijd.'

Cate kijkt om en ziet een kordate vrouw met grijs haar naast zich.

'Daar is een babymat, voor na afloop.' De vrouw wijst naar

de hoek tegenover hen en klapt in haar handen. 'Het is kringtijd!' roept ze zangerig en Cate ziet dat de horde in een rafelig soort kring gaat zitten. 'Kom,' zegt de grijsharige vrouw tegen Cate op een toon die aangeeft dat ze geen tegenspraak duldt. 'Kom erbij.'

Dan zet ze een vreugdeloze versie van 'De wielen van de bus' in. De grotere kinderen oefenen de tijgersluipgang door het zaaltje en Cate houdt Tom beschermend tussen haar benen. Hier, tussen de oudere kinderen, lijkt hij verschrikkelijk klein.

Wanneer mogen we eruit? wil Cate vragen als de grijze vrouw maar door drenst. *Wanneer stopt de bus?* De laatste keer dat ze op zo'n mat zat was ze zelf een kind. *Juf? Juf? Zijn we er al bijna? Juf, ik wil eruit.*

Eindelijk komt de bus schuddend tot stilstand en na nog een paar rondjes 'Olifantje in het bos' en 'Klap eens in je handjes' klapt de vrouw weer in haar handen. 'Goed, jongens. Vrij spelen!'

Onder luid gejoel storten de grotere kinderen zich op de rekken met verkleedkleren. Een meisje duikt als brandweerman op uit de kluwen en haar in hijab gehulde moeder grijnst haar toe en steekt haar duimen op. Superhelden voeren duikvluchten uit en rennen molenwiekend door de zaal. Cate trekt zich terug in de hoek, bij de babymat, waar wat speeltjes zijn uitgespreid.

'Jezus christus, het lijkt de Derde Wereldoorlog wel.'

Ze kijkt op en ziet een vrouw met een baby in haar armen die ongeveer even oud is als Tom. 'Ze hadden gezegd dat het ook leuk was voor hele kleintjes.'

'Ja. Misschien kunnen we het beste in de hoek blijven.' Cate gebaart naar de mat aan hun voeten.

'Echt?' De vrouw kijkt geïrriteerd. 'Wat heeft het dan verdomme voor zin?'

De baby van de vrouw heeft Tom gezien en steekt een handje naar hem uit. De moeder ziet het en kijkt geamuseerd. 'Wil je op de grond?' Ze knielt neer en legt haar kind op de mat. Het kindje draagt een samenraapsel van gebreide kleertjes en heeft een zelfgemaakt mutsje op waarmee ze op een paddenstoel of een boerenvrouwtje van Bruegel lijkt. De vrouw plukt het mutsje van het hoofd van haar dochter, zodat haar zwarte krullen losspringen, en trekt haar vest uit. Ze is klein, met een vriendelijk, sensitief gezicht en kort bruin haar met een hoekige pony.

Op de mat grijpen de kinderen naar elkaar. Hun handjes raken elkaar en ze kraaien allebei van pret. De vrouw lacht. 'En wie hebben we daar?'

'Tom,' zegt Cate.

'Dit is Nora,' zegt de vrouw.

'Mooie naam.'

'Vind je? Door mijn partner uitgekozen. Alle namen die ik wilde hadden iets tragisch. Antigone. Iphigenia.'

Een grapje? Cate weet het niet zeker, maar de vrouw vangt haar blik en glimlacht. Ze leunt achterover en blaast de pony van haar voorhoofd. 'Waar komt Toms naam vandaan?'

'O, dat vonden we gewoon een leuke naam.'

'Oké.' De vrouw legt een speeltje voor Nora neer. Er zitten allemaal knoppen op die Nora indrukt, waarop het ding Amerikaanse versies van kinderliedjes begint te blèren.

'O, neeneeneeneeneenee.' De vrouw zet het geluid uit. 'Dat hebben we vanmorgen wel genoeg gehoord.' Nora drukt nog een paar knoppen in, maar als er niets gebeurt, verliest ze haar belangstelling en kruipt naar Tom, die met een blok tegen de zijkant van een tafeltje zit te rammen. 'Leuk, die onesie,' zegt de vrouw en ze wijst.

‘O.’ Cate voelt dat ze bloost. ‘We waren laat, hij sliep nog, dus…’

‘Zoiets zou ik zelf ook wel aan willen. Stel je voor, iemand trekt je een onesie aan en stopt je lekker in. Dat je mag slapen. Heerlijk.’ Ze sluit haar ogen en even neemt de uitputting bezit van haar gezicht, totdat er een kreet klinkt en haar ogen weer openschieten. Nora grijpt naar Toms haar. ‘Neenee, niet aan zijn haar trekken, schat,’ zegt de vrouw. Ze neemt haar kind op schoot en Nora’s vingertjes grijpen in de lucht.

‘Nora Barnacle!’ zegt Cate. ‘Joyce.’ Het is eruit voordat ze er erg in heeft.

De vrouw kijkt op. ‘Ja.’ Ze grijnst. ‘Klopt. Ze begint zelfs al een beetje op haar te lijken met dat weerbarstige donkere haar. Kom eens hier, pop.’ Met haar mouw veegt ze het neusje van haar dochter af. ‘Mijn partner schrijft over Joyce,’ zegt ze. ‘Ik ben Dea.’ Ze kijkt glimlachend op. ‘En nu?’

Lissa

Ze heeft hoofdpijn en een dikke tong. Het grote waterglas naast haar bed is leeg – waarschijnlijk is ze vannacht even wakker geworden en heeft ze toen alles opgedronken. Ze had na de repetitie niet gegeten en was meteen met de anderen mee naar de pub gegaan, en pas na drie glazen wijn merkte ze dat ze honger had. Maar toen was de keuken al dicht, dus haar avondeten bestond uit twee zakjes chips.

Vanuit haar bed kan ze naar buiten kijken, naar de regen die dof in de doordrenkte tuin valt. Het moet flink hebben gewaaid, want de meeste blaadjes zijn van de bomen gevallen. Achter de muur is het in elk geval stil in het park – meestal hoor je op zaterdagmorgen al vroeg mensen praten, maar vandaag heeft het weer de bezoekers duidelijk weggehouden.

Ze hijst zich uit bed, trekt haar oude badjas aan, sloft naar de keuken, vult het glas onder de kraan en drinkt het in één teug leeg. Ze zoekt de ibuprofen in de kast, maar vindt alleen een leeg doosje. Verder zoeken levert een paar paracetamolletjes op, die ze dankbaar inneemt. In de ijskast een stuk cheddar, slecht ingepakt en keihard, en een gehavend hompje boter met jam erop. Ze pakt de kaas, knabbelt eraan en staart naar de regen.

Declan werd indertijd gek van haar gewoonte dingen niet op te bergen, niets behoorlijk op te maken en het deksel op lege potten terug te doen. Tegen het eind van de periode dat hij hier woonde had ze een keer bij thuiskomst een toren van vijf bijna lege Marmite-potten op de kleine keukentafel aangetroffen met een briefje erbij: *Snap je wat ik bedoel?*

Dat was het vreemde aan Declan – als je hem pas kende kwam hij zo ontspannen over met zijn soepele lijf en zijn wolvengrijns, altijd bereid om in de pub een paar glazen Guinness met je te drinken en een envelopje coke leeg te snuiven, maar op de een of andere manier was zij altijd de slordige van de twee – altijd degene die meer dronk dan hij en 's ochtends de vorige avond helemaal kwijt was. Hij was dan al lang op en rende zijn rondjes om het park, al had hij maar een paar uur geslapen. Declan hield van discipline. Een schone keuken. Een haarloze vagina. Onder zijn Ierse gemoedelijkheid had hij een wreed trekje waarmee hij je op je plaats hield. Ze moet weer aan Michael denken, dat gesprek op de eerste repetitiedag – *Als er één carrière is waar ik jaloers op ben, dan is het die van hem.*

Ze had gelogen. Natuurlijk had ze die film wel gezien. Ze heeft ze allemaal gezien. Meerdere keren. Declan is een briljant acteur. Hij maakt intelligente keuzes. Hij kan werken met wie hij wil. Hij is zo goed dat ze even kan vergeten wie hij is of dat ze hem haat als ze naar zijn films kijkt.

Ze trekt de capuchon van haar badjas over haar hoofd, draait een sjekkie, steekt het aan tafel op, neemt twee trekjes en drukt het walgend uit.

Ze wil aangeraakt worden. Wanneer is ze voor het laatst aangeraakt? Wanneer heeft ze voor het laatst seks gehad? Ze wil niet eens seks. Ze wil alleen worden aangeraakt. Als ze niet snel wordt aangeraakt, verdort ze. Ze is niet goed in single zijn. Goede singles maken plannen voor het weekend – ze weten welke ellende er op de loer ligt en zijn die vóór met yoga, brunchafspraken, exposities en etentjes – maar zij heeft geen plannen, alleen een kater, haar eigen gezelschap en een lange dag voor de boeg.

Ze overweegt weer naar bed te gaan en te proberen in slaap te komen, maar dat voelt nog deprimerender, dus gaat ze maar theezetten en in de woonkamer zitten. De rolgordijnen zijn dicht en dat laat ze zo.

Haar blik valt op de dvd van Bergman en ze herinnert zich Nathans lachende gezicht in de espressobar van de bibliotheek toen ze met zijn pen op haar hand schreef.

Hebben ze het over haar, hij en Hannah?

Lissa wil gaan promoveren. O, hahahahahahahahaaa.

Ze pakt haar telefoon en scrolt terug naar de korte berichtenwisseling.

Bedankt voor de Bergmanfilm. Prachtig. x *Liss.*

Fijn. Heb je al een notitieblok gekocht? Tot ziens in de bibliotheek. x *N*

Sindsdien is ze een paar keer in de bibliotheek geweest, ze heeft een abonnement genomen en een paar boeken over de Russische geschiedenis aangevraagd. Ze vindt het er fijn, legt met plezier haar spullen in een kluisje en drinkt goede koffie in de espressobar. Ze kijkt vaak of ze hem ergens ziet, maar dat is nog niet gebeurd.

Haar tas staat naast haar op de bank en de inhoud puilt eruit: haar tekst, sjaal, shag, telefoon. Ze trekt het script naar zich toe. Het is opengevouwen bij de scène waar ze gisteren aan hebben gewerkt, zij en Johnny, de scène waarin Jelena Wanja en alle andere mannen voor de voeten werpt: *Jullie verwoesten roekeloos alle wouden, jullie allemaal, binnenkort staat er op de hele aarde niets meer overeind.*

Ze zijn nog maar een week bezig en nu al is de sfeer om te snijden. Klara is prikkelbaar en schiet bij de kleinste aanleiding uit haar slof. Greg, die Astrov speelt, was donderdag een halfuur te laat doordat de doktersafspraak van zijn zoon was uitgelopen. Ze ging tegen hem tekeer en riep dat ze hem zou ontslaan als het weer gebeurde.

Meestal heb je aan het eind van de eerste week wel een idee hoe het gaat, maar nu weet ze het niet – zo had de regisseur gisteren bijvoorbeeld met nauwelijks verholen minachting toegekeken terwijl Lissa met Jelena's monoloog bezig was. Uiteindelijk sloeg ze op de tafel en barstte uit: 'Hou op met die emotie uit magnetron!'

Het wordt al snel duidelijk dat de uitdrukking 'emotie uit magnetron' Klara in de mond bestorven ligt. Ze probeerden de monoloog nog een paar keer op verschillende manieren, maar Klara schudde steeds binnensmonds mompelend haar hoofd. Toen kwam Johnny's beurt, hij sprak Jelena toe – *Jij bent mijn geluk, mijn leven, mijn jeugd... laat me naar je kijken, naar je stem luis-*

teren – en Klara leunde goedkeurend knikkend en mompelend achterover. Als ze een kat was geweest had ze zitten spinnen.

Johnny is ontegenzeglijk een prachtige acteur. De vorige avond had ze Greg in de pub tegen Michael horen jubelen over een rol waarin hij Johnny twintig jaar geleden in Liverpool had gezien: *De beste Hamlet van zijn generatie. Door hem wilde ik acteur worden. Onbegrijpelijk dat hij nooit is doorgebroken.*

De meeste mannen en de meeste vrouwen van de cast lijken stilzwijgend op Johnny's goedkeuring uit te zijn, maar die houdt zich afzijdig. De vorige avond was hij ook niet lang in de pub gebleven, één biertje, dat hij aan de bar had opgedronken met Richard, de oudere acteur die Serebrjakov speelt. Hij is zuinig op zijn energie, in tegenstelling tot de anderen, die nu al scheutig zijn met hun gemakkelijke intimiteit en elkaar kussen, knuffelen en vertrouwelijkheden uitwisselen. Toen hij wegging, hoorde ze hem tegen Richard zeggen dat hij dit weekend de kinderen had. *Ze willen altijd naar de speeltuin – als je een kater hebt is dat de hel.*

Ze heeft geen idee wat Johnny van haar vindt. Zijn gezicht is ondoorgrondelijk. Toen ze de vorige dag alleen met Klara aan het werk was, had ze Johnny stil de repetitieruimte in zien glippen. Hij had zwijgend achterin naar haar staan kijken – die blauwe ogen, die kalme, intense blik.

Er valt haar een gedachte in en ze laat zich nog verder onderuitzakken op de bank, maakt de ceintuur van haar badjas los, steekt een hand in haar onderbroek en drukt hem tegen haar kruis. Ze sluit haar ogen en stelt zich voor dat ze alleen op de bühne staat en dat Johnny naar haar kijkt terwijl ze zich voor hem uitkleedt, traag, laagje voor laagje. En zijn gezicht, zijn blauwe ogen, zijn blik, hij wil haar – en dan opeens is het niet Johnny maar Nathan die op Johnny's plaats zit, achter in de zaal, en naar haar kijkt, haar wil, en zij is nu helemaal naakt, en ze komt klaar in haar hand.

Ze blijft hijgend liggen en staart naar het plafond.

Dan krult ze zich op, kreunt en duwt van schaamte haar gezicht in het kussen.

Hannah

'Zullen we dit weekend iets gaan doen?'

Nathan staat onder de douche. Het is de tweede dag na de terugplaatsing van de embryo's. De deur naar het terras staat open en de herfstzon stroomt naar binnen.

'Zoals?' roept hij boven het lawaai van het water uit.

'Ik weet niet – de stad uit? Naar buiten. Naar zee.'

'Ja, waarom niet? Of wacht...' Hij zet de douche uit en pakt een handdoek. 'Ik moet dat artikel nog omwerken voor publicatie.'

Ze kijkt toe terwijl hij zich afdroogt en zich uitrekt in de bundel zonlicht. Hij loopt naar haar toe. 'Je ziet er goed uit,' zegt hij.

'Zo voel ik me ook.'

Hij smaakt naar koffie, tandpasta en zeep.

'Maar ga jij vooral,' roept hij achterom terwijl hij de slaapkamer in loopt om een boxer en een spijkerbroek uit de ladekast te halen. 'De stad uit, bedoel ik. Ga iemand opzoeken. Cate? In Canterbury? Of... hoe heet het daar ook weer? Daar vlakbij? Waar ze oesters hebben?'

'Whitstable.'

'Ja, precies.' Hij knoopt zijn gulp dicht terwijl hij weer naar haar toe loopt. 'Daar zouden jullie heen kunnen gaan.'

'Ja, misschien.'

'Of wacht. Mag jij wel oesters? Nu je...?'

'O. Nee,' zegt ze en ze sluit haar ogen, warm vanbinnen, warm vanbuiten. 'Nee, ik geloof van niet.'

Uiteindelijk gaat ze nergens heen – ze merkt dat ze bij nader inzien toch niet te ver van huis wil. Maar terwijl haar weekend verstrijkt, denkt ze aan haar embryo's. Vaak pakt ze de foto en staart ernaar, strijkt met haar vinger over die twee lichte puntjes in die donkere oneindigheid.

Op maandag, de vierde dag, wordt ze gebeld. Ze zit in een vergadering en voelt de telefoon in haar tas trillen. Ze excuseert zich, loopt naar de gang en neemt op.

'Het spijt me,' zegt de verpleegkundige. 'We hebben niets ingevroren. De andere embryo's ontwikkelden zich niet goed.'

'O,' zegt Hannah. 'Ja.'

Het pulseren, de levensklop. Uitgedoofd.

'Wat gebeurt er nu mee?' vraagt ze zacht. 'Met de andere embryo's? Weet u dat?'

'Ik...' De verpleegkundige aarzelt. Ze klinkt heel jong. 'Die worden... vernietigd, neem ik aan. Sorry, niemand heeft me ooit...'

'Geeft niet,' zegt Hannah. 'Bedankt.'

Op de zesde dag, woensdag, heeft ze met Lissa in het theater afgesproken. Bij Embankment stapt ze uit de metro en ze loopt langzaam over Hungerford Bridge, waaronder de lichtjes in de schemering vrolijk op het water dansen.

De dagen zijn nog steeds licht en de avonden fris. Ze trekt haar jas strakker om zich heen, ontwijkt de straatmuzikanten maar zoekt wel een pond voor een jong meisje boven aan de trap. Ze probeert zich te herinneren welk stuk ze ook weer gaan zien. Een familiedrama. Lissa's keus. Liever theater dan film deze keer. Eigenlijk wil ze helemaal niet naar binnen. Het liefst zou ze doorlopen in de heldere herfstavond, bedachtzaam, bedachtzaam de rivier volgen – als een pelgrim die haar licht in zich draagt. Hoelang zou ze erover doen om bij zee te komen?

Het is druk in de Long Bar. In de hoek speelt een jazzband. Hannah tuurt in het rond totdat ze Lissa eindelijk ziet, die zich behaaglijk op de leren bank bij het grote raam heeft genesteld met een restje espresso voor zich. Ze zit over een tekst gebogen met een potlood in de aanslag en haar mond beweegt geluidloos. Hannah raakt haar schouder aan en ze schrikt. 'O – hoi.' Lissa staat op en geeft haar een kus op haar wang. Ze heeft wat meer make-up op dan anders; haar lange haar is hoog opgestoken met Japanse kammen. Ze lijkt ineens als twee druppels water op haar moeder. Hannah gaat naast haar op de bank zitten.

'Heb je de dinges achter de rug?' vraagt Lissa.

'De terugplaatsing. Ja.'

'Hoe ging het?'

'Goed, denk ik. Hoop ik. Is dat je tekst? Hoe gaat het daarmee?'

'O, oké,' zegt Lissa. Ze fronst haar wenkbrauwen, vouwt de tekst dubbel en stopt hem in haar tas. 'Ze is niet makkelijk. De regisseur. Ik bedoel, dat wist ik wel, maar het is dus echt zo. Ik weet niet of ze me wel goed vindt.'

Hannah kijkt langs Lissa heen naar de brede rivier buiten, de knipogende lichtjes.

'Het is zo'n... arena,' zegt Lissa. 'Je moet jezelf elke dag aan één stuk door bewijzen. Je kunt je nergens verstoppen. En de gast die Wanja speelt. Briljant... maar ik weet nooit wat ik aan hem heb.'

O, Lissa, wil ze zeggen. *Je hebt hier zelf voor gekozen. Zijn acteurs dan nooit tevreden?*

Maar ze zegt: 'Ja, snap ik.'

De bel gaat, ze moeten de zaal in. Lissa haalt de kaarten uit haar tas en Hannah volgt haar de donkere muil van het theater in.

Het is een lang stuk met een grote cast en ze hebben goedkope kaartjes, zitten ver van het toneel. Hannah kan niet onthouden wie wie is en de handeling lijkt zich heel ver weg in een doosje af te spelen.

In de pauze gaan ze naar buiten en slenteren zwijgend naar de kademuur.

Lissa haalt haar pakje shag tevoorschijn. 'Mag ik?'

Hannah knikt. Lissa draait, steekt op en blaast de rook van hen af. Stil kijken ze naar het water. Beneden is het strandje drooggevallen, het zand en de keitjes glinsteren in het schaarse licht. Hannah snuift de geur van modder, zout en afval op.

'Ik denk erover om weer te gaan studeren,' zegt Lissa, 'het roer omgooien.'

'O?' Hannah is weer aanwezig. Het schiet haar weer te binnen: 'Had jij Nath niet gezien, in de bibliotheek? Een paar weken geleden? Ik dacht dat hij zoiets zei.'

Lissa knikt en er komt een sliertje rook uit haar mond.

'Promotieonderzoek, was het dat niet?'

'Ja. Misschien.'

'Wat wil je daarmee?'

Lissa haalt haar schouders op. 'Weet ik eigenlijk niet. Ik ben me nog aan het inlezen.'

'Echt, Liss?' Hannah trekt haar jas dichter om zich heen. 'Als ik vijf pond kreeg voor elke overgekwalificeerde gepromoveerde sollicitant die bij ons stage wil komen lopen...'

Lissa stoot een lachje uit. 'Dan was je nu rijk, ja. Weet ik.' Ze draait zich om en ziet het pauzepubliek naar de ingang lopen. 'We moeten weer naar binnen.'

'Vind je het erg...' begint Hannah. 'Ik ben doodmoe. Vind je het erg als ik niet meega?' Ze wil naar huis, zich afsluiten, geen druppel vermorsen.

Snel neemt Lissa een laatste trekje voordat ze haar sigaret over het kademuurtje gooit. 'Tuurlijk niet,' zegt ze. Ze omhelst Hannah kort. 'Pas goed op jezelf, Han.'

Hannah loopt naar de trap naar Waterloo Bridge. Ze wacht op de bus. Denkt aan de rivier beneden, snelstromend, en aan de loop – langs Wapping, langs de Thames Barrier, verder, verder, zout en zoet water kolken dooreen waar de brede monding in zee uitkomt.

De dagen verstrijken en ze voelt het, ze weet het zeker. Grip. Er slaat iets aan. De lichtpuntjes hebben zich ingenesteld en wortel geschoten. Haar borsten zijn zwaarder. Ze voelt een volheid in zich die er eerder niet was.

'Het is zover,' zegt ze op de ochtend van de achtste dag aan het ontbijt tegen Nathan.

Hij pakt haar hand en glimlacht, maar zijn ogen doen niet mee.

'Wat?' vraagt Hannah. 'Wat is er?'

'Niets. Ik, eh, ik wil me alleen niet te vroeg verheugen.'

'Echt? Hoezo?'

'Hannah, alsjeblieft.'

'Maar het ís zo.' Ze knijpt in zijn hand. 'Ik voel het. Het is zover. Dat wéét ik.'

De middag van de elfde dag ziet ze een bloedvlekje in haar onderbroek als ze op haar werk naar de wc gaat, heel klein, maar toch.

Ze kijkt weg. Kijkt er weer naar. Ze wil gillen maar probeert rustig door te ademen.

Dat betekent niets. Zoiets is normaal. Ze gaat weer naar haar bureau en googelt 'bloed na ivf'. Zo komt ze weer bij de messageboards terecht, waar ze leest dat dat bloed ook goed kan zijn – *implantatiebloeding*. Dat betekent dat ze gelijk had, dat ze zich aan het innestelen zijn, die tweelinglichtpuntjes.

Ze gaat niet meer naar de wc. Ze houdt het de rest van de dag op. Ze werkt aan een rapport. Ze heeft een conference call met Amerika waarbij ze knikt, glimlacht en vlijtig uitgebreide aantekeningen maakt. Ze gaat niet meer bloeden. Het betekent niets, zoiets is normaal, het slaat aan. Alles is in orde. *Hetbetekentnietszoietsisnormaalhetslaataanallesisinorde.*

In de metro naar huis schrikt ze bij elke schok van de wagon en nu heeft ze ook pijn, diep in haar buik, een klauw die door haar baarmoeder krabt. Als ze bij haar huis aankomt, houdt ze het niet meer. Haar onderbroek is doordrenkt met bloed. Het is afgelopen. Het is weg.

Ze ligt opgerold op hun bed als Nathan thuiskomt.

'Hoi.' Hij kust haar.

'Ik bloed,' zegt ze tegen hem.

'Wat? O god. O Han. Wat erg.' Hij klinkt niet verrast.

'Erg?' Haar stem klinkt dof. 'Voor wie? Voor mij? Voor jou? Voor ons kind? Dat niet bestaat?'

'Voor allemaal. Vooral voor jou, Han.' Hij gaat achter haar op bed liggen, kruipt tegen haar aan en slaat een arm om haar heen. 'Gaat het? Hoelang lig je hier al?'

‘Een uur. Of twee.’

‘Wat ben je koud,’ zegt hij en hij kruipt dichter tegen haar aan.

Ineens voelt ze haar lichaam, ze voelt dat hij gelijk heeft – voelt hoe koud ze het heeft, hoe koud het geworden is.

‘O, Hannah.’ Hij legt zijn wang op haar schouder. ‘O Han. Mijn lief.’

De volgende ochtend zit ze al over haar laptop gebogen voordat Nathan wakker wordt.

Hij komt binnen en geeft haar een zoen op haar hoofd. ‘Wat ben je aan het doen?’ vraagt hij.

‘Ik heb een kliniek gevonden. Harley Street.’

Ze voelt zijn vingers die haar schouders grijpen. ‘Hannah...’

‘Alsjeblieft,’ zegt ze. ‘Kijk nou.’ Ze gebaart naar de foto’s van baby’s op het scherm.

‘Nee.’ Hij wendt zich af en loopt naar het raam.

‘Nathan...’

‘Néé, Hannah. Je had het beloofd. Je had beloofd dat dit de laatste keer was.’

‘Maar deze arts is de allerbeste. Hij is...’

‘Hannah. Ik luister hier niet naar.’

‘Waarom niet?’ Ze staat op, met gebalde vuisten. ‘Waarom niet?’

‘Hannah? Kun je niet gewoon... Kan ik... Mag ik je even vasthouden? Alsjeblieft?’

‘Waarom? Waarom wil je me vasthouden?’

‘Hannah. God, Han. Waarom denk je?’

‘Ik moet weg,’ zegt ze. ‘Ik heb een afspraak gemaakt. Ik betaal. Ga je mee? Alsjeblieft. Ga... ga gewoon mee.’

Het geografische noorden

1987-1992

Ze houden elkaar nauwlettend in de gaten. Ze weten van elkaars bestaan omdat ze vorig jaar het allerhoogste en het op één na hoogste cijfer voor Engels hadden en daar wordt over gepraat. Maar ze hebben nog nooit samen in de klas gezeten, tot nu toe. Nu zitten ze in hetzelfde lokaal. De plusklas Engels, bij mevrouw Riley. Ze zijn twaalf.

Mevrouw Riley heeft lang krullend haar en net zo'n bril als Su Pollard in Hi-de-Hi! *Ze deelt een gedicht van Thomas Hardy uit. Wie wil er beginnen? Ze kijkt naar de gezichten. Ze zitten in een noodgebouwtje van het schimmelige soort uit de tijd van vlak na de oorlog.*

Die eerste dag steken Hannah en Cate geen van tweeën hun vinger op. Ze beloeren elkaar als sluipschutters en wachten allebei tot de ander de eerste stap zet. Als iemand anders het gedicht (slecht, hakkelend) heeft voorgelezen, kijkt mevrouw Riley haar leerlingen aan.

Cate. Kun jij me vertellen waar dit gedicht over gaat?

Echt mooi is ze niet, denkt Hannah, dat meisje dat bij het examen Engels vijf hele procentpunten meer had dan zijzelf, om over de rest maar te zwijgen – 97 procent. Ze heeft een rond gezicht. In een tijd waarin de meisjes hun sokken in een prop om hun enkels dragen en hun rok boven de voorgeschreven lengte optrekken, draagt Cate de rok op de gewone lengte. Haar haar is vlak boven de schouders afgeknipt en ze is iets te zwaar. Maar ze heeft iets wat Hannah niet onder woorden kan brengen, iets onder de oppervlakte, een soort kracht.

Over de liefde, zegt Cate. En het verlies van die liefde. Hij houdt van zijn vrouw en die is er niet meer.

Heel goed. Nog iemand?

Hannah steekt haar hand op. Die voelt warm aan.

Ja, Hannah?

Ze is dood, zegt ze.

Hoe weet je dat?

Ze is 'opgelost in matte onbewustheid. Niemand, ver of nabij, heeft meer van haar gehoord.' Een geest.

Ja.

Maar hij kan niet berusten. Hij voelt zich ergens schuldig over. Dat zie je aan het metrum, dat hortende, de veranderingen in de laatste strofe. Het loopt niet goed af.

Uitstekend! Mevrouw Riley straalt.

En Cate aan de andere kant van het lokaal staart naar het triomfantelijke meisje met het lange donkere haar en de felle ogen als van een vogel.

Dat was het startschot: vanaf die dag zijn ze verwikkeld in een furieuze, extatische concurrentiestrijd.

Na een tijdje – een halfjaar ongeveer – gaan ze samen op schoolreisje en komen in de bus naar Styal Mill naast elkaar te zitten. Ze kunnen verrassend goed met elkaar opschieten. Het weekend daarop verbaast Hannah Cate met een uitnodiging voor de thee en verrast Cate Hannah door erop in te gaan.

Hannah woont in een klein huis, twee-onder-een-kap met een lange achtertuin in een sociale-woningwijk achter Parrs Wood Road. Er zit nog een luik tussen het minuscule keukentje en de eetkamer, waardoor Hannahs moeder de ovenfriet en de instantpudding aanreikt. Hannahs kamer is piepklein – nog kleiner dan die van haar broertje

James, al is die jonger. Over die onrechtvaardigheid kan Hannah eindeloos tekeergaan.

Haar ouders gaan naar de kerk en verwachten dat Hannah elke zondagochtend meegaat. Ze neemt vaak een boek mee om tijdens de preek te lezen. Als ze dat aan Cate heeft verteld, leent die haar Forever *van Judy Blume, gekaft in behangpapier van William Morris, zodat het eruitziet als een onschuldige dichtbundel. Ik heb de hoekjes bij de spannende stukken omgevouwen, zegt ze.*

De volgende zondag, terwijl de dominee door dreint, slaat Hannah het open en leest:

Hij rolde boven op me en we bewogen weer samen, steeds maar door, en het was zo lekker dat ik nooit meer wilde ophouden tot ik klaarkwam.

Hannah grijnst en begint te begrijpen dat de kracht die ze onder Cates brave buitenkant heeft waargenomen, al kent ze het woord nog niet, subversiviteit is. Een meisje met een rebelse ziel.

Cate woont ook in een twee-onder-een-kap, maar dan vroeg twintigste-eeuws, aan de andere kant van Parrs Wood Road, met vier grote slaapkamers en een tuin. Ze heeft een vader, een moeder en een grote zus van zeventien, Vicky, die als een toornige godheid door de gang stampt.

Cates moeder is verpleegkundige, knap en mollig. Ze heeft lang rood haar dat om haar gezicht heen valt en haar neus is bezaaid met sproeten. Ze lacht veel. Ze bakt zelf brood. Hannah heeft nog nooit zelfgebakken brood gegeten. Cates vader is lang en heeft een baard. Als hij er is, draait hij muziek in de huiskamer; hij heeft een collectie oud vinyl en draait Bob Dylan, Paul Simon en Cat Stevens. Soms zetten ze na het avondeten muziek op en dan dansen ze in de keuken. Cates moeder kan erg goed dansen en haar vader ook. Soms dansen ze dicht tegen elkaar aan, soms lachen en zoenen ze. Hannah heeft nooit ouders gezien die elkaar aanraakten. Als Cates zus getuige is van zo'n vertoning rolt ze met haar ogen. Gadverdamme, zegt ze dan. Hou daarmee op.

Vergeleken met haar ouders lijken Cates vader en moeder jong.

Bij Cate thuis stemmen ze Labour, bij Hannah Conservative.

Bij Cate hebben ze Zola en Updike. Bij Hannah Reader's Digest en de Encyclopaedia Britannica.

Cates vader doet iets met techniek. Hannahs vader is portier bij Christie Hospital.

Bij Cate hebben ze olijfolie. Bij Hannah slasaus.

Als ze dertien zijn wordt Cates moeder ziek. Ze wordt mager en kaal en experimenteert met sjaaltjes. Soms komt ze Cate bij school ophalen, maar Cate heeft dat liever niet. Die zou die vreemde magere vrouw met die hoofddoek, die oorbellen en al die lipstick het liefst straal voorbijlopen, de vrouw die te veel haar best doet, met die tanden die te groot zijn voor haar gezicht.

Maar na een tijd wordt ze beter. Ze krijgt weer haar, al ziet het er anders uit, iets dunner dan eerst. Cates vader draait nog steeds muziek, maar ze dansen niet meer in de keuken.

Als ze zestien zijn, hangt Cate een poster van Patti Smith op in haar kamer, levensgroot, de cover van Horses. Die heeft ze bij de Corn Exchange in de stad gekocht. Ze gaan naar Affleck's Palace om in de bedompte winkel net zulke jasjes te zoeken als Patti draagt. Die look staat Hannah beter, want die heeft nog geen noemenswaardige borsten. Die zomer zeggen ze elke maandagavond tegen Hannahs moeder dat Hannah bij Cate blijft slapen en dan gaan ze met de bus de stad in, naar het Ritz, waar ze op de verende dansvloer springen op de Pixies en Nirvana en R.E.M. Cate in tutu en op kistjes, met een gestreepte, rafelige top. Hannah in een lange patchwork rok en ook op kistjes. Als ze zich nog uitbundiger kleedde, zou haar moeder een hartaanval krijgen. Die krijgt al een rolberoerte als ze kohl om haar ogen doet.

In het kader van een uitwisselingsprogramma gaan ze naar een stadje ten westen van Parijs en als ze terugkomen spreken ze heel aardig Frans. Op zaterdag wandelen ze gearmd door Fletcher Moss Park en oefenen luidkeels hun Frans. Ze overhoren elkaar met oude examenvragen.

In hoeverre was Emma Bovary zelf verantwoordelijk voor haar ondergang? Was het door de kleinsteedse mentaliteit en het karakter van de mensen in haar omgeving onvermijdelijk dat ze ongelukkig werd?

De lerares Engels die ze dat jaar hebben is een toegewijde, energieke vrouw die in emancipatie en kansen voor meisjes gelooft. Ze stelt voor dat ze zich inschrijven voor Oxford en geeft hun 's avonds bijles om ze voor het toelatingsexamen klaar te stomen. Zo begint er een nieuwe concurrentiestrijd en ze vuren elkaar aan.

Op een zaterdagmorgen zakt Cates moeder in de supermarkt bij het schap met ontbijtgranen in elkaar. Ze wordt weer in het ziekenhuis opgenomen en Cate slaapt op een kampeerbed in Hannahs kamertje. 's Nachts, als Hannah slaapt, ligt Cate onder haar dekbed naar de slapende Hannah in haar cocon van veiligheid te kijken en wacht verstijfd van ellende in het donker tot ze wakker wordt.

De week voordat haar moeder sterft gaat ze haar in het hospice opzoeken. Haar ogen zijn onvoorstelbaar groot. Ze lijkt zo weinig ruimte in te nemen in haar bed. De lucht in haar kamer is dik en scherp tegelijk. O, zegt haar moeder als Cate binnenkomt. Het klinkt alsof er iemand op haar buik drukt en alle lucht eruit perst. Cate loopt langzaam naar haar toe. Ze bedenkt dat dit waarschijnlijk de laatste keer is dat ze haar moeder ziet. Even denkt ze dat ze gaat lachen; ze slaat een hand voor haar mond om haar lachen in te houden.

Daar ben je, zegt haar moeder en ze neemt Cate in haar armen. Daar ben je.

Na de begrafenis gaat Cates zus Vicky bij haar vriend wonen. Cate en haar vader blijven alleen in hun grote huis achter. Haar vader kookt niet meer en Cate vergeet vaak te eten. Ze schrijft ook geen essays meer *voor hun pluslessen voor Oxford. Hannah is zowel geschokt als ontdaan om wat haar vriendin moet doormaken en ergens ook stiekem, harteloos, opgelucht.*

Ze schrijven zich in. Aangezien zij en hun lerares de universiteit eigenlijk geen van drieën kennen, kiezen ze op goed geluk een college – Hannah een dat er mooi uitziet, Cate een waar ze naar eigen zeggen het grootste aantal leerlingen van gewone openbare scholen aannemen. Ze slagen voor het schriftelijk en worden uitgenodigd voor het mondeling, dat in een regenachtig weekend in november wordt afgenomen. Hannah krijgt een kamer die op een binnenplaats uitkijkt waar 's morgens vroeg de nevel boven het gras zweeft, en haar hart zwelt bij de gedachte aan een prachtige toekomst die het gebouw oproept. Cate zit in een modern gebouw achter de mensa. Haar raam kijkt uit op de ventilatieschacht en in haar kamer ruikt het naar eten.

Een maand later krijgen ze de uitslag, net als de kerstvakantie begint. Ze bellen elkaar, zoals ze hadden afgesproken. Ze maken ieder hun envelop open. Hannah kijkt ongelovig naar haar brief.

Cate kijkt naar de hare. Shit, zegt ze. O shit.

2010

Cate

'Goeiemorgen, soldaatje van me!'

Ondanks het vroege uur is Alice haar gewone onberispelijke zelf: gilet, haar, gestreken spijkerbroek. 'Hoe gaat het met mijn soldaatje? Heb je zin in onze afspraak?'

Tom grijnst, zwaait met zijn handjes en knippert met zijn ogen. 'Goed,' zegt Cate. 'Het gaat goed. Het gaat goed met ons.'

'Krijg ik een kusje?' Alice duikt op Tom af. 'Heb je nog een kusje voor oma?'

Tom grijpt verrukt naar zijn grootmoeder. 'Terry is in de tuin.' Alice neemt Tom in haar armen. 'Het heeft verschrikkelijk gewaaid vannacht.' Ze knikt naar het raam, waarachter Sams vader manhaftig met een bladblazer in de weer is. Ze kijken alle drie even zwijgend toe. Terry lijkt meer troep te maken dan hij opruimt.

'Ik snap eigenlijk nooit waar die dingen goed voor zijn,' waagt Cate.

'Om de blaadjes op te ruimen,' zegt Alice.

'O. Ja.'

Terry kijkt op, ziet hen en slaagt erin even wild te zwaaien terwijl Tom in Alice' armen trappelt en spartelt. 'Hij wil met de grote jongens meedoen,' zegt Alice. 'Ik ga even met hem naar buiten. Jou zien we straks weer.'

Cate slikt haar afgrijzen weg; haar kleine zoontje, dat stomme apparaat. 'Denk je?'

'Ik denk dat het hem goed zal doen,' zegt Alice gedecideerd.

Cate wacht bij de bushalte, maar er komt geen bus, dus loopt ze de heuvel af naar de stad, naar de kathedraal in de verte. Ze heeft vijf lege uren voor zichzelf – vijf uur waarin ze kan doen wat ze wil, althans binnen redelijke perken. Ze zou de trein naar Charing Cross kunnen nemen, naar de National Portrait Gallery gaan. Naar het werk van Sickert kijken. Van Vanessa Bell. Door St Martin's Lane en Covent Garden lopen, naar de boekhandel van Oxfam aan het eind van Gower Street, een goedkope paperback kopen en daarmee op een plein gaan zitten, de contouren van haar oude zelf hervinden.

Ze weet wel wat ze eigenlijk moet doen: naar huis gaan, theedoeken, rompertjes en koksbuizen wassen. Kleren opvouwen. Dozen uitpakken. Eindelijk in haar huis gaan wonen. Maar dat doet ze allemaal niet – ze loopt door, haar voeten vinden de oude pelgrimsroute, via de poort de stad in en dan langs Northgate en Palace Street.

Bij de ingang van de kathedraal staat de onvermijdelijke rij studenten en gelovigen uit alle landen die naar binnen willen. Cate duikt de Prêt à Manger in, bestelt koffie en een broodje, gaat bij het raam zitten en kijkt naar de vakwerkhuizen van het oude centrum. Kraampjes met toeristentroep, honkbalpetten met LONDON erop. Snoepwinkeltjes met jarenvijftigbelettering op de pui waar ze toverballen, rabarber en custard verkopen. Jongemannen met rode jasjes die door de menigte navigeren om klanten te werven voor toeristische boottochtjes. Alle nepattracties van het eenentwintigste-eeuwse Pretpark Engeland.

Te midden van de drukte valt haar oog op een stalletje met een spandoek erboven: PROTESTEER TEGEN DE COLLEGEGELDVERHOGING. STEM OP 10 DECEMBER.

Ervoor staat een jonge vrouw met lang, roze geverfd haar die flyers uitdeelt. Cate kijkt naar haar terwijl ze voorbijgangers aanspreekt. Haar kleine gestalte in de grote trui. Haar levendige gezicht. Ze doet haar aan Lucy denken.

Cate kijkt bijna elk uur in haar mailbox, maar ze heeft nog niets van Hesther gehoord.

Als ze haar koffie opheeft gaat ze naar buiten en loopt aarzelend naar het stalletje.

'Mag ik er ook een?' vraagt ze aan de jonge vrouw met het roze haar en ze wijst naar de flyers.

'Maar natuurlijk,' zegt de jonge vrouw met een glimlach en ze drukt er een in Cates hand. 'Wil je de petitie ook tekenen?'

'Oké.' Cate buigt zich eroverheen, tekent en voelt zich dan ineens opgelaten, weet niet meer wat ze moet doen, mompelt een groet, loopt door en sluit zich aan bij de rij voor de kathedraal. Een kaartje kost tien pond. Ze aarzelt, pakt haar portemonnee en betaalt met haar creditcard. Een kasseienstraatje leidt naar de ingang en daar verheft zich het enorme gebouw. Ze gaat naar binnen, naar het schip, waar onder het hoge gewelf vriendelijk ogende gidsen in lange gewaden informatieboekjes verkopen. Ze loopt langs de rekken met kaarsen naar de achterste muur, leest de inscripties op de grafstenen. Ze vormen samen een sentimenteel album van kolonialistische rampspoed: jongemannen, gesneuveld bij Waterloo, in India,

West- en Zuid-Afrika, bij de grootste slachtingen van de Eerste en Tweede Wereldoorlog. Er hangen rafelige zwarte vlaggen aan de muren. Ergens in de verte klinkt een orgel. Ze blijft staan voor een ovaal monument, het graf van een zekere majoor Robert Macpherson Cairnes van de Royal Horse Artillery, 'van dit ondermaanse weggenomen op de achttiende juni 1815 op de leeftijd van dertig jaren'.

Dit nederig monument,
door vriendenhand opgericht, is een
getrouw, doch zeer ontoereikend getuigenis
van genegenheid, smart in geen woorden te vatten,
genegenheid die over het graf heen reikt, smart
die nimmer eindigen zal totdat zij die
thans om hem rouwen hem zullen
weerzien in het rijk van de
eeuwige vrede.

Al die jongens. Al die moeders. Al dat verdriet. En nergens een spijtbetuiging voor dit alles. Het zou wel fijn zijn als hier, al was het maar op een kleine plaquette, ergens zou staan: *Sorry. Het was allemaal één grote vergissing. Al dat kolonialisme, dat rijk, die slachting onder onze kinderen. En die God. Landen ingepikt. Bodemschatten geplunderd. Patriarchaat verdedigd. Kerk en leger, hand in hand.*

Is-ie dan mijn soldaatje?

Ze wil haar zoon terug. Ze wil de heuvel op rennen, helemaal naar Harbledown, en hem uit de armen van zijn grootmoeder grissen. Ze krijgt ineens geen lucht meer. Ze haast zich naar de zijuitgang, naar de kloostergalerij, waar de wind bijt en het gras op de binnenplaats diepgroen is. Ze laat zich op een stenen bank zakken die in de muur is uitgehouwen en ademt gulzig de frisse lucht in. En ineens weet ze waarom ze niet van deze stad houdt: die doet haar aan Oxford denken – die kerken, de toeristen, het gras waar je niet op mag lopen. Zelfs de bootjes, generaties studenten die de rivier op gaan, op zoek naar de droom van *Brideshead Revisited*.

Stelling: Evelyn Waugh was een sentimentele fascist. Bespreken.

O, wat haatte ze dat kutboek.

Er klinken voetstappen op de stenen. Cate kijkt op en ziet een gestalte die met snelle stappen nadert. Ze heeft een lange mannenjas aan en haar gebreide mutsje is bijna tot over haar ogen getrokken, maar Cate herkent haar van het speelclubje en drukt zich helemaal tegen de muur aan – ze wil vandaag niet dat iemand haar ziet, maar het is al te laat.

'O,' zegt Dea. 'Hé, hallo! Cate, toch?' Ze glimlacht en steekt haar gehandschoende hand uit. Ze oogt moe, verwaaid. 'Ik herkende je even niet zonder baby. Waar is hij nu?'

'Bij mijn schoonmoeder in Harbledown.'

'Ah, fijn.' Dea houdt haar hoofd schuin. 'Maar je lijkt niet overtuigd. Is het niet fijn dan?'

'O, nee... jawel. Het is alleen de eerste keer dat ik hem ergens achterlaat. Het voelt een beetje vreemd.'

'Ja, snap ik,' zegt Dea. Ze knikt. 'Ik heb elke dinsdag de hele dag voor mezelf. Daar kijk ik de hele week naar uit en ik hoor nu eigenlijk te werken, maar...' Ze trekt een gezicht.

'Wat doe je?'

'Religieuze kunst. Ik werk aan een boek. Maar ik krijg het maar niet af.'

'Wat voor religieuze kunst?'

'Zoals hier.' Dea wijst naar het dak en Cate kijkt naar boven. Even snapt ze niet waar ze naar kijkt, maar dan: 'Hier...' Dea pakt haar elleboog. 'Zie je die Groene Man daar, dat bladmasker? En die zeemeermin?'

Het duurt even, maar als Cate beter kijkt gaat ze de details zien – niet alleen de Groene Mannen, maar ook de opgerolde draken, reptielen, herders met fluiten. 'O,' zegt ze. 'Ja. Dat was me nooit opgevallen.'

'Precies! Ik zie die dingen graag als tekenen van subversiviteit. Heidense symbolen die de steunpilaren van de officiële kerk overeind houden.' Ze kijkt Cate even aan. 'Zei ik dat nou echt? Sorry.' Ze glimlacht ironisch.

Er giert een kille wind door de kloostergang. 'Ik heb het koud,' zegt Dea. 'Zullen we naar mijn huis gaan? Ik woon hier om de hoek. Even iets warms drinken.'

'Oké.'

Ze lopen de kathedraal uit, langs het stalletje van de studenten, waar Dea even blijft staan om met het meisje met het roze haar te praten. Cate houdt zich op de achtergrond en kijkt toe terwijl het meisje trots de lijst met handtekeningen laat zien.

'Dat is een studente van me, of dat was ze voordat ik met zwangerschapsverlof ging,' zegt Dea als ze weer bij Cate is. 'We vragen onze vice-rector magnificus om zich over de collegegelden uit te spreken, maar ik denk niet dat ze dat gaat doen. Toch interessant, al die studenten. Ze nemen echt stelling. Ik ben trots op ze.'

Dea's huis is vlakbij, in een zijstraat, in een rij identieke kleine huizen. De voordeur is dof grijsgroen en er staat een bak met late karmijnrode bloemen naast. De smalle gang hangt helemaal vol met jassen en sjaals. Dea gaat haar voor naar de keuken achterin, en daar opent het huis zich, het is ineens warm en vol licht. Bij het fornuis staat een lange zwarte vrouw met een pluizige afro.

'Hoi Zo.' Dea doet haar sjaal af. 'Dit is Cate. We kennen elkaar van de peuterhel. Je weet wel, dat verschrikkelijke speelclubje. We kwamen elkaar daarnet in de kathedraal tegen.'

De vrouw draait zich om. Alles aan haar is lang: lange armen en benen, lange hals, lange vingers, gedrapeerd om een mok. Ze is weergaloos mooi. 'Hallo, Cate. Ik ben Zoe.' Ze is Amerikaanse; Cate meent een zuidelijke tongval te horen. Dea loopt naar het fornuis en kust Zoe. Cate ziet dat Zoe's hand even op Dea's rug blijft rusten.

'Ga zitten, Cate,' zegt Zoe. 'Let maar niet op de troep.'

Cate gaat op de oude bank zitten die vol kleedjes en kussens ligt. Door het raam achter haar valt een schuine baan zonlicht naar binnen die haar rug verwarmt. Weckpotten strijden om de kastruimte met boeken, speelgoed en flessen die schitteren in het zonlicht. Op alle andere oppervlakken liggen nog meer stapels boeken. Een biografie van Louise Bourgeois doet dienst als plantentafeltje. Er ligt stof op de plinten en de houten vloerplanken vertonen slijtplekken. Er staat een berg afwas in de gootsteen. Bij de aanblik van de vuile vaat voelt Cate een lichte maar diepe opluchting. 'Wonen jullie hier al lang?' vraagt ze.

'Vijf jaar.' Dea schudt kruiden in een pot. 'Daarvoor woonden we in de States. Ik was docent aan de universiteit waar we elkaar hebben leren kennen. Maar oorspronkelijk kom ik uit Kent. Ik ben net buiten de stad opgegroeid. En jij? Woon jij al lang in Canterbury?'

'Bijna twee maanden. We zijn verhuisd toen Tom vijf maanden was.'

'Dat zal wel lastig zijn geweest.'

'Viel wel mee,' liegt Cate.

'Waar wonen jullie?'

'Aan de andere kant van de stad. In de buurt van Wincheap.'

'O, die buurt ken ik wel,' zegt Dea. 'We hebben een volkstuin achter de grote speeltuin daar.'

'Leuk om je te ontmoeten, Cate,' zegt Zoe. 'Maar ik moet wat werk af zien te krijgen zolang Nora slaapt.'

'De weelde van gesubsidieerd promotieonderzoek.'

'De luxe van doorbetaald zwangerschapsverlof,' zegt Zoe. Ze werpt Dea een kushand toe. Bij de deur draait ze zich om. 'Hé,' zegt ze, 'jullie zouden iets moeten opzetten. Iets waar je kunt chillen. Voor moeders.'

'Daar zijn we al mee bezig.' Dea geeft Cate een kop thee. 'Toch, Cate? Dit hier. Dit is onze groep. Hier. Nu.'

'Eh... ja,' zegt Cate. Ze houdt de thee bij haar gezicht – bleekgeel en geurig. Er drijven bloemetjes op.

Dea komt naast Cate op de bank zitten. 'De Moederclub. De enige regel van de Moederclub is dat er niet over de Moederclub mag worden gepraat. Oké?'

Zoe lacht en rolt met haar ogen. 'Dat kan ik dus wel aan jullie overlaten,' zegt ze en ze zwaait.

Als Zoe weg is, kijkt Dea Cate aan. 'Chocoladekoekje? Ik heb een geheime voorraad.'

'Eh. Graag.'

Dea pakt een trommel uit de kast achter haar. 'Niet te geloven wat je allemaal koopt als je moeder wordt. Ik was helemaal vergeten hoe heerlijk chocoladekoekjes zijn.' Cate pakt er een uit de trommel.

'Dus...' zegt Dea. 'Hoe gaat het met je, Cate?'

'Eh...' Cate aarzelt, overrompeld en met haar mond vol. 'Oké,' zegt ze.

'Bij de Moederclub zijn we eerlijk,' zegt Dea bestraffend. 'Ik begin wel. Vraag maar. Vraag hoe het met me gaat.'

'Eh... Hoe gaat het met je, Dea?'

'Hm. Eens kijken.' Dea sluit haar ogen. 'Ik slaap gemiddeld vijf uur per nacht. Ik was altijd iemand die acht uur of meer sliep. Als ik niet aan mijn slaap kwam, werd ik gek. Ergens diep vanbinnen ben ik nog steeds die iemand, maar ik geloof niet dat ik sinds de geboorte van mijn dochter één complete nacht slaap heb gehad. En mijn knie speelt weer op. Een oude blessure die erger wordt doordat ik mijn dochter in de draagdoek rondsjouw. Toen ze drie weken was, vond ik dat het mooiste en heerlijkste wat er was, maar nu lijkt het niet meer zo'n goed idee. Maar anders slaapt ze niet. Dus. En ik heb gigantische tieten. Iedereen zei dat ze wel weer normaal zouden worden, maar dat gebeurt niet. Mijn linkerschouder zit vast. Ik heb dag en nacht de verschrikkelijkste visioenen: dat mijn dochter valt, dat ze zich bezeert, dat iemand haar pijn doet. Ik kan niet naar het nieuws luisteren zonder te huilen, of ik zet het meteen uit. En ik heb sinds de geboorte van mijn dochter geen seks meer gehad.'

Cate glimlacht.

'Vind je dat grappig?'

Dea neemt een slokje thee. De chocola vult Cates mond met zoet.

'Zo kan ik nog wel even doorgaan, maar... dat bewaren we maar tot een volgende keer. En nu jij,' zegt Dea en ze kijkt Cate aan. 'Vertel. Hoe gaat het met jou?'

Ze heeft pasta gemaakt met tomaten, olijfolie en een beetje chili. Ze raspt er het vergeten stukje Parmezaanse kaas overheen dat nog achter in de ijskast lag. De portie voor Tom zit al in zijn groene kommetje en de fles rode wijn staat open op tafel.

De deur gaat open en ze hoort dat Sam in de gang zijn jas ophangt. 'Hé.' Hij snuift. 'Dat ruikt lekker.'

‘Ja, ik dacht: laat ik eens gaan koken.’ Ze tilt Tom op, die op de grond heeft zitten spelen. ‘Kom, schattebout. Probeer eens een hapje pasta.’

De pasta is een succes. Tom blijkt verrassend handig in het oppakken van farfalle en hij zuigt de saus eraf. Als ze klaar zijn met eten en zij en Sam allebei anderhalf glas wijn ophebben, biedt Sam aan Tom in bad te doen en blijft Cate aan tafel zitten luisteren terwijl zij samen lachen en zingen. Na het bad neemt Sam hem weer mee naar beneden, met krullende natte haartjes, en ze geeft hem een zoen op zijn voorhoofd. ‘Is-ie dan mijn jongetje?’ zegt ze. ‘Is-ie dan mijn heerlijke jongetje?’

‘Zal ik hem zijn pyjama aantrekken?’ vraagt Sam.

‘Ja, graag.’

Toen ze Tom bij Alice ophaalde, was hij vrolijk en rustig.

Ze staat op, doet de afwas, veegt de tafel schoon en schenkt zichzelf nog een half glaasje wijn in.

Eerlijk?

Ja. Hier zijn we eerlijk.

Zoals Dea dat zei, alsof ze echt wilde weten wat zij te zeggen had. Alsof ze alleen genoegen nam met een eerlijk antwoord.

Eerlijk gezegd ben ik ook bang.

Ga door. Waarvoor?

Voor alles. De hele tijd. Ik ben eenzaam. Ik heb pijn. Ik ben er nog steeds niet overheen dat ze me hebben opengesneden. Ik voel me mislukt. Als vrouw. Als moeder. Ik doe alles verkeerd. Mijn moeder is er niet meer. Ik mis haar. Ik begrijp nu dat ik haar altijd heb gemist. Ze heeft me helemaal niet voorbereid. Ik ben kwaad omdat ze me in de steek heeft gelaten. Ik ben hier niet tegen opgewassen. Ik kan dit niet. Niemand heeft me ooit verteld dat het zo zou zijn.

Ik geloof dat ik met de verkeerde getrouwd ben.

Dat laatste heeft ze niet gezegd, maar de rest wel. Toen ze

eenmaal was begonnen kon ze niet meer stoppen. En Dea zat te luisteren – het besef dat er naar je wordt geluisterd, die simpele stoot zuurstof steeg haar naar het hoofd.

Dus. Volgende week, zelfde tijd? Moederclub?

Ja. Volgende week, zelfde tijd.

'Hé.' Sam komt weer binnen. 'Tom gaat lekker, hè. Ging het goed bij mijn moeder?'

'O,' zegt Cate. 'Ja.' Ze drinkt haar glas leeg. 'Dit gaat wel werken, denk ik.'

Lissa

Ze gaan een spel doen, zegt Klara. Maar wel een serieus spel, een *techniek*, een techniek om *uit je huid te komen*. Die techniek hebben ze nodig omdat ze zo stijf zijn. Stijf op een Engelse manier. Niet zoals de Russen. Russen zijn niet stijf, helemaal niet. Die hebben wodka en verdriet en het bloed van het land in hun aderen, de Engelsen alleen slappe thee en vocht.

Goed.

De regisseur kijkt naar haar spelers – haar cast zit tegenover haar, het hele gezelschap. Het is maandagochtend vroeg, het begin van de derde week.

'Liesa.' Ze knijpt haar ogen toe. 'Jij bent stijf. Altijd ben jij stijf. Zie jij hoe jij zit? Wat zegt Wanja over Jelena?' Ze kijkt naar Johnny. 'Hoe ze is?'

'*Als je zelf eens zag hoe je kijkt*,' zegt Johnny terwijl hij Lissa strak aankijkt. '*Zoals je beweegt. De indolentie van je leven. Die indolentie.*'

'Dank je, Johnny. Dus Liesa – zit Jelena zo?' Ze legt haar handen over elkaar op haar schoot en imiteert Lissa's houding.

'Nee. Jij bent Engels. Jij bent helemaal verkeerd. Waarom heb ik Engelse spelers voor dit Russische stuk gekozen? Ik lijk wel gek. Nooit meer. Liesa – ken je de Meisnertechniek?'

Lissa knikt. 'Ja, die hebben we op de toneelschool gehad. Maar dat is wel een paar jaar...'

'Goed. Kom hier zitten.'

Er wordt een stoel gehaald en Lissa loopt gehoorzaam naar het midden van de zaal en gaat zitten. 'En jij...' Klara draait zich snel om en wijst Michael aan. 'Jij bent ook stijf. Je staat maar vijf minuten op het toneel maar je bent stijf. Afschuwelijk. Kom hier.'

Michael staat op en haalt een hand door zijn haar. 'Lekker dan,' zegt hij. 'Geweldig.'

'Michael, ken jij die techniek?'

Michael schudt zijn hoofd.

'Liesa. Kun jij Michael uitleggen?'

Lissa kruist haar enkels en zet haar voeten dan weer naast elkaar. 'Als ik het me goed herinner... Het begint ermee dat een van de twee iets over de ander opmerkt. Ik merk iets op over jou, eerst iets aan de buitenkant. Misschien iets wat je aanhebt. Ik zeg bijvoorbeeld: *Je hebt een blauw shirt aan*. Dat herhaal jij dan tegen mij: *Ik heb een blauw shirt aan*. Dat doen we even en dan gaan we dieper...'

'Stop!' Klara geeft een klap op haar bureau. 'Genoeg uitleg. Beginnen.'

Michael stoot een kort, blaffend lachje uit. Lissa haalt adem.

'Je haar,' zegt ze, 'zit... in een kuif.'

Michael glimlacht. 'Mijn haar zit in een kuif?' zegt hij met een opwaarts tikje op het laatste woord.

'STOP.'

Michael kijkt naar de regisseur.

‘Niet actéren.’ Klara slaat weer op de tafel en Poppy, de assistent-toneelmeester, schrikt. ‘Je acteert. Als je zó acteert ben ik blij dat je in dit stuk geen tekst hebt. Het gaat er juist om dat je níét acteert.’

Michael, terechtgewezen, kijkt weer naar Lissa, die hem een meelevende blik toewerpt, en ze beginnen opnieuw.

‘Je ziet bleek,’ zegt Lissa.

‘Ik zie bleek.’

‘Je ziet bleek.’

‘Ik zie bleek.’

Ze ziet dat hij helemaal bevroren is en niet eens meer durft te bewegen.

Ze herinnert zich haar docent van de toneelschool, een kleine, hypergevoelige man die hartstochtelijk in die werkwijze geloofde. *Benoem wat je ziet*, zei hij altijd als ze de Meisnertechniek toepasten. *Concentreer je op de ander, kijk goed en benoem wat je ziet.* ‘Je kijkt angstig,’ zegt ze tegen Michael.

‘Ik kijk angstig,’ geeft Michael toe.

‘Je kijkt angstig.’

Zo stuntelen ze ongeïnspireerd door en Klara sist en zucht en schudt haar hoofd.

‘STOP. Verschrikkelijk. Verschrikkelijk.’ Met een kwaadaardig handgebaar dirigeert ze Michael weer naar zijn plaats.

Hij staat op en hijst zijn broek op. ‘Jee-zus,’ bromt hij binnensmonds. ‘Nou, succes.’

‘Jij.’ Met een rukje van haar hoofd wijst Klara Johnny aan. ‘Johnny. Jouw beurt.’

Johnny komt zwijgend overeind en gaat op Michaels plaats zitten.

Hij is stil, heel stil, en kijkt heel lang naar haar. Zijn blik is zacht. Ze voelt hem over haar schouders glijden, over haar buik, haar voeten, haar borsten. Ze is zich bewust van haar benen, die ze weer strak over elkaar heeft geslagen – wanneer is dat gebeurd? – en van de plaats van haar handen. Van de warmte in haar handpalmen en onder haar oksels. Ze is zich bewust van het machtsevenwicht, dat naar zijn kant doorslaat. Dan zegt hij: 'Je kijkt verdrietig.'

'Ik kijk verdrietig,' herhaalt Lissa verrast.

'Je kijkt verdrietig.'

'Ik kijk verdrietig.'

'Je kijkt verdrietig.'

'Ik kijk verdrietig.'

'Nu word je rood.'

'Nu word ik rood.'

'Nu word je rood.'

'Nu word ik rood.'

'Je bent van je stuk gebracht.'

'Ik ben van mijn stuk gebracht.'

'Ik heb je van je stuk gebracht.'

'Ik heb je van, nee,' – ze hapert – 'jij hebt me van mijn stuk gebracht.'

'Ik heb je van je stuk gebracht.'

Ze voelt haar wangen gloeien. 'Je... hebt een zwart shirt aan,' zegt ze.

Johnny trekt een wenkbrauw op. 'Ik heb een zwart shirt aan,' herhaalt hij.

'STOP.' Ze kijken naar Klara, die is opgestaan, witheet.

'Waarom doe je dat? Waarom begin je over zijn shírt? Er gebéúrde iets. Er ging voor het eerst in deze fucking zaal eindelijk iets gebéúren en jij begint over zijn shírt? Nee. Nu. Doorgaan.'

Johnny draait zich langzaam om en glimlacht tegen haar. De glimlach van een moordenaar. Zijn blauwe ogen knipperen nauwelijks.

'Je voelt je ongemakkelijk.'

'Ik voel me ongemakkelijk.'

'Je voelt je ongemakkelijk.'

'Ik voel me ongemakkelijk.'

'Je krijgt een ongemakkelijk gevoel van me.'

'Ik krijg een ongemakkelijk gevoel van je.'

'Je krijgt een ongemakkelijk gevoel van me.'

'Ik krijg een ongemakkelijk gevoel van je.'

'Je kijkt verdrietig.'

'Ik kijk verdrietig.'

'Je kijkt verdrietig.'

'Ik kijk verdrietig.'

'Je hebt een verdrietig gezicht.'

'Ik heb een verdrietig gezicht.'

Ze krijgt een brok in haar keel. Ze krijgt niet de tijd om zich van de vorige klap te herstellen voordat hij er alweer een uitdeelt.

'Je bent iets kwijtgeraakt.'

'Ik ben iets kwijtgeraakt.'

Ze voelt het – de hele cast zit op het puntje van zijn stoel. De rij gezichten wordt een publiek, de onzichtbare draadjes tussen hen en haar worden strakgetrokken, er gebeurt iets.

'Je huilt.'

'Ik huil.'

'Je huilt.'

'Ik huil.'

'Goed!' Klara staat te huppen. 'Nu. Nú. Begin met jullie scène.'

Ze heeft frisse lucht nodig. Ze haast zich naar buiten en gaat in het armoedige trappenhuis naar de lucht staan kijken.

Michael staat er al. 'Fuck,' zegt hij. 'Dat was heftig. Maar waanzinnig.'

Lissa zegt niets.

Achter haar verschijnt Johnny.

'Fucking waanzinnig, man,' zegt Michael. Johnny negeert hem. Michael knikt in zichzelf. 'Waanzinnig,' herhaalt hij in het niets.

'Dat was best goed,' zegt Johnny tegen Lissa. 'Je zou een veel betere acteur kunnen zijn dan je jezelf toestaat te zijn. Als je maar loslaat.'

Ze heeft de middag voor zichzelf. Ze wil niet naar huis. Ze wil ook niet in de zaal naar de rest van de repetitie blijven kijken, dus stapt ze op de bus naar de stad, de oude, rammelende 73: Kingsland Road, Shoreditch, Old Street, Angel, King's Cross. De lucht is laag en geel en als ze bij de bibliotheek uitstapt begint het te regenen. Ze stopt haar jas en tas in een kluisje, laat de beveiliger van de afdeling Zeldzame Boeken haar pasje zien, zoekt een stoel en gaat zitten. Het is stil. Ze sluit haar ogen.

Ze is hol; er zit niets in haar, niets wat haar ergens aan verankert, geen talent, geen succes. Johnny heeft gelijk – ze is iets kwijtgeraakt. Of heel veel. Of ze heeft het nooit gehad. Ze is de som van al haar mislukkingen. Ze is zo hol dat ze boven die mensen met hun ijverige, gebogen hoofden uit zou kunnen zweven, omhoog, boven de stad uit, de stad waarvan ze heeft gehouden en die haar liefde niet beantwoordt, die haar niet geeft wat ze nodig heeft om te leven, alleen genoeg om te overleven.

Ze gaat nu naar beneden, haar spullen pakken, haar agent bellen en zeggen dat ze uit het stuk stapt, dat ze deze parodie op een carrière opgeeft.

Ze gaat naar de garderobe, pakt haar jas en tas, loopt door de galmende foyer naar de deuren, en dan ziet ze hem. Ze weet dat hij het is, al is zijn gezicht afgewend. Hij staat gebogen en zegt niets, maar het is duidelijk dat degene die hij aan de telefoon heeft heel veel zegt. Lissa wacht, met haar handen in haar zakken. Even later bergt hij zijn telefoon op en ze ziet dat hij een paar seconden roerloos blijft staan voordat hij opkijkt. Ze loopt naar hem toe en raakt zijn arm aan. Nathan schrikt.

'Lissa. Hoi.'

'Gaat-ie?'

Hij haalt zijn handen door zijn haar. Hij kijkt verwilderd uit zijn ogen. 'Ik moet... even roken. Heb jij sigaretten?'

'Ja.'

Ze lopen langs de beveiliging naar de kleine overkapping die de regen, die nu serieus naar beneden komt, een beetje tegenhoudt. Ze geeft hem haar shag en wacht terwijl hij draait.

'Sorry,' zegt hij als hij de sigaret naar zijn mond brengt.

'Waarvoor?'

Hij kijkt haar geschrokken aan. 'Weet ik eigenlijk niet. Ik ben gewoon... gewend om sorry te zeggen, denk ik. Sorry dat ik rook. Moet ik niet doen.'

Ze geeft hem haar aansteker en hij knipt hem dankbaar aan en houdt zijn hoofd achterover om de rook uit te blazen. Ze neemt het leren zakje van hem over en draait er zelf ook een. Hun rook vermengt zich met de vochtige lucht. Op het plein lopen mensen met tassen en boeken haastig over het gladde, natgeregende beton. 'Heb je al gegeten?' vraagt hij.

'Nee.'

'Er is een pub hier in de buurt. Daar hebben ze... tapas of zo.'

Ze moet glimlachen om de manier waarop hij 'tapas' zegt.

Als ze oversteken lijkt hij gedesoriënteerd en ze moet de neiging onderdrukken een hand op zijn arm te leggen en hem veilig door het verkeer naar de overkant te loodsen.

'Hier ergens,' zegt hij en hij troont haar mee langs de roodstenen flatgebouwen ten zuiden van Euston Road door een brede negentiende-eeuwse straat naar een donkere pub op een hoek. 'Dit is 'm, geloof ik. Of niet, ook goed.' Hij houdt de deur voor haar open. 'Wil je iets drinken? Ik neem bier. En whisky. Jij ook whisky?'

Over eten geen woord meer. Ze kijkt op de klok boven de bar – kwart voor drie.

'Oké,' zegt ze. 'Waarom ook niet?'

Ze vindt een tafeltje in de hoek, ver van het raam. Hij komt terug met twee pullen Guinness en twee glazen whisky. 'Op je gezondheid.' Hij slaat de whisky achterover met een ferme slok Guinness erachteraan. Dan, alsof hij pas nu haar aanwezigheid werkelijk opmerkt: 'Hoe was jouw dag?'

'Verschrikkelijk.'

Hij knikt grimmig.

'En de jouwe?' vraagt ze.

'Dat wil je niet weten.' Hij kijkt haar aan en ze ziet zijn wanhoop. 'Het is niet gelukt. De ivf. De laatste poging.'

Ze is niet verbaasd, al had ze het graag anders gewild.

'Ik ben de weg kwijt,' zegt hij. 'We zijn de weg kwijt. In alle opzichten.' Hij kijkt naar het met regen bespatte raam en giet de rest van zijn Guinness in drie bodemloze teugen naar binnen. 'Ik ga nog een rondje halen. Jij ook? Nog een whisky?'

'Oké.'

Terwijl hij weg is, zit ze met haar telefoon te pielen. Zet hem aan. Zet hem weer uit. Vreemd, denkt ze, dat Hannah hier niets over heeft gezegd. Ze drinkt haar whisky op. Neemt een slokje bier.

Hij komt terug met twee verse Guinness en twee whisky. 'Geef maar aan mij als je het niet op kunt,' zegt hij met een klein lachje als hij ze over het tafeltje naar haar toe schuift. 'Maar vertel, waarom had jij zo'n rotdag? Hannah zei dat je in een stuk staat?'

Ze wil zeggen dat het niet uitmaakt. Dat ze geen zin heeft om over zichzelf te praten. 'Ja, klopt,' zegt ze.

'Iets Russisch?'

Ze knikt. '*Oom Wanja*. Tsjechov.'

'Hoe gaat het?'

'Oké.'

Hij buigt zich naar haar toe. 'Oké? Dat klinkt niet al te best.'

'Jawel. Het is alleen...' Ze lacht even. 'Ik weet niet. Ik twijfel vandaag aan alles.'

'Dat had ík kunnen zeggen.'

'Ja?' Ze zwijgt, wacht tot hij doorgaat, kijkt naar zijn handen om de bierpul. Zijn ogen – de dunne huid daaronder, de gekrulde rand van zijn lippen. *Benoem wat je ziet.*

Je bent verdrietig.

Je bent kwaad.

'Ik weet niet.' Hij trommelt met zijn vingers op het gebeitste houten tafelblad. 'Ik weet niet eens meer waar we het allemaal voor doen, waarom ons leven zo is geworden. Hannah. Die dwáng. Alles. Fucking. Alles. Gereglementeerd. Bewaakt. Wat ik ook in mijn lijf stop. Altijd hangt ze om me heen. Ze kijkt naar de koffie die ik drink. Vraagt hoeveel ik heb gedronken als ik na mijn werk nog ergens heen ga. Tellen. Altijd tellen. Ze is een politieagent geworden.'

Hij zwijgt.

'Ze probeert alleen maar een kind te krijgen,' zegt Lissa zacht.

'Dacht je dat ik dat niet wist?' Hij is woedend. 'Maar dat is het enige wat ze nog is. Een wezen dat een kind probeert te krijgen. En het wérkt verdomme niet. Hoort een kind niet met liefde te worden gemaakt? Met overgave? Goeie seks? Niet met een dienstregeling. Een spreadsheet. Een grafíék.'

Hij heeft te veel gezegd. Ze ziet dat hij afstand van zijn woorden neemt.

Hij kijkt haar aan. 'Heb jij nooit kinderen gewild?' vraagt hij zacht.

'Ik... nee. Ooit. Ik bedoel, ik ben ooit zwanger geweest.'

'Echt?'

'Ja.' Een vage schaduw op een scan in de Marie Stopeskliniek in Fitzrovia. Aan het eind van het eerste jaar aan de toneelschool.

'En toen?'

'Ik heb het laten weghalen.'

'Ach, wat naar.'

'Nee hoor. Hier.' Ze heft haar whiskyglas. '*Sláinte.*' De whisky brandt in haar keel. 'Even roken?' stelt ze voor.

'Alsof je mijn gedachten leest.'

Ze gaan naar buiten, staan kleumerig in de deuropening en draaien om de beurt.

'Maar goed,' zegt hij als ze allebei vuur hebben. 'Je hebt nog steeds niet verteld waarom jij zo'n rotdag hebt gehad.'

'Iemand... had kritiek op mijn spel. Daar kon ik niet tegen, denk ik.' Haar blik probeert houvast te vinden – de regen, de auto's met de koplampen aan, de mensen die met hun paraplu manoeuvreren. Ze is hard op weg om dronken te worden.

'Soms... is het net alsof ik niet echt ben.' Ze kijkt hem aan. Hij kijkt naar haar. Van heel dichtbij. Hij schudt zijn hoofd.

'Wat?' zegt ze.

‘Vreemd om jou zo te horen praten.’

‘Hoezo?’

‘Je leek me altijd zo levendig. Meer dan echt.’

Ze lacht even.

‘Ik weet nog dat ik je voor het eerst zag. Je… je straalde. En later, die feesten. Toen we ouder waren. Bloedmooie *raver* met je vintage kleren.’

‘Ja. Waar was ik mee bezig?’

‘Fijn was dat, hè, die tijd? We trokken ons toch nergens iets van aan? We waren vrij.’

Hij buigt zich naar haar toe en pakt haar pols. Ze kijkt ernaar, naar zijn vingers met de slordig geknipte nagels en voelt haar hart, haar pols, haar kruis kloppen.

‘Dat mis ik,’ zegt hij.

Benoem wat je ziet.

Je wilt me.

‘Wie?’ vraagt ze en ze richt haar blik weer op zijn gezicht. ‘Wie ben ik? Voor jou?’

‘Jij bent mooi, je bent slim, je bent wild, Lissa. Jij bent echt.’ En hij brengt zijn handen naar haar gezicht en haar gezicht naar het zijne en zijn lippen naar de hare.

De verbazing.

Het gebrek aan verbazing.

Haar lippen openen zich. De smaak van zijn tong.

‘Sorry,’ zegt hij en hij laat haar los.

‘Nee,’ zegt ze.

‘Dat had ik niet moeten doen.’

‘Geeft niet. Er is niets gebeurd.’

Hij schudt zijn hoofd. ‘Hannah,’ zegt hij. Zijn stem klinkt verstikt.

‘Er is niets gebeurd, Nath.’

Hij strijkt met een hand over zijn gezicht. 'Dat bedoel ik niet. Maar... ze wil nog een poging doen. Met ivf. In een andere kliniek. In Harley Street.'

'Dat zal wel een vermogen kosten.'

'En de rest.'

'Wat ga je doen?'

'Weet ik niet.' De wanhoop is terug en omhult hem. Hij kijkt haar aan. 'Wat zou jij doen?'

'God.' Ze lacht zacht. 'Dat moet je mij niet vragen.'

'Maar ik vraag het wel,' zegt hij. 'Ik vraag het aan jou. Jij bent de eerste met wie ik hierover kan praten. Je weet niet hoe heerlijk het is om te kunnen praten. Liss. Zeg het,' smeekt hij. 'Alsjeblieft. Wat zou jij doen?'

'Ik zou het niet doen,' zegt ze. Ze trekt haar vest strakker om zich heen en staart naar de natgeregende straat. 'Ik zou nee zeggen.'

Hannah

Ze komen bij Regent's Park uit de metro, lopen langs de roomkleurige gebouwen met zuilen Marylebone Road door en Harley Street in. Ze loopt snel, alsof het niet tot Nathan zal doordringen waar ze zijn als ze hem maar in hoog tempo langs die miniatuurpaleizen jaagt, langs de enorme auto's waar broodmagere, gehoofddoekte vrouwen uit stappen, langs de oudere dames met kleine hondjes in hun armen.

Ze belt aan bij een huis van drie verdiepingen dat er gelukkig iets minder indrukwekkend uitziet dan zijn buren. De deur zoemt open en ze komen in een hal met zwarte en witte tegels op de vloer, vrolijke babyfoto's aan de muren en een ranke vroeg negentiende-eeuwse trap die naar het licht leidt. Ze geven hun naam op en worden naar een wachtkamer gebracht die zo groot is als hun hele appartement. Mollige zitbanken staan tegenover elkaar met hoekige tafels met strakke stapels tijdschriften ertussenin. Zes meter verderop zitten een man en een vrouw op een van de banken. Ze nemen Hannah en Nathan vanuit de verte op.

Nathan gaat zitten en legt zijn linkerenkel over zijn rechterknie. Zijn sportschoenen zijn versleten. Hij wiebelt met zijn voet op het hoogpolige tapijt. In de hoek staat een koffieapparaat te pruttelen. 'Ik ga iets te drinken pakken,' zegt hij en hij springt weer overeind. 'Wil jij ook?'

'Nee, dank je.' Hannah buigt zich naar de tafel: *Tatler, Harper's Bazaar, Country Living, Elle*. Ze trekt een *Elle* uit de stapel en begint te bladeren. Ze merkt dat ze gejaagd en oppervlakkig ademhaalt.

Nathan komt terug met een wit plastic bekertje.

'Gore koffie,' zegt hij beschuldigend. 'Hoeveel vragen ze hier?'

'Zevenduizend.' Ze spreekt zacht, maar articuleert goed. Hij weet het best. En zij weet dat hij het weet.

'Wat zouden ze hier aan huur betalen?' Hij praat iets te hard. Het stel aan de andere kant kijkt op. De receptioniste steekt haar hoofd om de deur.

'Dokter Gilani verwacht u.'

Hannah staat op en strijkt haar rok glad. 'Dank u.'

Nathan volgt haar naar boven. 'Mooie kunst,' zegt hij als ze langs een serie felgekleurde abstracten lopen.

Dokter Gilani, een grote, vriendelijke beer, zit achter een breed bureau in een enorme kamer. Hij buigt zich naar hen toe om hen te begroeten en neemt hun handen in zijn berenklauwen. 'Goed jullie te zien,' zegt hij en hij kijkt alsof hij het meent. 'Ga zitten.'

'Zo,' zegt hij als ze zitten. 'Ik heb jullie aantekeningen gelezen. Zoals je weet, Hannah, zijn er veel vrouwen die zoals jij door onbekende oorzaken onvruchtbaar zijn.'

Hannah knikt.

'Het feit dat je al eens zwanger bent geweest, al heb je een miskraam gehad, is op zich goed. Het goede nieuws is dat je in principe ieder moment weer zwanger kunt worden. Het slechte nieuws is dat we je niets nieuws kunnen vertellen waar je iets aan hebt. Maar...' hij glimlacht, 'we zijn hier heel goed geoutilleerd.'

Nathan kijkt om zich heen alsof hij de outillage in kwestie zoekt, maar de spreekkamer is ondanks de ruime afmetingen leeg.

Dokter Gilani somt de behandelingen op die hij kan bieden en de National Health Service niet: de time-lapse-camera's, de vele scans, het uitschrapen, het terugplaatsen in het weekend. Dat alles leidt bij patiënten van Hannahs leeftijd tot ongeveer dertig procent succes.

'Wat houdt dat uitschrapen in?' vraagt Nathan. 'Het klinkt barbaars.'

'Dat is een techniek waarvan is gebleken dat het de innesteling bevordert,' zegt dokter Gilani. 'Kijk.' Hij schuift hun over het bureau een vel papier toe. Hij heeft de cijfers onderstreept: 32 procent zwangerschap in de leeftijdsgroep 35-38. Het percentage levend geboren kinderen is lager. De kosten staan in kleine cijfertjes helemaal onderaan.

'Kunt u me een indruk geven?' vraagt Nathan. 'Een specificatie van de kosten?'

Dokter Gilani blijft onverstoorbaar glimlachen. 'Natuurlijk, die zal ik door mijn secretaresse laten opstellen.'

'Het is wel... een smak geld,' zegt Nathan. 'Vindt u niet? Voor een kans van zeventig procent op mislukking.'

'Ja, dat begrijp ik.' Dokter Gilani kijkt heel even op de klok aan de muur. 'Veel van onze patiënten zijn particulier verzekerd...'

'Wij niet,' zegt Nathan. 'Wij geloven in de nationale gezondheidszorg.'

Hannah buigt zich naar Nathan toe en veegt het papier in haar tas. 'Dank u,' zegt ze.

'Dus als jullie hiertoe besluiten, maak dan een afspraak met mijn secretaresse, dan kunnen we meteen beginnen.'

'Wacht even,' zegt Nathan. 'Han – heb je niet wat tijd nodig? Om te herstellen? Hannah heeft net een ivf-behandeling achter de rug. Ze is uitgeput.'

'Ik voel me prima,' zegt Hannah. 'En ik kan zelf het woord wel doen.'

'Natuurlijk...' dokter Gilani spreidt zijn grote handen, 'als jullie liever even wachten... Maar elke maand uitstel is wel een maand waarin de kansen...'

'Nee,' zegt Hannah. 'Ik wil niet wachten.'

Nathan kijkt met opeengeklemde kaken naar buiten. 'Dank u, dokter Gilani. Dat was heel verhelderend.'

Dokter Gilani drukt hun de hand.

Nathan loopt voor haar uit de trap af en blijft niet bij de receptie staan. Hij loopt meteen door naar buiten. Tegen de tijd dat Hannah hem heeft ingehaald staat hij al om de hoek een sjekkie te draaien.

'Wanneer ben je begonnen met roken?'

'Net. En ik ben niet begonnen met roken.'

'Wat is dat dan?'

'Een sigaret.'

'Rookte je toen ook al? De vorige keer?'

'Nee, Hannah, toen niet. Maar nu heb ik trek in een sigaret.' Hij steekt hem aan. Ze staart. Het verkeer raast. Het is een vuile, grijze dag.

'Niet te geloven,' zegt ze.

'Wát is niet te geloven, Hannah?'

Ze wijst naar hem.

'O, nu walg je van me? Nou...' hij gebaart met zijn sigaret om zich heen, 'hier walg ík van. Al die artsen die duizenden, miljóénen verdienen aan andermans wanhoop. Dit is een kwakzalversstraat. Je kunt net zo goed zevenduizend pond in een wensput gooien.'

'Echt?'

'Echt. Fuck. Het zijn gebedsgenezers, Han.'

'En die kinderen daar aan de muur? Die bestaan. Dankzij die arts.'

'Misschien hadden ze anders ook wel bestaan.'

'Dat weet je niet.'

'Nee, dat weet ik niet. Ik weet niets. En jij ook niet. Net als die fucking dokter Gilani. Niemand weet iets. Want het menselijk lichaam is een mysterie. Vruchtbaarheid is een fucking mystérie, Han.'

'Je kunt wel iets doen...'

'En dat hébben we gedaan. Alles hebben we gedaan, Hannah. Maanden. Jaren. En we hebben nog steeds geen kind.'

'Ík heb dat gedaan. Ík heb al die dingen gedaan. En wat heb jij gedaan, Nath? Nou?'

Hij kijkt haar aan en neemt een diepe trek. 'Het spijt me, Hannah, echt. Je moet weten dat ik van je hou, maar dit trek ik niet meer.'

'Wat? Wat trek je niet meer?'

'Dit,' zegt Nathan.

'Wat bedoel je met "dit"?'

Hij gooit zijn sigaret op straat, waar de auto's grommend bij het stoplicht staan, en schudt zijn hoofd.

Haar vader staat in Stockport al op het perron te wachten. Ze ziet hem door het raampje voordat hij haar heeft gezien – zijn aarzelende bewegingen en zijn witte haar zijn altijd weer even een schok. Als ze uitstapt ziet ze zijn hoofd zoekend alle kanten op draaien.

'Pap,' roept ze en hij draait zich om en spreidt zijn armen.

Hij ruikt naar zeep en het scherpe waspoeder dat haar moeder gebruikt.

'Geef maar.' Hij grijpt naar haar koffer.

'Hoeft niet hoor, hij is niet zwaar.'

'Stil. Geef hier. Heb je je kaartje? Er is tegenwoordig controle bij de uitgang.'

De auto staat waar hij altijd staat. 'Zo,' hij tilt haar koffer in de kofferbak, 'je moeder heeft shepherd's pie gemaakt. Ze maakt zich zorgen over je, lieverd.'

Het miezert een beetje. De bladeren zijn al bruin; de herfst doet zich hier vroeg voelen. Als ze aankomen staat haar moeder in de keuken. De ramen zijn beslagen en de hond springt op om haar te begroeten.

'Kom eens hier.' Haar moeder trekt haar tegen zich aan. 'Je bent afgevallen,' zegt ze. Ze maakt bezorgde geluidjes terwijl ze haar knuffelt.

Ze eten shepherd's pie met broccoli en vruchten met slagroom toe, en als ze klaar zijn gaan ze in de huiskamer voor de tv zitten.

'Wat wil je zien?' Haar vader zet de televisie aan en overhandigt haar met een zwierig gebaartje de drie afstandsbedieningen. 'Jij mag kiezen.'

'Maakt me eigenlijk niet uit. Waar zouden jullie anders naar kijken?'

Ze gaat naast haar moeder zitten. Ze kijken naar een aflevering van een kostuumdrama.

Als de reclame begint, loopt haar vader naar de keuken en komt terug met thee en chocola.

Hij bedient haar met een knipoog. 'Aldi,' zegt hij. 'Daar hebben ze van die lekkere reepjes.'

Ze gaat naar bed als haar ouders ook gaan, om halftien, en dan ligt ze in haar oude kamertje in haar eenpersoonsbed. Aan de muur hangt een foto van haar met haar vader op haar huwelijksdag, buiten in het park – het middaglicht. Die groene jurk.

Haar moeder komt uit de badkamer en steekt haar hoofd om de deur.

'Heb je nog iets nodig?'

'Nee hoor mam, dank je.'

'Wil je een kruik?'

'Nee hoor.'

'Maar het is nogal fris vanavond. En ik dacht, voor je buik misschien... Na alles.'

'Hoeft echt niet, dank je, mam.'

'Goed, kindje. Truste dan.'

'Truste mam.'

Haar moeder doet de deur zachtjes dicht en Hannah bedenkt niet voor het eerst dat haar ouders, die in haar ogen altijd zo'n klein, beperkt leventje hadden, de kunst van de vriendelijkheid beheersen. Vroeger kamde ze hen altijd af – de krant die ze lazen (de *Daily Mail*), de programma's waar ze naar keken (soaps en natuurdocumentaires). Hun politieke voorkeur. Hun godsdienst (anglicaans). Hun beperkte horizon. Hun naïviteit. Hun maatschappelijke klasse.

En toch zijn ze zo vriendelijk.

Ze houden van hun kinderen en ook nog steeds van elkaar. Hoe doen ze dat toch? Hebben ze het in de loop der tijd geleerd? De gestage groei van de gewoonte, van de dagen, opgebouwd uit zulke kleine, eenvoudige dingen?

Op zondagmorgen maken haar ouders zich op om naar de kerk te gaan. Hannah kijkt naar haar moeder, die haar winterjas aantrekt, om haar vader in zijn dunne windjack heen tuttelt, probeert hem over te halen een extra trui aan te trekken en een sjaal om te doen.

'Wil je mee?'

'Nee, ik ga een eindje wandelen. Een boodschap doen. Misschien zorg ik wel voor de lunch.'

Ze loopt de doodlopende straat uit: grindpleister, kleine raampjes en Britse vlaggen. Ze heeft er altijd versteld van gestaan hoe abrupt de huizen veranderden: aan de overkant van Fog Lane Park stond je ineens in Didsbury, waar de straten met bomen waren omzoomd en de huizen heel groot waren. Niet van die kleine twee-onder-een-kapjes uit de jaren dertig die dicht tegen elkaar aan leken te zijn gekropen, alsof ze zich schaamden.

Ze loopt een paar rondjes door het park, gaat naar de Co-op en koopt groente en een kip. Om een uur of twaalf komen haar ouders thuis en ze ziet hun gezichten opklaren bij de geur van gebraden vlees.

Later, na de lunch, als ze met haar moeder staat af te wassen, vraagt ze: 'Mam, hoe bid jij eigenlijk?'

'Hoe bedoel je?' vraagt haar moeder.

'In de kerk, als je daar bidt. Hoe doe je dat dan?'

Haar moeder trekt haar rubberhandschoenen uit en legt ze op het aanrecht. Ze spoelt de afwasbak uit, zet hem terug in het kastje onder de gootsteen en kijkt Hannah aan.

'Dat weet ik eigenlijk niet,' zegt ze. 'Ik doe mijn ogen dicht. Ik luister. Ik eh... keer tot mezelf in, zoiets. En als ik dan voor een bepaald iemand bid, dan haal ik me die voor de geest. Als het voor jou is, dan denk ik aan jou. Soms zoals je nu bent en soms als klein meisje.' Haar moeder pakt haar hand. 'En dan vraag ik iets. Dan bid ik.'

'Bid je om een baby?'

'Ja schat. Dat heb ik gedaan.'

'Echt? En nu?'

Haar moeder neemt Hannahs gezicht tussen haar handen. 'Nu bid ik om geluk, schat. Dat jij gelukkig mag zijn. Meer niet. O, Hannah,' zegt haar moeder als Hannah begint te huilen. 'Ach, mijn lieve meisje toch.'

Londen

1997

Het is augustus 1997, de zomer van haar afstuderen, als Hannah in de hoofdstad aankomt.

Tony Blair is nu drie maanden premier. Achttien jaar van Hannahs leven is het land door de Conservatieven geregeerd. Ze hebben samen naar de verkiezingsuitslagen gekeken, zij en Lissa, vlak voor hun laatste tentamens, in een Ierse pub in Chorlton. Ze dronken Black Velvets tot ze stonden te tollen. Zelfs haar vader heeft op Tony Blair gestemd.

De uitnodiging van Lissa was heel terloops, op een kaart van de Trevi-fontein vanuit Rome.

Ik heb net mijn beste Anita Ekberg ten beste gegeven. Het is hier té mooi. Als ik terug ben vind ik vast alles saai en voel ik me eenzaam. Kom alsjeblieft snel naar Londen.

Lissa komt haar van station Euston ophalen, in spijkerbroek en op versleten tennisschoenen. Ze is bruin en haar haar hangt los. Hannah zelf voelt zich wanhopig opgelaten. Ze heeft onlangs haar haar in een korte bob laten knippen en haar hand gaat vaak naar de plek waar het haar in haar nek in een scherpe punt eindigt.

Wow. Lissa omhelst haar in de stationshal. Louise Brooks. Geweldig.

Echt? vraagt Hannah en haar hand tast weer naar haar nek.

Bij King's Cross wachten ze op de bus en als die komt, volgt Hannah

Lissa de achterste trap op. Het bankje voorin is nog vrij en Lissa annexeert het en legt al babbelend haar voeten in de tennisschoenen op de stang terwijl de bus door het kale stuk achter King's Cross rijdt. Ze wijst pakhuizen aan waar ze op feesten is geweest en een club waar ze meestal in het weekend naartoe gaat. Ze vertelt Hannah over haar nieuwe vriend – Declan –, een Ier die tien jaar ouder is dan zij. Dat ze met hem in Rome is geweest, waar hij een serie opneemt, en dat ze door Cinecittà hebben gelopen, in een appartement in Trastevere hebben gelogeerd en middeleeuwse schilderijen en heiligdommen hebben gezien.

Declan zegt dat hij een agent voor me gaat zoeken, zegt Lissa. Dan kan ik in de vakantie auditie doen.

Ze klinkt niet eens erg verwonderd, alleen blij met haar lot.

En Hannah kijkt naar Lissa terwijl die vertelt, en bedenkt dat ze zo mogelijk nog mooier is geworden dan eerst. Lissa wordt een succesvolle actrice, zoveel is zeker. Misschien zelfs een ster. Ze heeft talent, schoonheid en zorgeloosheid en het goud wordt haar in de schoot geworpen. Haar benijden heeft geen zin, want zo is het gewoon.

Buiten maakt het industriële landschap plaats voor sociale woonwijken en de bus rijdt een lange helling op. Ze stappen uit bij een metrostation en Lissa neemt haar mee door straten waar hoge huizen een eind van de weg af staan en door de open ramen hoort Hannah mensen die een instrument bespelen. Het zijn rustige straten, de stad verzacht zich. Ze staan voor een huis met stokrozen in de voortuin en een gebutste groene voordeur.

Jouw kamer is op eenhoog, aan de achterkant, zegt Lissa terwijl ze de deur opendoet. Je kunt je spullen vast neerzetten als je wilt.

Er ligt een oude Marokkaanse loper op de trap. Op bijna elke tree liggen spullen die naar boven moeten, of naar beneden, dat is niet helemaal duidelijk. De muren hangen vol: ingelijste cartoons, ansichtkaarten en grotere schilderijen – bovenaan een groot doek, Lissa als meisje. Hannah staart ernaar; ze herkent de stijl – zoiets hing ook in Lissa's studentenkamer. Ze zet haar tas in een smalle kamer met een eenpersoonsbed, die uitkijkt op een langwerpige tuin met een kas achterin. Ergens boven klinkt een radio.

Ze gaat even op het bed zitten en loopt dan naar de wc, een groot, groezelig, donker grijsgroen vertrek. Er liggen slordige stapels tijdschriften op de vloer. Ze pakt een gekreukte *New Yorker*, opengevouwen bij het literaire katern. Hij is meer dan vier jaar oud.

De woonkamer beneden is doorgebroken en een van de muren wordt helemaal in beslag genomen door boekenkasten. Het raam aan de straatkant is begroeid met klimop en laat een groenig licht binnen; het geeft een soort onderwatereffect. Op de bijzettafeltjes staan asbakken in verschillende stadia van vol tot overvol. Er lijkt geen bepaalde ordening in de boekenkasten te zijn aangebracht: Tolstoj, Eliot, Atwood, Balzac. Hannah haalt er een boek uit, Eliot, *Four Quartets*. Er staan aantekeningen in een handschrift met veel lussen in de marge. Ze hoort achter zich iets bewegen en schrikt.

Onder aan de trap staat een vrouw. Ze is lang, draagt een lange bruine kiel die onder de verf zit en haar lange grijzende haar is met twee kammetjes boven op haar hoofd vastgezet. Ze is verbijsterend mooi.

Wie ben jij? vraagt ze.

Hannah, zegt Hannah. Sorry.

Sorry waarvoor? vraagt de vrouw. Ze houdt haar hoofd schuin. Ze lijkt tegelijk nieuwsgierig en gevaarlijk, als een roofvogel. Ze komt dichterbij en tuurt naar het boek in Hannahs hand.

Ah. Eliot. Ben je fan?

Hannah kijkt naar de tekst met de krabbels in de marge. Wat is het juiste antwoord?

Ik denk het wel. Ik bedoel... ik heb *The Waste Land* gelezen. Dat vond ik mooi. Maar... had hij zijn vrouw niet afschuwelijk behandeld?

Ja, helaas. Het was een ontzettende hufter. Maar schrijven kon hij.

Ik ben trouwens Sarah, zegt ze en ze steekt haar hand uit. Je mag het wel lenen. Geen zorgen als je het niet mooi vindt. Eliot is aan de jeugd niet besteed.

Ze lopen de grote, rommelige keuken in, waar Sarah de zorg voor de lunch van Lissa overneemt met de mededeling dat ze uitgehongerd is en bij lange na niet genoeg heeft aan een boterham. Als het eten op tafel staat, kijkt Hannah hoe Lissa en Sarah eten, verbaasd over het gemak waarmee ze op hun maaltijd aanvallen. Het zout zit niet in een zoutvaatje, maar in een vijzel waar beide vrouwen hun vingers in steken. Ze gieten met gulle hand olijfolie over hun salade en deppen de rest op met hun brood. Als de salade op is, likken ze hun vingers af. Ze eten als beesten en toch zo elegant als ze nog nooit heeft gezien. Ze denkt aan haar ouders, haar moeder in haar vest van Marks & Spencer, hun slasaus over de slappe sla, hun beleefdheid, hun servetjes, hun gehechtheid aan goede manieren.

Na het eten roken ze. Sarah heeft net zo'n leren zakje als Lissa en gebruikt dezelfde donkere vloeitjes. Sarah en Lissa praten over films en toneelstukken die ze hebben gezien. Hun gesprekken hebben een scherp randje, concurrentiestrijd. Als Lissa over de kunst in Rome vertelt, valt Sarah stil en luistert met haar hoofd schuin. Toen Lissa nog nooit in Rome was geweest dacht ze dat een Bellini een cocktail was, zegt Sarah tegen Hannah.

Dat is het ook, zegt Lissa terwijl ze haar sigaret uitmaakt in een restje olijfolie. De kunst en het leven sluiten elkaar niet uit. Heb ik van jou geleerd.

Touché, zegt Sarah en ze heft haar glas.

Hannah voelt zich net een plant die zijn ranken uitstrekt en zich aan dit huis, deze vrouwen, dit leven vasthecht.

Blijf nog een paar dagen, zegt Lissa als Hannah bijna terug moet. Mijn moeder vindt je leuk. Ze denkt dat je goed voor me bent. Volgen-

de week opent haar expositie. Dan is Declan terug, dan kun je hem ook ontmoeten.

Hannah belt haar moeder, die klein en aarzelend klinkt. Weet je het wel zeker, lieverd? Dat ze het fijn vinden dat je blijft? Loop je ze niet voor de voeten?

Het is een enorm huis, mam.

O, dan zal het wel goed zijn. Bedank haar moeder van me, hè?

Op de avond van de vernissage is het warm. Hannah draagt een dun shirtje en een wijde broek. Ze raakt het geschoren puntje in haar nek aan. De galerie is heel klein en ligt aan een kasseienstraatje in het oosten van Londen. Sarahs doeken hangen in een kaal wit vertrek. Er is wijn en er zijn fusten bier. De genodigden staan buiten op straat, samen met het publiek van de andere galeries.

Hannah kijkt naar de mensen en denkt: hier, hier is het leven. Het voelt alsof altijd al iets in haar in het donker en in stilte druk bezig was om een huid voor haar te weven en nu is die klaar, ze kan hem dragen en ermee in het licht stappen.

Ze is Lissa even kwijt en als het gezelschap wat uitdunt ziet ze dat die verderop in de straat met een lange jongeman staat te praten. Hij heeft een flanellen overhemd met opgestroopte mouwen aan. Lissa vertelt met veel handgebaren een verhaal en de man lacht en buigt zich naar haar toe om haar beter te kunnen horen. Ze geven elkaar een sigaret door. Dus dat is Declan, Lissa's vriend. Als Hannah hem ziet, krijgt ze een vreemd gevoel, alsof er iets in haar binnenste verschuift. Herkenning bijna, gevolgd door een teleurstelling die de magie van de avond dreigt door te prikken om iets duisterders binnen te laten. Lissa ziet haar en zwaait, en Hannah loopt langzaam naar hen toe.

De lange jongeman kijkt haar aan en geeft haar een hand.

Hij lijkt helemaal geen acteur.

Hé, zegt Lissa. Hannah, dit is Nath.

2010

Lissa

Ze neemt geen contact op met Nathan en hij ook niet met haar. Wel speelt ze de kus in gedachten vaak weer af, als ze 's nachts alleen in bed ligt of 's morgens weer bij bewustzijn komt. Ze heeft in geen dagen iets van Hannah gehoord. Ze neemt aan dat Nathan niets heeft verteld, maar toch hoort ze een vage maar schrille alarmtoon ergens op de rand van haar onbewuste.

Ze stort zich in het leven van het stuk. Klara's aanpak begint vruchten af te werpen: ze worden inderdaad minder Engels, hun spel is rauw, er zit bloed in en pezen en botten. En naarmate Klara blijer wordt met haar spelers, wordt de cast, zoals altijd bij een gelukkige cast, steeds meer een levende, ademende eenheid. De spelers komen vroeger en blijven langer, ze kijken met plezier naar elkaars scènes. Ze beginnen het stuk van begin tot eind te spelen, voelen het ritme, de momenten waar het tempo moet versnellen of juist vertragen en ademen. Als een scène stroef gaat of niet levend aanvoelt, laten ze de tekst los en passen de Meisnertechniek toe, observeren elkaar, blijven in hun rol, herhalen wat ze zien, voordat ze verdergaan met de scène.

Michael stelt voor samen te zingen – een idee dat de rest van de cast enthousiast overneemt – en ze leren een Russisch volksliedje dat ze 's morgens repeteren voordat ze aan de slag gaan terwijl Michael hen met een paar akkoorden op de gitaar begeleidt.

Terwijl de première dichterbij komt, voelt Lissa haar spel beter worden: haar lichaam voelt anders aan, er zit indolentie in, hitte, verdriet en gratie. Zelfs Johnny lijkt zachter. Sinds de dag dat hij haar aan het huilen heeft gemaakt is er iets tussen hen veranderd en Lissa merkt tot haar verbazing dat ze zich het meest verheugt op de scènes die ze samen hebben.

Op de avond voor de tech-repetitie gaat haar telefoon – Hannah.

Lissa staart naar de naam en wacht. Even later klinkt het gezoem van een nieuw bericht. Ze opent het, belt de voicemail en houdt de telefoon tegen haar oor.

'*Liss?*' Hannahs stem klinkt zacht. '*Kun je me bellen? Ik moet met je praten.*'

De alarmbel in haar hoofd klinkt luider, schriller. Ze draait een sjekkie, loopt naar de keukendeur en belt Hannah terug.

'Hé.' Hannah neemt meteen op. 'Wat was je aan het doen?'

'Voorbereiden. Morgen tech.'

'O shit. Natuurlijk.' Hannahs stem stokt even. 'Kun je naar me toe komen? Ik moet je iets vragen.'

Fuck.

'Tuurlijk.' Lissa probeert haar stem in bedwang te houden. 'Nu?'

'Ja. En Lissa? Kun je... een fles wijn meenemen?'

Ze trekt haar parka aan en loopt naar Broadway Market. Onderweg koopt ze wijn en chocola bij de Turkse slijter.

Hannah drukt de metalen benedendeur open en Lissa loopt

de oude buitentrap op. Bovenaan staat haar vriendin haar op te wachten. Hannah ziet er in het schemerdonker bleek en tenger uit, geladen met een rusteloze, stekelige energie. 'Heb je wijn meegebracht?'

Lissa houdt de fles omhoog. 'Rioja.' Ze probeert te glimlachen. 'Net als vroeger.'

Hannah neemt de fles aan, loopt naar de keuken, maakt hem open, schenkt twee glazen in en geeft er een aan Lissa. 'Proost,' zegt ze grimmig.

'Proost,' zegt Lissa. Ze pakt haar glas aan zonder haar jas uit te trekken.

'Heb je het koud?' vraagt Hannah.

'Nee, maar ik kan niet lang blijven. Ik moet vroeg op. Tech.'

'Lissa. Alsjeblieft. Ik moet praten.'

Ze trekt haar jas uit en Hannah hangt hem achter de deur op. Buiten valt de schemering over het park en over de verlichte stad daarachter. Er staat een vaas met bloemen op tafel. De schemerlampjes branden. Een echt grotemensenappartement, maar zoals Hannah daar tegenover haar op de blauwe bank zit met haar benen onder zich gevouwen en haar haar achter haar oren lijkt ze wel een verdwaald kind.

'Wat is er, Han? Waar is Nath?'

'Aan het werk waarschijnlijk. Ik weet niet. We hebben ruzie gehad.'

'Waarover?'

'Hij wil stoppen. Met de ivf. Hij zei nee. Ik dacht dat hij nog wel van gedachten zou veranderen. Maar nee. En nu zegt hij dat hij een pauze wil.'

'Waarvan?'

Ze voelt hoe ze ademt, in en uit, oppervlakkig en hoog.

'Van alles.'

'Wat bedoelt hij daarmee?'

'Weet ik niet. Ik ben een paar dagen in Manchester geweest. Ik dacht dat het daarna wel anders zou zijn, maar we hebben haast geen woord gewisseld sinds ik terug ben.'

'Misschien heeft hij gelijk. Misschien moeten jullie inderdaad even pas op de plaats maken. Dat zeggen ze toch altijd? Dat het vaak vanzelf gaat als je het hebt opgegeven?'

'Weet je wel hoe fucking vaak ik dat nu al heb gehoord?' Hannah smijt een kussen door de kamer. Het stuitert tegen de muur en valt op de grond. 'Te vaak.' Dan klapt ze ineens dubbel. 'Waarom?' roept ze. 'Waarom overkomt mij dit? Rust er een vloek op me? Het lijkt wel alsof ik vervloekt ben.'

Lissa loopt naar haar toe en komt naast haar op de bank zitten. 'Hé. Han. Jij bent niet vervloekt.'

Hannah tilt haar hoofd op. 'Kun jij niet met hem praten?'

'Ik kan toch niet...'

'Alsjeblieft.' Hannah grijpt haar bij haar arm. 'Breng hem op andere gedachten. Naar jou luistert hij wel. Ga met hem praten. Alsjeblieft.'

Ze neemt de bus naar Bloomsbury, stapt uit bij Southampton Row en loopt naar Russell Square, waar de bomen oranje en rood oplaaien tegen de staalgrijze lucht.

Toen ze hem sms'te dat ze hem moest spreken maar alleen op donderdagochtend kon, antwoordde hij meteen: *Klinkt intrigerend. Donderdag ben ik op de universiteit. Kom je daarnaartoe?*

Ze trekt vijf keer iets anders aan voordat ze de deur uitgaat. Uiteindelijk kiest ze een oud, verwassen sweatshirt, een spijkerbroek en haar parka. Gympen. Geen make-up, haar strak naar achteren en opgestoken.

Bij de receptie sturen ze haar naar de tweede verdieping; ze neemt de trap en duwt de dubbele deuren naar de gang open. Zijn deur is dicht, maar als ze dichterbij komt gaat hij open en komt er een jonge vrouw naar buiten. Lang, los haar. Lange benen, strakke spijkerbroek. Ze loopt Lissa zonder een blik voorbij.

Er hangen posters op zijn deur zoals in alle academische gebouwen: een aankondiging van een lezing, een vergadering over het collegegeld. Ze klopt aan.

'Binnen.'

Hij zit aan zijn bureau met zijn rug naar haar toe. 'Hé,' hij draait zich om, 'Liss.' Hij lijkt blij haar te zien.

'Hoi.' Ze gaat naar binnen en sluit de deur. Het is een fijne kamer, een hoog raam waardoor de bomen van Russell Square net te zien zijn, een muur vol boeken, een bankje, het bureau. Hij. Hij heeft een zachtblauw T-shirt met wijde hals aan. 'Dus hier gebeuren de wonderen,' zegt ze.

Hij glimlacht en ze merkt dat ze niet goed naar hem kan kijken, dus loopt ze naar de boekenkast en kijkt daarnaar.

'*Coming of Age in Samoa?*'

'Een klassieker. Moet je lezen.'

'Waar gaat het over?'

'Seks.'

'O.' Ze voelt dat ze rood wordt.

Hij grijnst. Plaagt hij haar nu?

'Hoe gaat het met je stuk?' vraagt hij.

'Beter. Morgen première.'

'Dat is snel. Mag ik komen kijken?'

'Tuurlijk. Maar je moet wel reserveren.'

'Dan doe ik dat.'

'Mooi.'

'Ga je niet zitten?'

Ze gaat op het bankje zitten. Dat is nog warm. Ze denkt aan de jonge vrouw die hier daarnet was.

'Je lijkt wel een studente,' zegt hij.

'Dank je. Denk ik.'

'Wil je iets drinken? Thee?' Hij maakt een gebaar naar een dienblad, een waterkoker, kopjes. 'Ik heb ook whisky in de la.'

'Serieus?'

'Alleen voor noodgevallen.'

'Studentennoodgevallen?'

'Academische noodgevallen.'

Er valt een stilte in de kamer. Ze beseft dat zij nu aan zet is. 'Ik kom voor Hannah,' zegt ze.

'Ah,' zegt hij, 'oké. Hoe dat zo?'

'Dat heb ik haar beloofd.'

'Waarom?'

'Ze lijkt te denken dat ik invloed op je heb.' Lissa kijkt naar haar handen. 'En ik heb spijt. Ik had dat nooit moeten zeggen, toen in die pub. Over die ivf. Dat was verkeerd.'

'Echt? Maar je was toch heel duidelijk. Je zei dat ik het niet moest doen.'

'Maar zo bedoelde ik het niet.'

'Hoe bedoelde je het dan wel?'

'Ik bedoelde dat ík het niet zou doen. Ik sprak voor mezelf. Niet voor jou en Hannah... Ik dacht niet...'

'Wat? Wat dacht je? Dat je geen invloed op me hebt?'

Hij kijkt haar strak aan. Hij vertrekt geen spier. 'Nee,' zegt ze. 'Dat moet je niet zeggen. Dat is niet eerlijk. Ik realiseerde me niet dat het zo overkwam. Ik dacht niet aan Hannah.'

'Weet je,' zegt Nathan zacht. 'Ik heb het grootste deel van mijn volwassen leven zowat niets anders gedaan dan aan Hannah denken. Wat zij wil. Waar zij blij van wordt. En het grootste deel van mijn volwassen leven wilde ik dat ook.'

De welving van zijn wang, het zwellen van zijn adamsappel als hij slikt.

'Waarom ben je hier echt, Lissa?' vraagt hij.

'Voor Hannah. Dat zeg ik toch.'

Hij knikt. Dan: 'Mag ik iets zeggen?'

'Ja.'

'Is het goed als ik eerst de deur op slot doe?'

Ze knikt en kijkt naar hem terwijl hij opstaat. Ze voelt haar hart, het bonken van haar bloed. Zijn hand op de sleutel. Het klikje van het slot. Hij loopt naar haar toe en knielt neer. 'Liss,' zegt hij. 'De kwestie is dat ik de laatste tijd aldoor aan jou denk, wat jij wilt. Wat jij fijn zou vinden.' Hij pakt haar hand. 'Wat is je hand koud,' zegt hij.

'Ja,' zegt ze, al heeft ze nu moeite met praten.

Hij steekt een van haar vingers in zijn mond. Zijn mond is warm. Het genot straalt door haar vingertop uit naar haar borsten, haar kruis en haar ogen. Ze doet haar ogen dicht en leunt met haar hoofd tegen de bank.

'Vind je het goed dat ik dit doe?' vraagt hij.

'Ja,' zegt ze, al kan ze haast niets uitbrengen.

Ze houdt haar ogen dicht en nu raakt zijn mond haar buik aan, heel licht, en nu maakt hij haar broek los en schuift hem naar beneden en zij tilt haar bekken op om hem te helpen. En nu is zijn vinger in haar en ze hoort een geluid, heel laag, en beseft dat het uit haarzelf komt. En hij wrijft haar met zijn duim en zijn vinger zit in haar en het geluid gaat door.

'Vind je het goed dat ik dit doe?' vraagt hij weer.

'Ja,' zegt het geluid, de stem die van haar is. 'Ja, ja, o ja.'

Cate

'Dus regel twee van de Moederclub is...'

'Nou?'

'We moeten iets doen waar we tegen opzien.'

Ze zitten op een bankje in de tuin van de kathedraal, of liever gezegd in een ommuurde geheime tuin op het terrein van de kathedraal. Dea heeft gevraagd of Cate naar het parkeerterreintje aan Broad Street wilde komen. Daar is in een dikke muur een nis uitgehakt. Daarin staat een man. Dea toont hem haar pasje, waarop hij hen doorlaat. Hier is het stil, de muren hebben kantelen en zijn zo dik als die van een fort, alsof de stad daarbuiten met zijn verkeer en zijn bussen en zijn winkels en parkeerterreinen en toeristen even heeft opgehouden te bestaan. Het is koud maar zonnig en de lucht is helderblauw.

'Oké,' zegt Cate. 'En waar zie jij tegen op?'

'Seks met mijn vrouw.'

Cate schatert het uit en een ouder echtpaar op een ander bankje kijkt naar hen.

'Lach me niet uit. Ik vind het echt doodeng. Hardcore horror. Ik ben vrijwel incontinent.' Dea grijnst. 'En jij?'

'Wat, ik?'

'Ben jij incontinent?'

Cate lacht. 'Nee, ik heb een keizersnee gehad.'

'Ah, ja, natuurlijk. Dus alles is nog intact?'

'Zo ongeveer.'

'Dus wel seks?'

'Niet veel, nee. Ik heb de laatste tijd niet zo'n zin.'

'En hoe valt dat bij je man?'

'Eh, ik denk dat Sam er wel moeite mee heeft.'

'Vertel eens wat over hem,' zegt Dea.

Cate kijkt haar aan. 'Over Sam?'

'Ja. Hoelang zijn jullie al samen?'

'Nog niet zo lang. Anderhalf jaar.'

'Hoe hebben jullie elkaar ontmoet?'

Een korte aarzeling. 'Online,' zegt Cate dan.

'Ga door,' zegt Dea. 'Ik hou wel van een goed zo-is-het-gekomen-verhaal. Waar ben je voor gevallen?'

'Hij is grappig. Dat kan hij tenminste zijn. Hij heeft talent. Hij is kok. Voor onze tweede afspraak nodigde hij me thuis uit en toen heeft hij voor me gekookt.'

'Leuk. Wat had hij gemaakt?'

'Kip,' zegt ze, 'geroosterd in kaneel. Hij had zelf platbrood gebakken.' Ze glimlacht. 'Dat gaf wel zowat de doorslag. De eerste keer dat iemand speciaal voor mij platbrood heeft gebakken.'

Dea fluit zacht. 'Dat zou ik ook wel willen. Ik zou misschien zelfs op een man kunnen vallen als hij platbrood voor me bakte.'

'Hij is er heel goed in. En toen heeft hij me meegenomen naar Marseille, daar heeft hij jaren gewoond, en dat vond ik wel geweldig, dat hij daar zo goed de weg wist... en zo goed Frans sprak. En kort daarna was ik zwanger.' De uitdrukking op zijn gezicht toen ze het vertelde. De onversneden blijdschap. En hoe ontwapenend fysiek haar eigen reactie was. 'Hij vroeg of ik met hem wilde trouwen en ik zei ja.'

'Zo, dat ging vlot. Hoe was het?'

'Hoe was wat?'

'De trouwerij?'

'O.' Cate trekt haar neus op. 'Tja... raar. Ik had een enorme buik. Er waren maar een paar mensen. Gemeentehuis, ergens eten. Ik had wel een flinke slok kunnen gebruiken, maar dat ging natuurlijk niet. Mijn vader was uit Spanje overgekomen en hield een rampzalige toespraak. Mijn stiefmoeder ging helemaal los op de champagne. Het was hun eerste kennismaking met Sam. Het had de sfeer van een moetje en ik had zin in drank en snapte niet waar al dat gedoe voor nodig was. Ik kon maar niet bedenken voor wie we het eigenlijk deden.'

'En nu wil je geen seks met hem.'

'Ja. Nee. Ja.'

'Weet je,' zegt Dea met een grijns, 'volgens mij is dat volkomen normaal. Ik vind seks met een man zo apart. Al dat gepenetreer.'

'Valt wel mee. Het kan heel lekker zijn.'

'Als jij het zegt.'

Cate aarzelt even. 'Ik ben ook met een vrouw geweest,' zegt ze dan.

'Echt? Dat meen je niet.'

'Jawel.'

'En?'

'En... Ik hield van haar, denk ik. Ik mis haar.'

'Wie was het?'

'Lucy? Een activiste, zou je kunnen zeggen. Ze klom in bomen.'

'Sexy.'

'Ja, nou.'

'Waar is ze nu?'

'Geen idee. Waarschijnlijk in de States. Daar heb ik haar voor het laatst gezien. Als ze nog leeft. Ze wilden haar arresteren, dus ze is ondergedoken. De laatste tijd kijk ik online of ik haar ergens kan vinden.'

'Okééé.'

'Wat?'

'Dus je wilt geen seks met je man maar je zoekt wel online

naar oude liefdes? Sexy verbóden liefdes.'

'Zo is het niet.'

'Niet? Hoe is het dan?'

'Ze was belangrijk voor me. Om allerlei redenen. Niet alleen om de seks. Ach, misschien is het maar goed dat ik haar niet heb gevonden.'

'Hoezo?'

'Ik weet niet of ze het ermee eens zou zijn als ze zag hoe ik ben geworden.'

'Hoe ben je dan geworden?'

'Minder.'

Dea zwijgt en kijkt naar haar. Die uitdrukking op haar gezicht: nieuwsgierig, geamuseerd, levend. Vreemd, denkt Cate, maar ze vindt het niet erg om door haar te worden gezien. Zachtjes te worden geradbraakt op het rad van haar aandacht.

'Dus. Vertel,' zegt Dea. 'Eén vrouw? Of waren er meer?'

'Nog één. Na Lucy. Maar dat was een ramp. Het was al snel afgelopen. Toen begreep ik dat ik niet per definitie op vrouwen val. Ik hield gewoon van een vrouw. Eén vrouw. Eén keer.'

'Aha, die oude tekst van Gertrude Stein.'

'Moet ik het definiëren?' vraagt Cate, defensief nu.

'Nee,' zegt Dea. 'Sorry. Natuurlijk niet.'

Cate kijkt naar haar gezicht, maar ziet geen oordeel, alleen die geamuseerde uitdrukking.

'Weet hij het?' vraagt Dea.

'Wie, Sam? Wel iets, maar niet alles.'

'Vind je niet dat je het hem moet vertellen?'

'Ik denk dat dat nogal verwarrend zou zijn.'

'Voor wie?'

Cate valt stil. 'Dat zijn wel veel vragen,' zegt ze dan zacht. 'En jij?'

‘Ik?’ Dea rolt met haar ogen. ‘Jezus. Duiken we nu in mijn seksuele geschiedenis? Dat is pas écht hardcore horror. Dat vertel ik nog weleens. De ongekuiste versie.’

Cate lacht. ‘Daar verheug ik me op.’

Zijn ze nu aan het flirten? Ze weet het niet.

‘Maar niet nu. Het is ijskoud. Kom,’ zegt Dea. ‘We gaan ergens heen waar het warm is.’

Ze staan op en Dea geeft Cate een arm. ‘Hé,’ zegt ze bij de uitgang van de tuin. ‘Je hebt nog niet verteld waar jij tegen opziet. Als ik seks heb met mijn vrouw, wat doe jij dan?’

Cate denkt na. ‘Wil je het echt weten? Mijn huis. De inrichting. Al die onuitgepakte dozen. Die staan er nog steeds. Ik zie er als een berg tegen op.’

‘Om te beginnen moet ik zeggen dat de druk die vrouwen voelen om voor een perfect huis te zorgen een van de grootste misdaden van het kapitalisme is. En zoals je aan mijn huis hebt gezien verzet ik me daar dagelijks tegen, uit principe. Maar als je er zo tegen opziet, moet je het waarschijnlijk toch onder ogen zien. Dozen uitpakken. Spullen uitzoeken. Mensen uitnodigen. Mij bijvoorbeeld. En Zoe. Dan kan Sam koken. En wie weet…’ met een knipoog, ‘misschien worden we dan allemaal wel weer zwanger.’

Later die avond, als ze Sam hoort thuiskomen, stapt Cate uit bed en gaat naar beneden, naar de woonkamer, waar hij zich al op de bank heeft geïnstalleerd met een biertje in zijn hand en zijn laptop opengeklapt op zijn borst.

‘Hé,’ zegt ze en ze gaat in de stoel tegenover hem zitten.

‘Hé.’ Hij zet zijn headphone af.

‘Waar zat je naar te kijken?’

‘Domme serie.’

'Hoe was het op je werk?'

'Vermoeiend. Saai. Ik heb het zó gehad. Echt. Andermans eten opdienen.'

'Ik wilde je vragen...' begint ze.

'Ja?'

'Ik heb iemand leren kennen.'

'Wat?' Hij trekt een wenkbrauw op. 'Wie dan?'

'Een andere moeder. Op dat speelclubje waar ik van Alice naartoe moest. En van jou. Mensen leren kennen. Dus ik vroeg me af of ik haar niet eens moest uitnodigen, en misschien nog wat mensen. En dat jij dan zou koken.'

'Nog wat mensen? Wat voor mensen dan?'

'Sam. Toe nou.'

'Wanneer?'

'Ik weet niet. Over een week of wat. Ik zou Hannah kunnen vragen, en Nathan. Dan maken we er een avondje van.'

Hij fronst zijn wenkbrauwen. 'Ik weet niet, dat hangt van mijn rooster af.'

'Sam,' zegt ze. 'Jij vond dat ik mensen moest leren kennen en dat heb ik gedaan. Ik heb mensen leren kennen. Dea en Zoe.'

'Een setje?'

'Ja.'

'Een lesbisch stel, in Canterbury?'

'Ha. Ha.'

Hij neemt een grote slok bier.

'Zal ik dan maar zeggen dat het doorgaat? Wil jij koken?'

Hij denkt even na. 'Oké,' zegt hij. 'Maar dan vragen we Mark en Tamsin ook.'

'Echt?'

'Waarom niet? Ze hebben nog een etentje van ons te goed. En Mark heeft al ik weet niet hoelang mijn eten niet geproefd.

Misschien gaat het balletje dan rollen en investeert hij in mijn zaak.'

'Prima!' zegt ze.

Fuck.

Lissa

Hij belt niet. Zij belt hem niet. Hij sms't niet. Zij sms't hem niet. Ze kijkt naar haar telefoon. Heeft hem altijd in haar zak. Wacht op het zoemen van een berichtje, maar er komt geen berichtje.

Ze was vergeten hoe het werkt. Dat je na de seks de macht uit handen geeft. Dat dat een fundamentele, universele wet lijkt te zijn. Dat je in een paar snelle zetten van normaal ineens krankzinnig wordt. Zelfs als het om de man van je beste vriendin gaat.

De. Man. Van. Je. Beste. Vriendin.

Denk daar maar eens over na. Kauw erop. Laat het indalen.

De persvoorstelling gaat goed. De cast was misschien een tikje opgejaagd, een beetje geforceerd, maar het stuk heeft een eigen motor, een eigen leven, en bij het applaus voelt Lissa dezelfde opwinding die ze ook in de ogen van haar collega's ziet: het werkt, het stuk leeft, ze zitten in iets goeds.

Na afloop wordt aan de bar gefluisterd dat er veel pers in de zaal zat en dat ze flink wat recensies kunnen verwachten, wat Lissa een vertrouwd gevoel van opluchting en doodsangst geeft.

Zaterdagmorgen staan er vier recensies online. De *Telegraph*, de *Independent* en de *Times* geven allemaal vier sterren. De *Eve-*

ning Standard zelfs vijf: *Waar heeft Johnny Stone al die tijd gezeten? Iedereen zou dit zeldzame talent moeten kennen. Blijkbaar waren er een afgelegen theatertje en een vrijwel onbekende regisseur voor nodig om hem te laten stralen.*

Helen is *een jonge actrice die op de drempel van een grote carrière staat.*

Over Lissa schrijft de recensent: *de meest languissante, verdwaalde, gevaarlijke Jelena die ik ooit heb gezien.*

Ze krijgt een sms van Cate.

Recensies gezien. Zou er graag heen willen. We geven een etentje in Canterbury, 10 december. Maar dan speel je wsch?

Dank, schrijft Lissa terug. *Maar ik moet dan idd spelen. Hopelijk alles goed daar.*

Ze loopt een rondje door het park en laat haar telefoon thuis. Het is marktdag, maar koud, dus niet druk. Ze voelt zich bekeken en de kans bestaat dat ze Hannah, Nathan of hen samen tegenkomt, als ze brood, bacon, croissants of vis gaan kopen. Zouden ze nog seks hebben? Hannah en Nathan? Wat zouden ze nu doen? Ze zou langs kunnen gaan. Aanbellen, koffiedrinken. *Hé, Han! Nathan heeft me verleid. Ja, donderdag, in zijn werkkamer! Hebben jullie daar weleens geneukt? Op die bank? En die truc met zijn duim. Doet hij dat bij jou ook?*

Misschien neukt hij hen allemaal wel, haar, Hannah en de lange, dunne, lekkere meiden die van dat bankje opstaan en het warm achterlaten. Misschien kennen ze hem wel geen van allen echt.

Of misschien kent zij zichzelf niet.

Ze vraagt zich af of er een woord bestaat voor vrouwen zoals zij, misschien een Grieks woord, een speciaal woord voor een speciaal soort vrouw, het soort dat haar vriendin bedriegt.

O, Hannah. O jezus.

Ze koopt een croissant, neemt hem mee naar huis en eet hem staand bij het aanrecht op, in haar eentje.

Door de recensies trekt de kaartverkoop aan, ze zitten door de week voor tachtig procent vol en op vrijdag en zaterdag spelen ze voor een uitverkochte zaal. De groepswarming-ups krijgen iets feestelijks. Na de stem-, rek- en strekoefeningen, hun articulatie- en loopoefeningen gaan ze in een kring staan en gooien elkaar een bal toe om hun reflexen aan te scherpen. Tien minuten voordat ze op moeten zingen ze hun Russische volksliedje. Soms proberen de jongere mannen een kozakkendansje, waarna ze elkaar een high five geven en joelend naar hun kleedkamer gaan om de oproep op de intercom af te wachten.

Alleen Johnny doet nooit mee aan de warming-up. Hij gaat in zijn gekreukte linnen pak op het toneel in de chaise longue zitten waar Wanja graag zit, met zijn hoed helemaal naar voren, maakt de kruiswoordpuzzel en kijkt af en toe met een opgetrokken wenkbrauw naar de capriolen van de andere spelers. Als ze gaan zingen staat hij op en loopt naar buiten om een sigaret te roken.

Lissa is dankbaar dat ze 's avonds iets te doen heeft en ergens naartoe moet, dankbaar voor het spelersritueel dat haar houvast geeft zodat ze weet waar ze moet staan, hoe ze moet praten en waar ze haar handen moet laten.

Ze krijgt een sms van Hannah. *Kaartjes gekocht! Nath & ik komen volgende week donderdag.*

Gaaf! sms't ze terug en haar maag kolkt van de zenuwen.

Aan het eind van de eerste week zitten haar moeder en Laurie in de zaal. Na afloop wachten ze haar op in de bar. Sarah neemt Lissa's gezicht in haar handen. 'Schitterend, schat, schitterend. Echt goed. Maar... nog geen bespreking in *The Guardian*?'

Als The Guardian *geen recensie van een stuk plaatst, bestaat dat stuk dan wel?*

'Nee, mam, nog niets in *The Guardian*.'

Laurie komt naar haar toe en omhelst haar innig. 'Liss, ik heb je nog nooit zo goed gezien.'

Op de maandag van de tweede week komt haar vader met zijn vrouw.

'Heel goed, liefje. Je zag er prachtig uit,' zegt hij. 'Net je moeder toen ze jong was.'

Naast hem staat haar stiefmoeder als een zenuwachtig vogeltje te knikken, met haar tas krampachtig onder haar arm. 'Ik vond het mooi,' zegt ze. 'Maar er gebeurt niet veel in, hè?'

Nee, beaamt Lissa, er gebeurt niet veel. Als ze voorstelt iets te gaan drinken lijkt haar vader wel geïnteresseerd, maar ze ziet dat haar stiefmoeder zijn arm even aanraakt en dan kijkt hij met een hulpeloos gebaartje naar Lissa.

Er komen ook managers en agenten, de meer invloedrijken hebben zelfs castingdirectors meegenomen: The Globe, The National, een televisiezender. Voor aanvang het onvermijdelijke gefluister in de kleedkamers: *die-en-die zit in de zaal*, en de wetenschap dat die mensen naar je kijken, mensen die de macht hebben om je leven te veranderen, is als peper in je bloed. De pikorde verschuift en verandert, het gaat niet meer gewoon om de mate van talent, de meritocratie van het toneel. Michaels agent lijkt wel de helft van alle Londense tv- en theatermensen bij zich te hebben en Helens agent komt drie keer, elke avond met een andere castingdirector op sleeptouw. Lissa ziet ze na de voorstelling in de bar, dicht bij elkaar in een hoekje alsof ze het over belangrijke staatszaken hebben, de mensen uit het vak, voorovergebogen, met aandachtige gezichten, serieus luisterend naar alles wat de jonge acteurs te zeggen hebben.

Eindelijk komt haar eigen agent ook. Zonder castingdirectors, halverwege de derde week, als de voorstelling een tikje mat is. Ze ziet haar achterin zitten, een klein vrouwtje met weerbarstig rood haar, en terwijl Lissa haar kostuum uittrekt krijgt ze een sms:

Schitterend. Moest weg, morgen bellen?

De volgende dag kijkt ze vaak op haar telefoon, hopend op een belletje dat niet komt.

Het wordt donderdag en ze is de hele dag wild van de spanning. Ze stuurt Nathan een sms: *Kom je vanavond met Hannah mee?* Ze krijgt geen antwoord. Maar zodra ze opkomt ziet ze Hannah, in haar eentje, naast een lege stoel, en ze wordt overspoeld door teleurstelling en opluchting.

Na afloop, in de bar, omhelst Hannah haar. 'Verbijsterend, Liss. Ik vond het zó mooi. Dus uiteindelijk was ze het toch waard?'

'Wie?' Ze voelt zich vreemd gedesoriënteerd. Haar vriendin die voor haar staat, het besef van haar overtreding dat in haar laait.

'Die Poolse regisseur.'

'O, ja,' zegt Lissa, 'daar lijkt het wel op.' Haar blik dwaalt over Hannahs gezicht. 'Had Nath geen zin?'

'Hij moest nog werken. Veel liefs, zei hij.'

Liefs? Echt?

'Heb jij nog van Cate gehoord?' vraagt Hannah. 'Of je naar Canterbury komt?'

'Ik kan niet, ik moet spelen. Gaan jullie?'

'Ik denk het wel. We moeten de stad eens uit, Nath en ik. Eens iets spontaans doen voor de verandering.'

Lissa lacht. 'Spontaniteit is niet je sterkste punt, Han,' zegt ze. 'Als je echt iets spontaans wilt doen, dan moet je ergens anders heen. Naar Berlijn. New York. Belize.'

Hannah kijkt haar aan, een snelle, gekwetste blik. 'Misschien moet ik maar met Canterbury beginnen,' zegt ze zacht, 'kijken hoe dat bevalt.'

Lissa glimlacht en krijgt een vreemde, bittere smaak in haar mond.

Ze is jarig; zesendertig, en ze speelt iemand van zevenentwintig. Ze vertelt het aan niemand van de cast. Het is ijskoud als ze naar Sarah gaat en er staat een gemene, bittere wind. Van Sarah krijgt ze de gebruikelijke zelfgemaakte kaart, maar geen cadeau dit jaar.

'Ik heb het gewoon vrij druk,' zegt Sarah in de keuken. 'Ik word nogal in beslag genomen door mijn nieuwe werk. Had ik dat al verteld? Ik heb van de zomer een expositie. Die galerie in Cork Street heeft ja gezegd.'

'Mag ik het zien?' vraagt Lissa. 'Waar je mee bezig bent?'

'Weet ik niet.' Sarah houdt haar hoofd peinzend schuin, dan: 'Nee... nog niet, denk ik.'

Na de koffie blijft Lissa nog even zitten als haar moeder opstaat. Buiten is de wind gaan liggen en de zon beschijnt de winterse tuin. 'Heb je zin om een stukje te gaan lopen?' vraagt ze. 'Het is opgeklaard. We kunnen naar de Heath.'

'Werk,' zegt Sarah, al op weg naar de deur. 'Je mag best blijven, maar ik moet werken.'

Lissa blijft zitten en luistert naar de voetstappen van haar moeder op de trap.

Aan de muur van de woonkamer hangt een portret van Lissa op haar achtste of negende. Ze herinnert zich het poseren nog zo duidelijk: het was zomer en erg warm op zolder, maar dat vond ze niet erg, al die zaterdagochtenden in de oude gebloemde stoel. Daar zat ze met haar boek, met haar benen over de armleuning van de stoel terwijl het zonlicht door het dakraam naar binnen viel en Sarah haar palet klaarmaakte en haar ezel opzette. Als dan alles klaar was, zette ze de radio aan en begon te schilderen, en Lissa voelde de concentratie, de volledige aandacht die haar moeder eindelijk voor haar had. Ze weet nog hoe veilig ze zich dan voelde.

Toen, op een ochtend, stond er een heel ander soort afbeelding op de stoep voor haar school. Alleen witte lijnen, kindersilhouetten, met krijt getekend. Iedereen stond eromheen, ontregeld als op een plaats delict, en vroeg zich af wat het voorstelde.

Die avond vertelde Lissa het thuis aan haar moeder en Sarah keek haar met een vreemde glimlach aan.

Die heb ik getekend. Samen met Caro. Heel vroeg in de ochtend, toen jij nog sliep. Meer was er niet van over. Van de kinderen. In Hiroshima. We hebben het gemaakt zodat de mensen het begrijpen.

Ze herinnert zich de manier waarop Sarah dat zei, de trots, die bijzondere glimlach, alsof ze iets heel goeds had gedaan. Terwijl ze eigenlijk iets verschrikkelijks had gedaan, wist Lissa. Ze beschikte niet over de woorden om haar moeder uit te leggen welk gevoel ze van die afbeeldingen kreeg. De holheid van die verdwenen kinderen.

De lege dag strekt zich voor haar uit, niets te doen totdat ze weer in het theater moet zijn, om zes uur. Ze loopt naar de South Bank, naar het British Film Institute, waar een Bergmanretrospectief loopt. Ze koopt een kaartje voor de langste film, bestelt koffie en taart, zit bij het raam totdat de filmzaal opengaat en kijkt naar de gezichten van de voorbijgangers. Misschien komt hij wel. Het zou toch niet ondenkbaar zijn dat Nathan zichzelf op een middagje film trakteerde? Misschien gaat het wel zo, dat ze hem gewoon tegen het lijf loopt, dat het toeval zich over de plot ontfermt. Of misschien kan ze hem een berichtje sturen. Hem laten weten waar ze is. Hem uitnodigen.

Natuurlijk komt hij niet. Hij is een drukbezet man. Alleen mensen zoals zij kunnen op een doordeweekse dag naar de film, hebben het twijfelachtige genoegen van de ledigheid. Ze zou er een grap over kunnen maken, denkt ze, Bergman op je verjaardag. Maar er is niemand tegen wie ze die grap kan maken.

Als de zaal opengaat is ze de eerste, ze geeft haar kaartje aan de ouvreuse en wacht in het donker tot het dunne veiligheidsscherm opengaat en de reclame begint.

Hannah

Ze zoekt een hotel in Whitstable voor de vrijdag- en zaterdagnacht en ontdekt er een dat pas open is maar op TripAdvisor nu al goede recensies heeft. De obligate vermelding van Egyptisch katoen. Spiegels met lijsten van sloophout in de kamers. Een neutraal palet van wit met grijs. Ze belt en een vrouw met een prettige stem zegt dat ze boft, ze hebben net een afzegging, maar het is wel een kamer zonder eigen badkamer. Het is dit hotel of de Travelodge, dus neemt ze de kamer. Terwijl ze haar creditcardgegevens verstrekt, stelt ze zich wijde luchten voor, een strandwandeling op zaterdagmorgen. Ze boekt een lunch bij een restaurant verderop aan de kust waar ze van heeft gehoord, een onopvallende pub met de reputatie dat je er spectaculair kunt eten. Ze kijkt op de kaart: oesters, in zout geroosterde knolselderij, lam uit Aylesbury. Ze gaan oesters eten. Een strandwandeling maken. Alles valt op zijn plaats. Ze heeft zich vergist. Door die gecontroleerde, klinische kant van de zaak is het zover gekomen. Nathan heeft gelijk, Lissa heeft gelijk: ze moeten even pas op de plaats maken, de natuur haar gang laten gaan. Misschien heeft iedereen wel gelijk. De messageboards staan vol verhalen over zwangerschappen na mislukte ivf-pogingen. Dit is niet het eind. Alleen het eind van het begin. Ze heeft het veel te krampachtig aangepakt. Er is nog tijd, er is nog een kans, ze moet zich alleen ontspannen. Spontaan zijn. Een weekendje weg. Daar zullen ze van opknappen.

Beha's

2008

Hannah gaat trouwen. Nathan heeft haar in een cottage in Cornwall gevraagd. Ze zijn nu al tienenhalf jaar samen. Ze geeft een klein feestje in het nieuwe appartement, een aankondigingsborrel, met haar getuigen Lissa en Cate.

Het is februari, maar zonnig en zacht, en Cate en Lissa lopen het eindje van het grote huis via Broadway Market naar Hannahs appartement. Onderweg doen ze de slijterij aan. Cava? Cate houdt een fles omhoog. Nee, champagne, zegt Lissa. We kopen een flesje Veuve.

Aan het eind van het kanaal slaan ze rechts af en kondigen hun komst aan bij een onopvallende metalen deur. Hannah drukt op de zoemer en ze gaan naar binnen. Het appartement ruikt tegelijk aards en schoon, de binnentrap is pas met sisal bekleed. Hannah staat stralend boven aan de trap in een simpele broek en een zijden shirt. Cate en Lissa trekken hun schoenen uit en lopen langzaam naar boven. De sisal voelt prettig ruw aan onder hun voeten. De trap komt uit op een grote open keuken annex woonkamer, waar één muur in beslag wordt genomen door een lange blauwe bank.

Cate heeft dit appartement al eerder gezien – ze is er vaak geweest sinds Hannah en Nathan hier vorig jaar zijn komen wonen – maar vanavond ziet het er anders uit, alsof alles zich scherper aftekent.

Haar blik glijdt over de details: de sierlijke grote bank, een tafel van heel blond hout, een bruine aardewerken kruik die daar precies op de juiste plek staat, messen die van groot naar klein aan een magneetstrip aan de muur hangen. Ze lijken terug te kijken, die voorwerpen, met een koele, oordelende blik. Ze lijken haar te vragen of ze wel goed genoeg is.

Ze lopen met hun glas in de hand door de schuifdeuren naar het grote terras met uitzicht over Haggerston Park en drinken hun vriendin toe met Veuve Clicquot.

Hannah lijkt op deze lenteavond nog stralender dan anders, alsof zijzelf het pronkstuk is in deze expositie waarvan ze ook de curator is, alsof dit alles – het terras, het park en het huis dat zacht achter de glazen schuifdeuren ligt te glanzen – alleen dient om het licht te weerkaatsen dat ze als aanstaande bruid uitstraalt.

Even later moet Cate naar de wc. In deze badkamer geen troep, geen flesjes op de badrand of in de douche. In de kast staan bij elkaar passende bruinglazen potten.

Als ze klaar is aarzelt ze in de gang, want de deur van Hannahs slaapkamer staat op een kier. Buiten klinkt gelach, het rode puntje van Lissa's sigaret doorklieft de lucht terwijl ze praat. Cate stapt naar binnen. Ze betast de linnen sprei op het grote bed, loopt naar de kledingkast, haalt er een van Hannahs eenvoudige zijden blouses uit, voelt het soepele gewicht tussen haar vingers en hangt hem terug. Ze loopt naar de ladekast, trekt de bovenste la open en blijft roerloos staan, haar adem stokt – daar liggen Hannahs beha's en onderbroekjes in bijpassende setjes. Ze voelt aan een beha, het soort beha dat alleen een vrouw met heel kleine borsten kan dragen: twee dunne kanten driehoekjes met een licht glanzend zijden randje. Een rode. Een blauwgroene. Een heel lichtroze. Cate voelt dat haar hart tekeergaat. Ze wist niet dat Hannah zulke beha's had, Hannah die er aan de buitenkant zo spartaans uitziet, zo gestroomlijnd. Die beha's hebben iets… iets schaamte-

loos, geheims en krachtigs dat haar raakt als een stomp in haar maag.

Haastig, steels, trekt ze haar trui uit en ook haar beha (groot, vormeloos), en slaagt erin die van Hannah op de wijdste stand vast te maken. Ze draait de cups naar voren, schuift de bandjes over haar schouders en staart naar zichzelf met die twee driehoekjes van niets, omzoomd door blauwgroene zijde. Dan weet ze het: ze heeft verloren. Meer nog dan het huis, de bank, de verloving, de messen aan de magneetstrip, de precies goed geplaatste kruik en de succesvolle relatie van tien jaar zegt de aanblik van die beha's dat ze haar felle, levenslange, onuitgesproken concurrentiestrijd met Hannah heeft verloren.

De dagen daarna voelt ze zich wegglijden alsof het geluk een dans is waarvan ze de passen is vergeten. Ze telt haar ademhalingen. Ze telt haar zegeningen, ze probeert te rationaliseren: waarom zou het iets uitmaken wat haar vrienden doen? Waarom zou ze haar geluk aan dat van anderen afmeten? Toch doet ze dat. Het is onontkoombaar, ze moet de inventaris van haar leven opmaken; op haar drieëndertigste heeft ze nog niet één van die mijlpalen van de volwassenheid bereikt. Ze begint een hekel aan haar werk te krijgen: elke dag met de metro naar Canary Wharf, onderdanig doen tegen bankiers die denken dat ze de wereld veranderen als ze je een minuut van hun tijd gunnen. Haar werk, waarmee ze nooit genoeg zal verdienen om een huis of mooie kleren te kunnen kopen.

En Hannah, die altijd heeft gezegd dat ze iets wilde doen wat de moeite waard was en dat nu ook doet, is op haar negenentwintigste van haar baan als managementtrainer overgestapt naar een grote internationale hulporganisatie, waar ze nu senior-adviseur is en twee keer zoveel verdient als Cate. Ze heeft haar ziel niet aan de duivel verkocht. Ze heeft zich ingekocht. En haar koers bleek hoog.

Cate, die er trots op was dat ze eenvoudig leefde, merkt nu dat ze dingen wil. Een eigen huis, een goed functionerende relatie, een kind of althans de mogelijkheid er een te krijgen, geld voor fatsoenlijke kle-

ren, een ondergoedla die geen warboel is van losse sokken en oude onderbroeken van Marks & Spencer. Haar behoeften vermenigvuldigen zich, zaaien zich uit in haar donkere binnenste.

De andere twee kamers in het gedeelde huurhuis worden bewoond door mensen die ze niet echt kent. Het huis, altijd al armoedig, doet groezelig aan: de zalmroze keuken, de monsterlijke goedkope vloerbedekking. De keuken is geen plek van samenkomst meer. Ze maakt haar eten klaar, gaat meteen weer naar haar kamer en eet aan haar bureau.

Ze probeert het met Lissa te bespreken, er de humor van in te zien, maar Lissa is met andere dingen bezig, die zit in de lift. Voor Lissa gloort er hoop aan de horizon. Vorige week heeft haar agent haar gebeld over een auditie. Een speelfilm. Een jonge indieregisseur. Een hoofdrol. De regisseur had haar in een korte film gezien waaraan ze vorige zomer bij wijze van vriendendienst onbetaald heeft meegewerkt en wilde weten of ze beschikbaar was.

Lissa heeft het script gelezen en vond het ongelooflijk.

Ze weet dat dit haar kans is.

Declan is weg, dus oefent Lissa haar tekst met Cate. Cate zit op de gebutste oude bank in de woonkamer, luistert, souffleert haar als ze het even kwijt is, al gebeurt dat zelden. Ze is goed, denkt Cate, ze verdient dit. Nu komt haar carrière eindelijk van de grond en dan is zij ook weg.

Een week voor de auditie drinkt Lissa geen alcohol, alleen veel water, ze slaapt zoveel mogelijk. Ze gaat naar yoga en komt stralend terug. De dag van de auditie breekt aan. De regisseur vindt het net zo geweldig om haar te leren kennen als andersom. Hij vertelt haar hoe geweldig hij haar vond in die korte film. Een van de scènes kent ze al uit haar hoofd en ze speelt hem voor de camera zonder in het script te kijken.

Wow, zegt hij. Schitterend.

Ze doet nog een stuk en dat gaat al net zo goed. Als ze weggaat, omhelst de regisseur haar. Tot snel, zegt hij.

Er gaat een dag voorbij. En nog een. En nog een. Lissa kijkt voortdurend op haar telefoon. Ze kijkt of hij wel aanstaat. Ze zet hem uit en weer aan. Cate ziet haar gezicht steeds meer betrekken, de opgetogenheid maakt plaats voor twijfel. Woensdag is ze stil, donderdag prikkelbaar.

Iemand anders heeft 'm gekregen, zegt ze.

Declan belt en Cate kijkt toe terwijl Lissa met hem praat. Hij is op locatie in Schotland.

Ik ga naar hem toe, zegt Lissa. Ik moet er even uit.

Ze vertrekt op vrijdagmiddag. Ze vliegt van City Airport naar Edinburgh, waar Declan een auto naartoe stuurt om haar op te halen. Ze zit achter in de auto en ziet de stad voorbijglijden. Het is grauw, regenachtig weer. Ze rijden de stad uit, naar een kasteel in een groot park. Erachter ligt een groot loch. Haar telefoon heeft hier geen bereik. Ze is opgelucht.

Cate komt om halfzes van haar werk, zet haar fiets op slot, loopt het stenen stoepje op en gaat naar binnen. Er is verder niemand thuis. Ze voelt de ruwe, korrelige structuur van haar eenzaamheid.

De vaste telefoon gaat. Dat gebeurt zelden. Hij gaat een hele tijd over en stopt. Dan gaat hij weer, misschien is het iets dringends, dus Cate neemt op: een vrouwenstem blaft dat ze Lissa moet spreken en Cate deelt haar mee dat die niet thuis is. Waar is ze dan? vraagt de vrouw op een toon alsof Cate een hondendrol is die aan haar schoen is blijven plakken. Dat weet ik niet, antwoordt Cate naar waarheid. Ergens in Schotland, geloof ik.

Haar telefoon doet het niet, zegt de vrouw. Zeg tegen haar dat ze naar Londen terug moet. Hij wil haar weer zien. Maandagmorgen vroeg. Zeg dat ze zo snel mogelijk terug moet komen.

Cate hangt op. Ze weet werkelijk niet waar Lissa is. Ze zou er wel achter kunnen komen. Ze kan het als een noodgeval aanpakken. Ze zou Sarah kunnen bellen, Lissa's moeder, die weet het waarschijnlijk wel. Ze zou naar Lissa's kamer kunnen gaan en tussen de troep op haar bureau kunnen zoeken naar een papiertje met de naam van een hotel erop. Haar agenda. Haar laptop. Cate weet het wachtwoord. Misschien staat het daarin. Dat zou ze allemaal kunnen doen, maar ze doet niets.

Zondagnacht slaapt ze al wanneer Lissa thuiskomt. Het is na middernacht. Ze wordt even wakker en valt weer in slaap.

Maandagochtend staat ze op, stapt onder de douche, kleedt zich aan en gaat naar haar werk.

Als ze die middag thuiskomt zit Lissa aan de keukentafel met een prop vochtige tissues in haar hand. Heeft mijn agent jou gebeld?

Wie?

Mijn agent. Ze zegt dat ze vrijdag hierheen heeft gebeld. Dat hij een tweede auditie wilde. Vanmorgen vroeg. Ze begint te huilen. Ik sliep. Ik ben het misgelopen. De rol is weg.

Kun je hem niet bellen? Een nieuwe afspraak maken?

Snap je het dan niet? snauwt Lissa. Iemand anders heeft mijn rol gekregen. Hij is weg, godverdomme.

De volgende dag blijft ze in bed met de gordijnen dicht. Cate klopt aan, maar Lissa reageert niet.

Ze zwijgt Cate wekenlang dood.

En Cate is ziek van schuldgevoel. Ze heeft iets gedaan of iets niet gedaan, dat weet ze eigenlijk niet. Ze had meer moeten doen.

Maar als het de bedoeling was geweest dat Lissa die rol kreeg, dan had ze hem toch wel gekregen? Ze had zelf besloten naar dat Schotse gat te gaan. Dan was het toch haar lot dat ze hem misliep?

2010

Cate

Een etentje. Vrienden te eten. Een diner. Een vriendendiner. Een gezellige avond. Hoe Cate het zich ook voorstelt, de gedachte alleen al is een kwelling; ze is niet goed in dat soort dingen. Maar Sam lijkt heel blij met het idee. Zondag, zijn vrije dag, haalt hij zijn messen en pannen tevoorschijn. Hij geeft Tom een melkpannetje en een houten lepel, waar Tom tevreden mee op de grond gaat zitten spelen terwijl Sam door zijn kookboeken bladert.

'Ik wil iets echt Kents maken,' zegt hij. 'Heb je weleens wulken gegeten? Ik zou een ceviche kunnen maken met sjalotjes, tomaten en limoen. En dan iets met scharretjes. De vis kan ik bij die mensen aan de kust halen. Die leveren ook aan het restaurant.'

Cate kijkt naar hem in de smalle keuken in het grauwe wintermiddaglicht, met opgestroopte mouwen, en bedenkt dat ze hem in geen maanden zo gelukkig heeft gezien.

Op de dag van het etentje is ze de hele ochtend aan het schoonmaken. Ze neemt Tom mee van kamer naar kamer, zet hem met zijn speeltjes op de grond terwijl zij wc's, wastafels en gootstenen boent en vloeren stofzuigt. Ze heeft de radio op de achtergrond aan.

Het parlement heeft met een zeer kleine meerderheid het voorstel aangenomen de collegegelden te verhogen tot negenduizend pond per jaar. In het centrum van Londen is hiertegen op grote schaal geprotesteerd.

Als ze klaar is, zet ze de tv aan en kijkt naar de beelden van demonstranten op het dak van het hoofdkwartier van de Conservatieve Partij. Brandende borden. Het afgrijzen op de gezichten van Charles en Camilla als een ruit van hun auto wordt ingeslagen. Een close-up van een van de demonstranten, een jongeman met wijd open mond. Dat herkent ze. Die strijdkreet. Ze voelt het in haar buik.

Sam komt na zijn middagdienst thuis met een grote tas vol vis en groente, die hij in de ijskast zet, samen met vier flessen wijn. 'En ik heb een mooie bourgogne gescoord,' zegt hij, 'in de aanbieding bij de Aldi.'

Ze hoort hem zingen onder de douche. Hij komt beneden in T-shirt en spijkerbroek. 'Kom eens hier, jongen.' Hij zet Tom in de kinderstoel, geeft hem een paar worteltjes om mee te spelen, bindt zijn voorschoot voor, pakt zijn messen en begint aan een ui. Zij blijft naar hem staan kijken, naar zijn brede onderarmen, zijn behendigheid met het mes, het flitsende staal. Als de ui fijngesneden is kijkt hij op. 'Waar kijk je naar?'

'O... Ik moest aan de eerste keer denken dat ik je dat heb zien doen. Onze eerste avond samen.'

'Ja.' Hij glimlacht en houdt haar blik vast. 'Die avond herinner ik me ook.' Dan: 'Hé,' begint hij na een korte stilte, 'ik ben naar een pand wezen kijken. Een oud pakhuis. Victoriaans. Aan de Stour. Een graanpakhuis. Het leek me wel betaalbaar.' Ze ziet zijn opwinding. 'Maar eerst gaan we een mooie maaltijd maken en dan kijken wat Mark zegt.'

Terwijl ze naar de woonkamer loopt, hoort ze hem tegen Tom babbelen; hij legt uit wat hij aan het doen is: *je neemt een ui en die laat je dan even zweten in de olie*, en Tom brabbelt terug.

Ze zet de tv weer aan, maar het zijn dezelfde beelden als daarnet: Charles en Camilla. De demonstrant met zijn open mond. Ze zet hem uit en sms't naar Hannah: *Gaat het nog door vanavond?* Iets in haar, iets groots zelfs, hoopt dat Hannah afzegt, dat iedereen afzegt, maar ze krijgt meteen een sms terug: *Verheug me erop!*

Hannah

Ze besluit die dag thuis te werken, zodat ze haar tas vast kan inpakken en op tijd klaar is. 'We moeten de huurauto ophalen,' zegt ze tegen Nathan als hij de deur uitgaat. 'Maar als we om een uur of drie vertrekken, kunnen we eerst naar Whitstable, dan hebben we nog even tijd voor onszelf voordat we naar Cate gaan.'

Het weer is wat opgeknapt. Het is niet meer zo koud. Ze werkt de hele ochtend, gaat dan hardlopen langs het kanaal, neemt een douche en trekt haar mooiste ondergoed aan en een jurk waarvan ze weet dat hij die prachtig vindt, soepele zwarte zijde, tot op de knie, gekocht voor hun vorige trouwdag. Ze neemt de tijd voor haar make-up. Ze heeft een fles goede champagne gekocht, stopt die in haar tas en gaat online om de foto's van het hotel, het restaurant en het strand van Whitstable nog eens te bekijken. Misschien wordt dit het begin van iets nieuws. Misschien kunnen zij ook naar Kent verhuizen. Onder de wijde hemel wandelen. Een hond nemen.

Om vijf uur krijgt ze een sms: *Kom eraan*. Ze komen dus te laat. Om kalm te blijven gaat ze naar de slaapkamer en pakt ook zijn tas vast in, maar terwijl ze daarmee bezig is, bekruipt de angst haar; alsof hun intimiteit voorwaardelijk is, wordt bedreigd door een vaag gevaar. Ze had de auto zelf moeten gaan halen – ze heeft de hele middag de tijd gehad – maar het verhuurbedrijf is vlak bij de weg naar de A12, die naar de A2 loopt, die op zijn beurt naar de M2 gaat die naar Kent leidt. Het had dus een verstandig plan geleken, althans in dat opzicht. Ze pakt de laatste spullen in en gaat dan op de bank zitten, zodat alles klaar is als hij binnenkomt.

Ze zit nog precies zo als hij om kwart over zes zijn sleutel in het slot steekt.

'We zijn te laat,' zegt ze.

'Ja, sorry. Spoedvergadering. Vanwege de acties. Het collegegeld.'

Hij ziet er moe uit, prikkelbaar.

'Wil je nog iets?' vraagt ze. 'Douchen? Iets drinken?'

'Als we te laat zijn kunnen we beter gaan.'

Bij het verhuurbedrijf moeten ze formulieren invullen, rijbewijzen fotokopiëren, over verzekeringen beslissen. Het is zeven uur als ze eindelijk wegrijden in een lelijke Ford Fiesta, die Nathan over de A2 de stad uit stuurt.

'Ik denk dat het te laat is om eerst nog naar Whitstable te gaan,' zegt ze.

Hij knikt. In het donker bestudeert ze zijn gezicht. Wat ze zo goed meende te kennen is ondoorgrondelijk geworden, ondoorzichtig.

'Zullen we dan maar meteen naar dat etentje gaan?'

'Wat jij wil.'

'Of zullen we afzeggen en naar het hotel gaan?'

'Is Cate dan niet teleurgesteld? Daar ging het toch om?'

'Ja, je hebt gelijk.' Ze kijkt naar de Londense wijken uit de jaren dertig waar ze doorheen rijden. 'Ik ben nog nooit in Canterbury geweest,' zegt ze. 'Ik ken het alleen van Chaucer. *The Wife of Bath*. Van school.'

Hij verandert van rijbaan. 'Ik ben er één keer geweest,' zegt hij, 'voor een conferentie.'

'Vond je het leuk?'

Pijnlijk. Het lijkt wel alsof ze elkaar niet kennen of een slecht geschreven script voorlezen.

'Ja,' zegt hij. 'Wat ik er tenminste van heb gezien. Mooi.'

Ze zwijgen. Het script is uit. Ze voelt paniek opkomen. 'Dat hotel ziet er lief uit,' zegt ze. 'Je kunt er fietsen lenen. Misschien kunnen we morgen naar Margate fietsen. Als het weer meewerkt.' Ze houdt haar telefoon omhoog om het weer te checken, maar heeft maar één streepje bereik. 'Het schijnt erg in de lift te zitten. Margate. Het Turnermuseum. Gaat volgend jaar open. Turner Contemporary. Een collega van me is er vorig jaar zomer geweest. Was meteen verkocht. Huis in de verkoop gezet en verhuisd.' Zijn gezicht. Zijn gesloten gezicht. 'Of we kunnen gewoon in bed blijven. Slapen. Ze brengen ontbijt op bed.'

Wat de fuck is dit? Ze lijkt wel een toeristengids. Hou op hou op *hou op*.

Ze zet de radio aan; het nieuws gaat vooral over het collegegeld. Ze zet hem harder. 'Moet dat?' vraagt hij. Hij zet hem uit. 'Zo deprimerend. Dit hoor ik nu al de hele dag.'

Ze volgen de routebeschrijving die Cate heeft gestuurd, maar die leidt alleen naar een grote rotonde die ze twee keer helemaal rond rijden terwijl Hannah Cate probeert te bereiken, maar de telefoon gaat over zonder dat er wordt opgenomen.

'Ze zal het wel druk hebben met haar gasten,' zegt Hannah.

'Goed,' zegt Nathan. 'Zullen we maar stoppen zolang we niet weten hoe we moeten rijden?' Hij gaat van de rotonde af en slaat bij het verkeerslicht links af. Ze kunnen nergens parkeren. Ze ziet dat hij zijn kaken op elkaar klemt. 'Daar,' zegt hij dan met een gebaar naar een bord van een parkeergarage.

Ze dalen af in de krochten van de garage. En als die nu gaat sluiten terwijl zij bij Cate zitten? Hoe komen ze dan in Whitstable? Ze stappen zwijgend in de lift. Hij ziet bleek in het felle licht. Hannahs telefoon zoemt in haar zak en ze haalt hem eruit. Eindelijk: Cate met de aanwijzingen.

'Ze klonk vrolijk,' zegt ze terwijl ze haar telefoon weer in haar zak stopt.

Het is koud in Canterbury, kouder dan in Londen. Ze is te dun gekleed. Ze wil Nathan vragen of hij een arm om haar heen slaat, maar hij loopt diep in zijn jas weggedoken. Heeft ze hem ooit hoeven vragen een arm om haar heen te slaan?

Hij draait een sjekkie en steekt het op. Zij verbijt zich. Ze komen langs een kleine supermarkt en dan in een woonwijkje, waar ze nummer 11 opzoeken.

Ze wil weer naar de auto. Terug naar de veiligheid, naar huis, dat nu zo ver weg lijkt. Ze wil stilstaan en haar man in haar armen nemen. Hem door elkaar schudden totdat hij weer helder is, tot zijn geheimen eruit vallen.

Nathan drukt op de bel.

'Hannah!' Als Cate opendoet, struikelt ze naar voren. Nathan pakt haar snel bij haar elleboog. 'Hannah! Nate! Kom binnen, kom binnen!'

Cate ziet er verhit uit en praat luid terwijl ze hen door de smalle gang en de hokkerige zitkamer meetroont naar de verwachtingsvolle gezichten om de kleine ronde tafel. 'Jongens!'

zegt ze. 'Dit is Hannah! En Nate. Het leukste stel van de hele wereld!'

Cate

Het gaat goed, verrassend goed, alleen kan ze haar wijnglas niet vinden. Daarnet had ze het nog... Heeft ze het meegenomen toen ze naar de wc ging? O, daar staat het, aan de andere kant van de tafel. Ze grijpt ernaar, maar Nathan is haar voor en geeft het haar veilig aan. Mark zit te praten, iets over zeilen.

'De kust is vlakbij. Vrindje van me heeft een boot, we gaan weleens zeevissen. Jij moet ook eens mee, Sam. Komende zomer. Paar flesjes behoorlijke wijn mee, koken aan dek. Hij heeft geld. Als je dan ook zo kookt, heeft hij vast wel interesse in jouw project.'

En Sam knikt, kijkt blij. En het eten – ze zitten allemaal te eten en het is heerlijk, echt heerlijk, dat zegt iedereen – en daar zit Dea heel geïnteresseerd naar Hannah te luisteren. En Cate stroomt vol warme gevoelens voor Dea, die dit had bedacht en ingedikt vlierbessensap heeft meegebracht, wijndonker vlierbessensap van de volkstuin, dat Cate voor Hannah in de keuken heeft gezet. Maar vanavond drinkt Hannah wel en Cate lacht in zichzelf omdat het zo fijn is Hannah hier in haar huis te zien met een glas wijn in haar hand.

En ze ziet er zo mooi uit, ze heeft duidelijk haar best gedaan: die jurk en de manier waarop haar haren haar gezicht omlijsten dat bloost van de buitenlucht en de alcohol. En ze is zo geroerd door Hannah, die blijkbaar zoveel om haar geeft dat ze is gekomen en die hele tocht heeft ondernomen, dat de tranen haar ineens in de ogen springen. Ze staat op, loopt om de tafel heen naar Hannah toe en legt haar wang tegen die van haar vriendin. 'Dank je,' zegt ze.

'Waarvoor?'

'Omdat je bent gekomen. Je ziet er geweldig uit, Han.'

En Hannah lacht. 'Dank je. Jij ook.'

Als ze weer terugloopt naar haar stoel vangt ze het gesprek van Nathan en Dea op: 'Ze hebben het senaatsgebouw bezet. Ze zitten met zijn vijftigen in de bestuurskamer. Onze vice-rector magnificus heeft een steunpetitie voor de demonstratie getekend.'

En Nathan knikt. 'Verschrikkelijk.'

Cate legt een hand op Dea's schouder. 'Ik heb ze gezien,' zegt ze, 'vanmorgen waren ze weer aan het flyeren bij de kathedraal. Ik zocht dat meisje. Met dat roze haar, weet je nog?'

Dea glimlacht. 'Ja. Ze zit nu binnen. Bij de Senaat.'

Zoe buigt zich naar hen toe. 'Het lijkt wel alsof de geest van '68 weer opstaat. Alsof de jonge mensen van het ene moment op het andere radicaliseren.'

'Ja,' zegt Nathan, 'maar dat zeggen ze toch altijd? Haal de *soixante-huitards* van stal?'

'Nou, als mijn dochter oud genoeg was, zou ik willen dat ze meedeed,' zegt Zoe.

'Ja,' zegt Nathan, 'dat zou ik waarschijnlijk ook willen.'

Cate kijkt haar tafel rond, naar haar gasten, en is gelukkig; ineens volkomen gelukkig. Geen toekomst meer om te vrezen, geen verleden om te betreuren, alleen dit, deze reeks momenten, aan elkaar geregen als verlichte bolletjes aan een koord: warmte, eten, troost. Boven ligt Tom. Hij slaapt. Ze is dankbaar. En ze ziet dat de flessen op tafel leeg zijn, dus gaat ze de keuken in om een nieuwe uit de ijskast te halen – hij wil niet open – en daar staat Sam achter haar. 'Hier,' zegt hij, 'laat mij maar even.'

Ze draait zich om en daar staat hij, haar man – ze leunt tegen hem aan en kust hem – geen kuise kus, en hij lacht, trekt haar tegen zich aan, en zij gaat met haar tong langs het ruige randje van zijn baard.

'Zó,' zegt hij. 'Ben je dronken?'

Ze lacht. Ze was dit vergeten, de tinteling van zijn nabijheid, die man, die beer van een man. Dea had gelijk. Dit moest ze doen.

Samen met Sam brengt ze de volgende gang en de wijn binnen. De tafelschikking is iets veranderd: Dea zit nu met Tamsin te praten, Hannah praat met niemand en kijkt naar Nathan en Zoe, die met gebogen hoofd naar foto's op Zoe's telefoon zitten te kijken.

'Ze is nu bij de oppas,' zegt Zoe. 'Ik vind het doodeng, maar zo te zien gaat het goed.'

'Prachtig kindje,' hoort Cate Nathan zeggen.

Ze ziet Hannah naar hen kijken en heeft ineens het gevoel dat ze haar vriendin moet beschermen. 'Hé,' zegt ze en ze stoot Zoe aan. 'Hé, jullie twee.' Nathan en Zoe kijken geschrokken op. Nu ze dat heeft gezegd weet ze niet hoe ze verder moet. Ze klapt in haar handen en Sam zet de vis op tafel.

Hannah

Cate is dronken. Ze wankelt met de schalen; Hannah neemt ze van haar over.

'Hier, neem een slokje water.' Hannah steekt haar haar glas toe.

'Gaat wel,' zegt Cate. 'Echt.'

Dan drinkt Hannah het water zelf maar op. Ze heeft twee

glazen wijn gedronken en haar hoofd voelt wazig aan. Haar slapen beginnen al te bonken. Ze kan zich nog maar moeilijk concentreren op de gesprekken om haar heen; ze moet de hele tijd aan de auto denken, dat ze die misschien niet meer uit de garage krijgen. Ze moet het hotel bellen, laten weten dat ze pas laat komen, vragen of dat oké is, of ze een speciale sleutel nodig hebben. Ze weet niet meer hoe ver Whitstable is. Twintig minuten rijden? Meer? Het is tien uur en ze zijn nog maar bij het hoofdgerecht; als dit zo doorgaat zitten ze hier tot één uur.

De gemoederen beginnen verhit te raken: Dea, Cates nieuwe vriendin, en die Mark met zijn dikke duikhorloge, de gast die zichzelf zo graag hoort praten. Ze herkent hem van het huwelijk. Was hij niet Sams getuige?

'Het moet,' zegt Mark, 'als we niet willen dat de markt ons de rug toekeert. Moeten we dan de kant van Griekenland op? Heb je dat briefje in de schatkist niet gezien? *Alles is op*. Idioten. Randdebielen.'

'Ja hoor,' zegt Dea, 'en de bezuinigingen treffen de armen het hardst van allemaal. We kunnen de banken toch belasting laten betalen?'

'Dan gaan ze gewoon ergens anders heen.'

'Dus nu zijn de banken de baas?' Zoe buigt zich naar hen toe. 'Bepalen die hoe het land wordt geregeerd?'

Mark kijkt Zoe aan. 'Weet je eigenlijk wel helemaal waar je het over hebt, schat?'

'Hoezo?'

'Nou, om te beginnen ben je Amerikaanse.'

'Om te beginnen? En wat nog meer?' informeert Zoe.

De temperatuur in de kamer is een paar graden gezakt. Hannah staat op en loopt snel naar Sam. Ze buigt zich naar hem toe, bedankt hem voor het eten en vraagt of ze ook een vaste telefoon hebben. 'Ja hoor,' zegt hij, 'in de slaapkamer, eerste deur links.'

Ze schopt haar schoenen uit en gaat naar boven. In de slaapkamer gaat ze in het donker op het bed zitten. Haar ademhaling gaat snel. In haar schedel trekt iets strak. Er zit haar iets dwars. Nathan. Zoals hij met die vrouw was, die Zoe. Hun hoofden, samen over haar telefoon gebogen, zijn zachte uitroep bij het zien van haar kind.

Er klinkt een geluidje naast haar en ze schrikt. Even weet ze niet wat het is, maar dan begrijpt ze het: Tom ligt hier in het grote bed te slapen. Nu ziet ze hem ook in het zwakke licht van de overloop, zijn opzij gestrekte armpje. Ze gaat naast hem liggen. Hij beweegt maar wordt niet wakker. Zijn adem ruikt zoet. Zo gelijkmatig. Hij slaapt zo diep.

Ze krult zich naast hem op en legt haar vinger in zijn handje, strijkt met haar duim over de heuveltjes van zijn knokkels, en al haar lichaamscellen zoemen van een hunkering die haar haast in tweeën splijt.

En dan begrijpt ze iets, terwijl ze daar ligt, een begrip dat al volledig gevormd in haar lichaam indaalt. Ze heeft haar man verloren – of haar man is voor haar verloren. Iets fundamenteels, een diepe rivier die hen voedde, is opgedroogd.

Voor nu – dit kleine ogenblik, met het kleine handje in haar hand – doet dat weten geen pijn, maar ze weet dat haar pijn te wachten staat, aan de overkant hiervan. Ze weet dat die komt.

Hier is het rustig, voor nu, hier boven, terwijl er beneden muziek klinkt, luider nu, en daarbovenuit de stem van Cate, die iedereen aanspoort te gaan dansen.

Cate

'Ik hield altijd zo van dansen!' roept ze. 'Dea, Zoe, kom!' Ze trekt hen overeind. Iemand moet hier de energie verversen, de avond redden, die dreigt te ontsnappen, weg te glippen. 'Waar is de rest van de wijn?'

Er staat een fles bij Mark, halfvol. Ze loopt naar hem toe, pakt de fles en schenkt een glas vol dat daar staat.

'Weet je wel zeker dat je nog meer wilt?' vraagt hij.

'Sorry?' Cate draait zich om. 'Wat zei je daar?'

Iets in de manier waarop hij staat; een oeroude gewelddadigheid die dicht onder de oppervlakte borrelt. Als op een onuitgesproken aanwijzing komt Tamsin naar haar man toe. Achter zich voelt Cate de aanwezigheid van Dea en Zoe. Nathan zit naast haar te kijken. Sam staat links van haar. Hannah, waar is Hannah? Cate brengt het glas naar haar mond. De wijn is niet koud meer. Hij smaakt smerig, veel te zoet.

'Ik denk dat je vrouw wel genoeg heeft gehad. Vind je ook niet?' Mark praat nu tegen Sam.

Cate proest. '*Oh my God*, zei je dat echt? *Je hebt nu wel genoeg gehad, schat.*' Ze lacht nu heel hard. 'Echt?' Ze schudt haar hoofd. 'Zoiets neem je toch niet serieus?'

'Pardon?'

'Ik kan jou toch niet serieus nemen. Moet je dat stomme horloge nou zien. Je bent toch geen duiker? Wacht – zullen we eens kijken of het echt waterdicht is?'

Ze pakt zijn hand, draait hem om, maakt het horloge los en laat het in haar volle wijnglas vallen. 'Oeps,' zegt ze als de wijn over haar pols gutst.

De woede op zijn gezicht. Tamsin, wit van schrik.

'Jullie. Weten jullie eigenlijk wel hoe belachelijk jullie zijn?

Jullie,' herhaalt ze en ze zwaait met haar glas naar Tamsin en Mark. 'Jullie zijn het probleem, weten jullie dat?'

'Cate.' Sam komt naar haar toe. 'Mark heeft gelijk, je hebt genoeg gedronken. Je bent moeder, je geeft borstvoeding, verdomme.'

'O. O, ben ik móéder, geef ik borstvoeding, ja?'

'Je bent moe.'

'O!' Ze zet het glas met een klap op tafel. 'O, die is goed. Ja, natúúrlijk ben ik moe. Ik heb al bijna een jaar geen hele nacht meer geslapen. Weet je? Sorry dat ik geen systeem heb, Sam. Sorry dat ik geen fucking systéém heb. Dat is een vorm van marteling, weet je. Slaaponthouding. Wist je dat? Zo maken ze soldaten kapot. Je bent misschien niet de slimste, maar dát snap je toch wel.'

'Ik vind niet dat we dit gesprek hier nu moeten voeren.'

'Ja, toe maar. Sluit me maar buiten. Snoer me de mond maar. Wat doe ik hier eigenlijk? Wat doe ik in dit fucking huwelijk? In dit fucking gat.'

Ze kijkt om zich heen en ziet iedereen met openhangende mond toekijken.

Ze ziet dat Mark een stap naar Tamsin toe zet alsof hij haar wil beschermen, zijn arm om haar heen, en zij zoekt beschutting bij haar grote man. En Cate weet, in een puur, helder moment dat dwars door de wijn heen snijdt, dat ze die man haat. Dat ze alles haat wat hij is en waar hij voor staat. Ze trekt haar mouw op. 'Wil je zien wat ík aan mijn pols heb?' vraagt ze aan Mark. 'Een spin. Zodat ik nooit vergeet dat ik moet blijven vechten. Me nooit mag overgeven. Nooit mag vergeten me te verzetten tegen mannen zoals jij.'

Hannah

Ze ligt op het grote bed en hoort Cate beneden schreeuwen. Een slaande deur. Bezorgde stemmen. Ze weet dat ze moet gaan kijken, want dit klinkt ernstig, maar ze is vervuld van een grenzeloze uitputting, al haar lichaamscellen zijn er zwaar van, alsof ze heeft gelopen, heel lang heeft gelopen, met een zware last op haar rug, en haar lichaam is zo moe. Ze wil hier alleen maar naast dit kind liggen, zijn warmte voelen, en misschien even naast hem slapen. Er klinken voetstappen op de trap, de deur gaat op een kiertje open.

'Hannah?' Nathans stem.

'Ja?'

Ze wil die lichtkier niet, het scherpe licht dat de kamer in stroomt en de toekomst meevoert, koud, hard, genadeloos. Ze wil Nathan naar zich toe trekken, de deur dichtdoen. Samen in het donker liggen met dit kindje op dit bed.

'Cate is weggelopen. Ze is nogal dronken. Misschien moet er iemand achter haar aan gaan.'

Hannah hijst zich overeind, staat op, volgt hem langzaam naar beneden en komt met knipperende ogen de woonkamer in, waar de gasten in groepjes bij elkaar staan.

'Ik ga haar wel zoeken,' zegt ze.

'Laat haar maar even afkoelen,' zegt de man die Mark heet. 'Ze is lam. Ze heeft frisse lucht nodig.'

Hannah pakt haar jas.

'Zal ik meegaan?' vraagt Nathan.

'Nee, blijf maar.'

Buiten is het ijskoud en ze heeft geen idee waar ze heen moet. Ze roept Cates naam en haar stem klinkt ijl en hoog. Ze loopt terug naar de weg waar ze eerder die avond was, haar hakken roffelen op de harde grond van het verlaten parkeerterrein bij de supermarkt. Ze voelt zich hier kwetsbaar op die hakken, in die jurk. 'Cate?' roept ze. Het is druk op de weg, zelfs op dit late uur. Ineens valt haar een verschrikkelijke gedachte in en ze begint te rennen. 'Cate?' roept ze. 'Cate?'

Dan ziet ze haar. Ze staat op een boogbruggetje over de rivier, leunend op de reling. 'Cate?' roept ze weer.

Hannah is buiten adem als ze naast haar staat.

Als Cate opkijkt staan haar ogen hard en fel. 'Ik ga hier weg,' zegt ze.

Onder de brug stroomt het koude donkere water.

'Cate,' zegt Hannah en ze pakt haar arm. 'Je bent dronken. Morgenochtend zie je het heel anders. Echt.'

'Begin jij nou ook al? Weet je wat het met jou is, Hannah? Je bent al net als de rest. *Wat maakt het uit dat je je klote voelt. Wat maakt het uit dat ze je hebben opengesneden zonder te zeggen waarom. Je hebt een gezond kind. Gooi er maar een fucking pil in en hou je kop.* Jullie willen de waarheid niet horen.'

Nu voelt Hannah ook een kille woede opkomen. 'Welke waarheid? Welke waarheid, Cate? Nou? Zeg op.'

Cate schudt opstandig haar hoofd.

'Nou, zal ik je dan mijn waarheid eens vertellen?' Hannah spreekt snel, duidelijk. 'Mijn man gaat bij me weg. Omdat we geen kind kunnen krijgen. Ik ben een kind kwijtgeraakt. Ik heb een miskraam gehad. Heb jij weleens een miskraam gehad?'

Cates ogen in het donker, een en al pupil.

'Zal ik daarover de waarheid eens vertellen? Nou, dat gaat zo.' Ze pakt Cates hand, tilt haar mouw op. 'Het was ongeveer zó groot. Een week of zeven oud. Een zak met een baby erin. Dat ziet er best gruwelijk uit. Het is niet de bedoeling dat je dat te zien krijgt. Dat hoort binnen in je te blijven en te groeien tot het niet verder kan. Je weet toch hoe dat voelt? Als er een baby in je groeit?'

Hun adem wolkt samen in de ijzige lucht.

'Dat heb je me nooit verteld.'

'Ik heb het aan niemand verteld.'

'Waaróm niet?'

'Omdat jij toen ook zwanger was. Omdat ik je niet bang wilde maken. Omdat ik me schaamde.'

Cate verslapt. Haar hand hangt langs haar zij, haar schouders zakken.

'Wat erg,' zegt Cate. 'Je had het moeten zeggen.' Haar stem klinkt dik.

'Nee,' zegt Hannah. 'Jij had het moeten vragen.'

Het is al laat als ze in het hotel aankomen. De kamer is kleiner dan ze had verwacht. 'Waar is de badkamer?' vraagt Nathan.

'Ze hadden geen kamer met eigen badkamer meer,' zegt ze vermoeid. 'Het zal wel ergens in de gang zijn.' Ze heeft het koud. Buiten op de brug heeft ze het koud gekregen.

Hij knikt, loopt naar zijn tas. 'Kun je me dan vertellen waar je mijn tandenborstel in hebt gestopt?'

'Hier.' Ze pakt haar toilettas, geeft hem zijn tandenborstel.

Als hij weg is, gaat ze in de leunstoel zitten. Ze ziet zichzelf in de spiegel met de lijst van sloophout. Dat stomme zwarte jurkje. Haar make-up, helemaal uitgelopen. Alles kapot. Alles voorbij. Zo absurd allemaal.

De volgende ochtend worden er twee dienbladen voor hun deur gezet. Ze haalt ze binnen en zet ze op tafel. Nathan gaat rechtop in bed zitten en trekt zijn spijkerbroek aan. 'Ik ga even naar buiten,' zegt hij. Als hij weer binnenkomt ruikt hij naar sigaretten.

Ze belt het restaurant en zegt de lunchreservering af.

Er komt geen lunch. Er komen geen oesters, er komt geen ambachtelijk brood of lamsvlees uit Aylesbury. Er komen geen kinderen. Zij maakt ze dood voordat ze zelfs maar geboren kunnen worden. Hij raakt haar niet aan. Ergens is ze daar dankbaar voor. Het voelt alsof ze vanbinnen in kleine stukjes is gebroken, alsof alleen haar huid de boel nog bij elkaar houdt, en als ze wordt aangeraakt, spat ze misschien uit elkaar en vindt ze misschien nooit meer alle stukjes terug om zichzelf weer in elkaar te zetten.

Ze lopen zwijgend over het strand. Ze kijken naar de kolkende zee en stappen weer in de auto. Ze nemen de M2 terug naar Londen. Zij doet alsof ze slaapt. Ze brengen de huurauto terug. Ze nemen de bus terug naar Hackney.

Ze lopen de drie trappen naar hun appartement op. Nathan pakt een tas in.

Lissa

De laatste donderdagavond, en het stuk krijgt vleugels. Ze heeft zich nog nooit zo vrij gevoeld – haar tekst komt in haar op alsof ze die ter plekke bedenkt.

Je hebt zeemeerminnenbloed, zegt Wanja tegen haar, *dus wees een zeemeermin. Laat je één keer in je leven gaan.*

Als ze voor de laatste keer afgaat, bedenkt ze dat ze het publiek helemaal vergeten was en zich totaal op de andere spelers heeft gericht, alsof ze uit haar eigen huid was getreden. Ze heeft anderhalf uur niet aan Nathan gedacht. Als ze applaus gaan halen, kijkt Johnny haar aan en knikt haar even toe. In de coulissen pakt hij met een ouderwets hoffelijk gebaar haar hand. ‘Magnifiek,’ zegt hij.

'Jij ook.'

Hij maakt een kleine buiging. 'Daar moeten we op drinken,' zegt hij. 'Jij en ik.' Hij houdt nog steeds haar hand vast.

Ze haast zich naar de kleedkamer, is zich ervan bewust dat ze gelukkig is, dat er vanavond iets is voltooid, dat een vraag die ze zichzelf als jonge vrouw heeft gesteld hiermee is beantwoord. Ze kan dit en het is de moeite waard. Het was geen waan, ze heeft zich niet vergist, ze is niet stom geweest.

Terwijl ze haar kostuum losmaakt, trilt haar telefoon en er verschijnt een bericht van Nathan.

Ik ben er.

Ze staart ernaar en bekijkt zichzelf dan in de spiegel. Ze ziet haar silhouet, Jelena's kostuum voor de laatste akte: een lange, donkere jas, hooggesloten, haar haar opgestoken. Ze ziet haar gezwollen lippen, haar iets schuinstaande ogen, haar borst die rijst en daalt met haar ademhaling. Ze beantwoordt het bericht niet, ze weet dat hij zal wachten.

Ze knoopt de jas verder los, trekt hem uit, hangt hem aan de stang, loopt naar de wastafel en plenst water in haar hals. Ze trekt haar spijkerbroek en haar top aan. De schmink laat ze zitten – een tikje uitgelopen rond haar ogen. Als ze haar haar losmaakt, valt het golvend over haar rug.

Zeemeerminnenbloed.

Ze pakt haar tas en loopt naar de bar. Nathan zit alleen aan een tafeltje in de hoek. Langzaam loopt ze naar hem toe. Hij staat op voordat ze iets kan zeggen. Op zijn gezicht een mengeling van nervositeit en ontzag.

Hij heeft een blauw overhemd aan, met opgestroopte mouwen. Dat valt haar op. Zijn onderarmen vallen haar op. Zijn hand gaat naar zijn borst terwijl hij praat, hij doelt op zijn hart. Het overhemd is bij de hals open.

Zij knikt gracieus; vanavond is ze koningin, ze aanvaardt zijn huldeblijk. Terwijl ze tegenover hem gaat zitten voelt ze zichzelf, de plekjes waar haar huid haar kleren raakt, de hardheid van haar tepels, het tintelen van haar hoofdhuid. Er staat een open fles wijn op tafel en die pakt hij; hij schenkt haar een groot glas in en ze bedankt hem met een hoofdknikje. Achter de welving van zijn schouder ziet ze Johnny alleen aan de bar staan met twee glazen voor zich. Hij kijkt naar haar; ze ziet zijn blik langs haar en Nathan glijden en dan weer naar haar gaan, met een vraag aan haar vasthaken. Die beantwoordt ze niet, ze kijkt weg, naar haar wijn, die dik en rood is en aan bloed doet denken.

Ze ziet het kloppende adertje in Nathans hals. Zijn mond, een beetje rood van de wijn. Zijn gespreide handen op de tafel voor haar.

Ze drinkt van haar wijn, hij drinkt van de zijne en ze praten, maar ze weet niet precies waarover. Als haar glas leeg is, vraagt hij of ze nog wat wil. Op een gegeven moment is de fles leeg. Ze kijkt op en ziet dat Johnny is weggegaan zonder afscheid te nemen. Dat registreert ze, maar uit de verte. 'Zullen we naar huis gaan?' oppert ze. 'Naar mijn huis?'

En dat komt er, net als al het andere vanavond, verrassend makkelijk uit.

Onderweg houdt hij het gesprek gaande, maar terwijl hun trein steeds dichter bij haar station komt, raken de woorden op en valt hij stil. Ze ziet dat hij naar zijn spiegelbeeld in het raam kijkt. Ze lopen snel en zonder te praten door het park. In de woonkamer loopt ze rond, knipt lampen aan terwijl Nathan midden in de kamer blijft staan. 'Wil je nog iets drinken?' vraagt ze.

'Oké.' Zijn stem klinkt zacht en een tikje gebarsten.

Ze loopt naar de keuken, maar maakt daar geen licht. Er staat een fles whisky achter in de kast en die pakt ze, schenkt in twee glazen een bodempje.

Ze hoort iets achter zich en ziet dat Nathan met haar mee is gelopen en nu achter haar staat. Hij tilt haar haar op en houdt het in zijn vuist. Hij buigt zich naar haar toe en ze voelt zijn mond op het plekje waar haar hals overgaat in haar schouder. Dan drukt hij haar zacht tegen de muur. 'Niets zeggen,' zegt hij.

Ze zegt niets. Ze draait zich naar hem toe en opent haar mond tegen de zijne.

De volgende ochtend, als hij naar zijn werk is, blijft ze in bed liggen en denkt aan hem. Ze voelt hem nog: zijn gewicht op haar, de uitdrukking op zijn gezicht toen zij op hem zat, hoe het voelde toen hij in haar was. Bij die herinnering wordt ze weer duizelig van begeerte en als ze zichzelf aanraakt is ze nat, gezwollen, glibberig van de seks.

Ze staat op en gaat ergens koffiedrinken in het flauwe zonnetje, met twee handen om haar kopje. Ze weet dat het niet verstandig is om hier te zitten nu ze zich zo voelt, zo dicht bij Hannahs huis. Ze weet dat ze nog naar hem ruikt, doordrenkt is van zijn geur. Mannen gapen haar aan. Ze is een batterij die weer is opgeladen. Gewoon, elektriciteit, helemaal los van welke moraal dan ook. Er zit een gevaarlijk, zinderend, uitgelaten randje aan het gevoel dat ze nu heeft.

Hannah

Ze slaapt tegenwoordig in de kleine kamer. De geluiden zijn hier anders dan ze gewend is: ze hoort de wind in de bomen, het water in het kanaal, fietsen die over losse straatstenen rammelen, flarden van vossengejank, geschreeuw en gelach van dronken jongeren. Ze ligt wakker, staart naar het lichtspel op het plafond, en als ze slaapt is het licht, met dromen vol vreemde, onkenbare dingen.

’s Morgens is ze even gedesoriënteerd als ze beseft dat ze alleen in dit bed ligt, en dan weet ze het weer: Nathan is weg, haar man is weg, en voor het eerst in meer dan dertien jaar weet ze niet waar hij is.

Buiten drukt de winterse stad op haar en zij voelt zich iel onder het gewicht. Ze vergeet boodschappen te doen en eet weinig: kleine hapjes die ze nog in de kast had, crackers met boter, een partje appel. Voor jezelf koken is vreugdeloos. Ze wordt magerder. Dat weet ze, maar het interesseert haar niet; ze heeft geen reden om voor zichzelf te zorgen, geen toekomst om te bewaken, geen grenzen om binnen te blijven.

Ze krijgt een berichtje van haar broer. *Ze is er! Rosie Eleanor Grey*. Een foto van een rimpelig bundeltje mens in de armen van haar broer. Haar nichtje.

Ze schrijft terug. *Gefeliciteerd!! Wil haar dolgraag zien.*

Kom je nog met kerst? vraagt haar broer.

Ja! Zin in! liegt ze.

De volgende ochtend meldt ze zich ziek op haar werk; een virus, moet rust houden. Het weer is weer omgeslagen, het is bitterkoud. Ze zet de radio aan, maar luistert niet echt. Ze loopt langzaam door dit huis dat alle stempels van haar vroegere leven draagt – dezelfde kamers, dezelfde meubels, dezelfde boeken in dezelfde kasten – maar haar door en door vreemd is. Ze heeft een bestemming bereikt, maar dat is een onbekend oord. Ze beseft dat ze pijn lijdt, maar die pijn is zo groot dat ze er niet bij kan. Buiten is geen soelaas in de lucht, in het gras, in de dieren en de bomen. Zij is anders. Ze kan zich niet vermenigvuldigen, ze is een afwijking, ze staat buiten de natuur en ze weet dat ze beter hierboven kan blijven, alleen.

Soms zijn er kinderen in het park beneden. Op deze afstand zijn dat pakketjes energie, schokkerig, vreugdevol, ongepolijst. Ze steppen over de paden. Ze slenteren achter hun ouders aan, blijven staan, rapen steentjes op en kijken ernaar. Ze ziet de kinderen naar de steentjes kijken en hun ouders, die meestal snel naar ze toe lopen, de kinderen bij hun arm pakken en overeind sleuren. Als zij een kind had, denkt ze, dan zou ze het niet opjagen en meesleuren, maar naast haar kind op de grond gaan zitten om samen naar de steentjes te kijken.

Buiten stoomt de wereld door en Kerstmis doemt op, met alle schreeuwerige onvermijdelijkheid van dien. Ze heeft beloofd dat ze naar het noorden gaat, naar Jim en Hayley, al zou ze de uitnodiging van haar broer nu het liefst afslaan. Maar ze heeft nu eenmaal toegezegd en ze moet cadeautjes kopen: voor haar ouders, Jim, Hayley, Rosie. Na haar werk loopt ze naar Covent Garden, tussen de toeristen en de kerstkoortjes, allemaal goed ingepakt tegen de kou, maar ze koopt geen cadeaus. Ze loopt kledingzaken in en past dingen die ze anders nooit zou dragen: een enkellange jurk met een print van slingerende wijnranken, oorbellen tot op haar schouders, bloedrode hooggehakte laarzen. Haar spiegelbeeld verrast haar; haar pony hangt in haar ogen. Ze is in geen maanden bij de kapper geweest. Misschien laat ze haar haar wel groeien, denkt ze. Of misschien scheert ze zich kaal.

Op een ijskoude middag in Long Acre valt haar oog op een kind in een buggy, een klein meisje. Ze lacht, giechelt en klapt in haar handjes. De buggy stopt en Hannah kijkt op. De vrouw die het kind voortduwt gaapt haar aan met haar hoofd schuin.

'Sorry,' zegt Hannah.

'Waarvoor?' vraagt de vrouw. Ze heeft iets van een kraai, haar blik heeft iets verwarrends.

Hannah duwt haar handen diep in haar zakken. 'Ik dacht...' Het kind brabbelt, gefascineerd door haar spiegelbeeld in de etalageruit naast haar. Ze heeft net zulke wangetjes als kinderen in prentenboeken. Haar handen zijn groot en sterk, met kuiltjes.

'Hebt u heling nodig?' vraagt de vrouw.

'Sorry?' Hannah kijkt haar snel aan.

'Hebt u heling nodig?' vraagt de vrouw weer. 'Misschien kan ik u helpen?'

De vrouw wroet in de tas aan de buggy en plukt een bedrukt papier van een stapeltje. 'Hier,' zegt ze en ze steekt Hannah de flyer toe. 'Pak aan.' Haar toon is verrassend bruusk.

Hannah gehoorzaamt, neemt de flyer aan en vouwt hem dubbel.

De vrouw knikt, kijkt dan weer voor zich alsof ze het vasthouden en weer loslaten van de blik volledig in haar macht heeft, en loopt door.

Bij de ingang van het metrostation merkt Hannah dat ze buiten adem is, alsof ze gerend heeft. Ze haalt de flyer uit haar zak en ziet dat hij er doodgewoon uitziet, iets wat je thuis op de computer kunt maken. Er staat een wervende tekst op over de helende krachten van Lindsay McCormack, met een verontrustende close-up van Lindsays grauwe gezicht erbij en een adres ergens aan de rand van West-Londen. Ze stopt hem onder in haar tas. Maar later, thuis, haalt ze hem weer tevoorschijn en bekijkt hem in het licht van de lamp in de kleine kamer: vage afbeeldingen van vrouwensilhouetten en bomen, gekleurde lettertjes die moeilijk te lezen zijn. Een aanbeveling van een man die chronische pijnklachten had en zich nu stukken beter voelt. Slecht gemaakt, niets wat ook maar enigszins overtuigend aandoet.

En toch.

Ze pakt haar telefoon en belt het vaste nummer. Er wordt snel opgenomen. 'Ja?'

'O... Hallo. Ik heb u gezien. Vandaag. In Covent Garden. U hebt me een flyer gegeven.'

'Ja?' De vrouw klinkt opgejaagd en er klinkt kindergehuil op de achtergrond. 'Ja, dat weet ik nog.'

'Ik vroeg me af of u nog een gaatje had.'

'Een gaatje?'

'Ja, voor mij.'

'Ah,' zegt de vrouw. 'Ja. Kunt u morgenochtend?'

Op haar werk zegt ze dat ze naar de tandarts moet – er is een vulling uit gevallen – en na de spits neemt ze de metro naar het westen van de stad, tot het eindpunt.

Het adres ligt diep in een doolhof van straten, een lelijke twee-onder-een-kap met een modderig lapje voortuin. Op het stoepje staat een roestige driewieler, versierd met paarse linten die druipen van de regen. Hannah belt aan en tuurt door het matglas. Een tijdlang hoort of ziet ze niets en ze denkt al dat ze voor het verkeerde huis staat, maar dan doet de vrouw open. Ze heeft een havermoutkleurig vest om zich heen gewikkeld en haar haar zit in een slordige knot.

'Kom binnen.' Ze gaat Hannah voor door een donkere gang

naar een achterkamertje met een tafel en twee dekens. 'Ga hier maar zitten.' De vrouw klopt op de tafel.

De kamer ziet er niet uitnodigend uit en het is er koud. 'Vindt u het goed als ik eerst even naar de wc ga?' vraagt Hannah vanuit de deuropening.

Er flitst een geïrriteerd trekje over het gezicht van de vrouw. 'In de gang, meteen rechts.'

Hannah draait de deur op slot en staart naar haar spiegelbeeld. Haar wangen zien er verhit uit, maar haar opeengeklemde lippen zijn bleek. Wat doet ze hier? Ze heeft het vreemde, ongemakkelijke gevoel dat ze is ontboden of zelf de vrouw uit de diepste krochten van haar onbewuste heeft opgeroepen, dat de vrouw over bovenaardse krachten beschikt, dat ze misschien nooit meer uit die kille kamer wegkomt als ze teruggaat, dat ze voorgoed in dit vreugdeloze oord moet blijven. Ze doet een plas, spoelt door en wast haar handen met het harde flintertje zeep. In de gang aarzelt ze; ze kan nog weg.

Maar de vrouw wacht. Ze steekt haar handen uit naar Hannahs jas, die ze aan een haakje aan de deur hangt. 'Ga hier maar zitten,' zegt ze weer met een gebaar naar de tafel.

Hannah trekt haar schoenen uit en gehoorzaamt. Het is koud. Zal ze daar iets van zeggen? De vrouw heeft haar vest aan, maar Hannah alleen haar kantoorjurk. Ze trekt de deken om haar knieën. Hij knettert en plakt aan haar panty.

'Zo,' zegt de vrouw, die haar hoofd weer schuin houdt. 'Wat brengt u hierheen?'

Hannahs lippen zijn droog. Ze likt eraan. 'Het was heel vreemd. Dat u me aansprak... en... en... Dit is niets voor mij, helemaal niet, maar ik had het gevoel dat ik u moest bellen.'

De vrouw knikt. 'Dat voelde ik,' zei ze.

'Wat voelde u?' vraagt Hannah.

'Uw behoefte.'

'Waaraan?'

De vrouw zwijgt, gaat verzitten. 'Een kind.'

'Ah,' zegt Hannah en dan valt ze stil, haar huid prikt van nervositeit, angst.

'Vertel,' zegt de vrouw.

'Ik... we hebben het geprobeerd. Heel lang. Drie jaar, en aldoor niets. Toen begonnen we met ivf. En ik werd zwanger. En ik kreeg een miskraam. Toen hebben we het nog een keer geprobeerd. Met ivf. En nu is mijn man bij me weg.'

De vrouw knikt alsof het haar allemaal niets verbaast.

'Soms heb ik het gevoel dat er een vloek op me rust,' zegt Hannah. 'Ik weet niet waarom er een vloek op me zou rusten.' Ze slaat nu wartaal uit, onzin. 'Ik doe mijn best om een goed mens te zijn.' De vrouw staart. Hannah zwijgt. 'Het is hier koud,' zegt ze dan.

De vrouw staat op en zet de radiator iets hoger. 'Overdag heb ik de verwarming uit.'

'Stookt u dan niet? Als u klanten hebt? Patiënten?'

'Meestal vinden ze de dekens prettig,' zegt de vrouw.

'O.'

'Wilt u nog een dekentje?'

Ze kijkt naar de glimmende, onaangename deken over haar knieën. 'Nee, dank u.'

De vrouw stroopt haar mouwen op. Ze neemt Hannahs kuiten in haar handen. Die voelen niet warm aan. 'Goed,' zegt ze. 'Ik ga met u aan het werk.'

'Aan het werk?'

'Ga maar ontspannen liggen.'

De ogen van de vrouw draaien weg. Ze knikt bij zichzelf alsof Hannahs voeten en kuiten haar vermoedens bevestigen. De vrouw heeft haar ogen nu dicht; ze lijkt te luisteren.

'Mmmmm. Mmmmm.' Ze maakt een zacht, zoemend geluid. 'Mmmmm. Mmmmm. Mmmmm.'

Hannah kijkt naar buiten, naar het trieste tuintje.

'Rust er een vloek op me?' vraagt ze. 'Weet u of er een vloek op me rust?'

Maar ze weet niet goed of ze dat echt heeft gezegd, of ze die woorden heeft uitgesproken of alleen maar gedacht.

Lissa

Voor de laatste voorstelling kopen de spelers samen zalm, dille, zure room, toastjes en wodka, en zodra iemands laatste scène afgelopen is loopt hij naar de mannenkleedkamer om een wodka achterover te slaan – *nazdrovje!* Bij het applaus zijn ze allemaal aangeschoten en als het doek eindelijk dichtgaat, stromen ze allemaal nog in kostuum de kleedkamer in, waar Johnny en Helen – die als laatsten afgingen – allebei drie shotjes moeten drinken omdat ze wat in te halen hebben.

Daar vindt Klara hen en ze omhelst hen allemaal. De technici drinken bier en cider terwijl de acteurs nog meer wodka achteroverslaan en telkens weer hun Russische lied zingen, tot zelfs de technici meedoen. Dan zet iemand dansmuziek op en de kleedkamer verandert in een illegale kroeg waar het lawaai tot orkaankracht aanzwelt.

Lissa kijkt op haar telefoon. Ze heeft sinds donderdag nog maar één bericht van Nathan gehad.

Geen spijt.

Dat las ze eerst als een vraag, maar toen begreep ze dat het een mededeling was en antwoordde: *Nee.*

Er staat nu andere muziek op – Greg heeft zich over de stereo ontfermd en draait dansmuziek uit de jaren dertig – en de acteurs zwieren paarsgewijs over de dansvloer.

'Lissa.' Johnny staat met uitgestoken hand voor haar. 'Zullen we dansen?'

Ze pakt zijn hand en hij trekt haar overeind. Ze is dronken, merkt ze, en ze steunt op hem voor evenwicht terwijl hij haar leidt. Ze doet haar ogen even dicht en geniet van zijn nabijheid, zijn warmte, zijn geur van tabak en zeep.

'Sorry,' zegt ze tegen zijn borst.

'Waarvoor?'

'Voor die avond dat ik je heb laten zitten, aan de bar.'

'Geeft niet,' bromt Johnny's stem in haar oor. 'Was dat je vriend?'

Ze maakt een beweging, half schouderophalend, half hoofdschuddend. 'Dat ligt ingewikkeld.'

'Dat is altijd zo.'

Ze staan stil en hij doet een stap naar achteren, houdt haar op armslengte van zich af en kijkt naar haar. Hij schuift een lokje haar achter haar oor. 'Het was me een genoegen, liefje. Hier.' Hij haalt een papiertje tevoorschijn en krabbelt er een nummer op. 'Dan heb je dat maar vast,' zegt hij en hij steekt het haar toe. 'Pas goed op jezelf, hè.'

'Ik zal mijn best doen.'

'Het gaat me natuurlijk niets aan,' zegt hij zacht. 'Weet ik wel.'

Dan pakt hij haar hand weer met hetzelfde hoffelijke gebaar, brengt zijn lippen naar haar vingers en draait zich om. Ze kijkt hem na terwijl hij zijn zwartleren tas over zijn schouder slingert en zonder dat hij uitgebreid afscheid heeft genomen weggIipt.

Aan de andere kant van de kleedkamer staan Michael en Helen te zoenen met hun handen in elkaars haar. Lissa kijkt weer op haar telefoon. Het zand in de zandloper is bijna doorgelopen; zo meteen is de magie vervlogen en is het stuk echt voorbij. Zo meteen is de avond afgelopen en dan is er alleen nog het appartement en het callcenter, dan is ze geen koningin meer.

Zeemeerminnenbloed.

Ze loopt de kleedkamer uit en de donkere gang in. Na een paar stappen blijft ze staan en belt Nathan. Na de tweede keer overgaan neemt hij op. 'Liss?' Waar hij ook is, het is er stil.

'Ik wil je,' zegt ze. 'Kun je hierheen komen? Nu?'

Even zegt hij niets, dan: 'Waar ben je nu?'

'In het theater.'

'Hoelang ben je daar nog?'

'Een uur. Misschien langer.'

'Ik kom eraan.'

Ze hangt op, houdt haar telefoon licht in haar hand. Hoort haar eigen ademhaling in de gang. Het lijkt wel alsof ze een halve stap buiten haar huid heeft gezet en zich nu ergens bevindt waar alles gewichtloos is, waar alleen de logica van de begeerte heerst. Ze voelt zich niet schuldig, alleen geïnteresseerd. Ze vraagt zich af of moord ook zo gemakkelijk zou kunnen zijn.

Om halftwaalf zoemt haar telefoon in haar zak en ze glipt ongezien naar de bar, waar het personeel al aan het schoonmaken is, en dan naar buiten, waar Nathan kouwelijk in zijn winterjas een sigaret staat te roken; de rook wolkt omhoog in de koude lucht. Het is gaan sneeuwen en de vlokken tuimelen uit de lucht. Er ligt al een paar centimeter op de stoep.

Ze loopt naar hem toe, pakt zijn sigaret en brengt hem naar haar mond. De nicotine komt in haar bloedsomloop en vermengt zich met de alcohol en de kou, zodat ze even wankelt.

'Je bent haar nog,' zegt hij.

Ze kijkt naar zichzelf: de fluwelen jas, de laarzen. Ze was vergeten dat ze haar kostuum nog aanhad. 'Ja,' zegt ze en ze ziet dat hij het fijn vindt, dat het hem opwindt. 'Ja, ik ben haar nog.'

Hij pakt haar bij haar pols en trekt haar naar zich toe. Zijn mond smaakt naar rook. Ze voelt hem tegen zich aan, hij is al hard. 'Waar kunnen we heen?' vraagt hij.

'Hier,' zegt ze. 'Kom maar mee naar binnen.'

Ze leidt hem door de bar en de donkere gang naar de vrouwenkleedkamer, die leeg is; het licht is uit. Zo meteen komen de vrouwen terug om hun kostuum uit te trekken en in de nacht te verdwijnen, maar nu zijn ze nog bezig; ze hoort het feest, de mannen die hun kozakkendans doen, het bonken van hun hakken op de vloer.

Ze gaat op de tafel zitten en trekt haar lange, zware rokken op, voelt de koele lucht aan haar dijen. Nathan buigt zich naar haar toe, drukt zijn mond tegen haar aan. De schok van zijn koude wang, de warmte van zijn mond, zijn tong. Als hij zich weer opricht, opent ze zich voor hem en hij duwt haar benen uit elkaar.

Meiden

2008

Hannah gaat trouwen. Ze wil geen vrijgezellenfeest. Ze wil een meidenvakantie met Lissa en Cate. Ze trouwt in mei, dus ze besluit dat Griekenland eind april ideaal zou zijn. Ze vraagt wanneer iedereen kan en zoekt op internet urenlang naar accommodatie – uiteindelijk boekt ze een villa voor een week op een van de eilanden, dicht bij het strand, met een eigen zwembad. Duur, maar niet verschrikkelijk. Ze heeft net promotie gemaakt en omdat ze weet dat haar vriendinnen geen van beiden veel verdienen vraagt ze hun geen bijdrage in de kosten. Dat geeft haar een kick, haar vriendinnen trakteren, haar beste vriendinnen, haar getuigen, Lissa en Cate.

Op het vliegveld begint de pret al. Ze proberen verschillende parfums en passen zonnebrillen. Ze drinken champagne in de champagnebar. Ze maken grappen over de vulgaire horrorshow van het laatkapitalisme, maar eigenlijk amuseren ze zich kostelijk. Daar hebben ze het zo druk mee dat ze nog bijna hun vlucht missen.

Het is een prachtige villa. Iedereen heeft een eigen kamer met een eigen badkamer. De handdoeken zijn rul en dik. Hannah vindt het heerlijk dat haar vriendinnen gillend als jonge meisjes over de betegelde vloeren rennen, kasten openmaken en daar bonbons, wijn en vruchten aantreffen. Ze vinden het allemaal buitenproportioneel aandoenlijk dat de eigenaars een fles goedkope wijn voor hen hebben achtergelaten. Ze drinken de goedkope wijn rechtstreeks uit de fles, trekken hun badpak aan en springen in het zwembad.

Ze slapen uit. Ze ontbijten uitgebreid met yoghurt, honing, noten, geroosterd witbrood en sterke koffie. Ze schuiven hun stoel naar de zon. Om tien uur is het al tweeëntwintig graden. Om twaalf uur vijfentwintig. Overal groeien wilde bloemen. Ze zijn het erover eens dat dit de ideale tijd is om naar Griekenland te gaan.

's Middags gaan ze naar het strand, een klein eindje lopen over een rotsachtig paadje waar het naar tijm geurt. Ze nemen boeken mee, huren stretchers en zwemmen in de blauwe zee.

Ze smeren elkaars rug in en complimenteren elkaar met hun zachte huid. Ze lunchen in taverna's van sloophout aan het strand en krijgen de onvermijdelijke maar verrukkelijke, peperige Griekse salade met oregano. Ze drinken scherpe retsina uit glazen kruikjes, beslagen in de hitte.

's Avonds gaan ze uit eten. Ze proberen verschillende restaurants, kiezen een favoriet en gaan daar dan elke avond heen: een mooi, klein tentje dat uitkijkt op de haven. Ze kleden zich met zorg voor die uitstapjes, al is het maar een dorpstaverna: jurkjes, make-up, oorbellen.

Ze worden sereen van hun vakantie. Ze gaan vroeg naar bed. Ze zuigen de zonnewarmte op. Ze beseffen weer hoe fijn ze het samen hebben. Het doet iedereen goed om er even uit te zijn.

Maar als de week het einde nadert, wordt het geluk zanderig en begint het te schuren. Lissa denkt weer aan het callcenter, want ze is vergeten werkdagen te boeken voor de week na haar terugkeer. Dat houdt in dat ze haar huur niet kan betalen. En dat houdt in dat ze Declan weer om geld moet vragen. En Declan begint daar genoeg van te krijgen, dat weet ze. Hij begint ook genoeg van haar te krijgen.

Op de laatste ochtend bekijkt Lissa zichzelf in de spiegel in de vroege ochtendzon. Ze weet dat ze mooi is, dat heeft ze altijd wel geweten, maar nu ze in de dertig is lijkt haar schoonheid, vroeger zo overvloedig dat ze er slordig mee omsprong – sigaretten, drank, nachtbraken, koffie en nauwelijks serieuze lichaamsbeweging – ineens niet meer zo onuitputtelijk; nu moet ze erop letten, er beter voor zorgen. En zorg kost blijkbaar geld, geld dat ze niet heeft. De laatste tijd betrapt ze zich er geregeld op dat ze bij de drogist of de parfumerie met dure crèmes in haar hand staat en overweegt ze in haar tas te laten glijden.

Vorige week heeft haar agent haar gedumpt.

Lissa, zo'n kans krijgt iemand van jouw leeftijd maar heel zelden, zei ze aan de telefoon. En het spijt me, maar ik vrees dat ik je zo niet meer kan vertegenwoordigen.

Lissa's mond in de spiegel is een rechte, harde streep. Ze is kwaad. Kwaad op Cate. Ze neemt haar kwalijk wat er is gebeurd. Ze is ook kwaad – al weet ze dat het nergens op slaat – op Hannah: al die generositeit, die villa, die vakantie. Ze wilde dat ze dat zelf kon, zo gul zijn, haar vriendinnen trakteren. Maar Hannah is een goed mens. Hannah is plichtsgetrouw. Hannah werkt hard en haar salaris is welverdiend. Terwijl zijzelf blut is. Misschien is het wel de schuld van haar schoonheid. Haar schoonheid, dat ongevraagde geschenk. Misschien is ze daardoor verpest, gemakzuchtig geworden. Is ze te veel gaan verwachten.

Vorige week, voordat ze hierheen gingen, heeft ze bij Liberty's met haar creditcard een overslagjurkje van zijden crêpe de Chine gekocht met een print van Japanse bloemen. Ze heeft het meegenomen, maar ze weet dat ze het niet zal dragen. Het blijft onder in haar koffer. Het is een outfit voor iemand die iets heeft bereikt en dat is zij niet. Iemand met een leven waarvan ze begint te vermoeden dat het niet voor haar is weggelegd.

De laatste avond van de vakantie wil Lissa samen cocktails gaan drinken. Ze heeft in een zijstraat een barretje gezien. Daar, in de donkere zaak, bestellen ze kir royal en champagnecocktails. Ze drinken er drie maar voelen zich niet dronken, alleen vrolijk, en lopen door de hobbelige straatjes naar de haven, naar hun restaurant. Het is nu hún restaurant. Ze bestellen wijn, drinken die snel op en bestellen meer. Ze eten brood, gedoopt in olijfolie en zout, en drinken nog meer wijn. Nu beginnen ze echt dronken te worden.

Zo, zegt Lissa en ze steekt een sigaret op. En nu? Ze heeft het tegen Hannah.

Hoe bedoel je?

Nou, als je getrouwd bent. Nemen jullie kinderen?

Dat denk ik wel, zegt Hannah. Ja.

Wil Nathan dat ook?

Ja. Dat denk ik wel.

Dat dénk je wel?

Ja, zegt Hannah. Hij wil het ook.

Oké. Lissa knikt.

Wat? vraagt Hannah.

O, niks, zegt Lissa.

Wat nou? Waarom trek je zo'n gezicht?

Nou, het is nogal wat, hè? Kinderen. Zou je er niet eerst wat langer over nadenken?

O, maar ik héb erover nagedacht. Heel lang zelfs. Ik wil kinderen. En jij? Wil jij kinderen?

Nee.

Nee? Gewoon nee?

Precies.

Vind je niet dat je daar wat dieper op in moet gaan? Als je nou later spijt krijgt?

Ja, oké, zegt Lissa en ze blaast haar sigarettenrook de avondlucht in. Ik zal er dieper op ingaan. Ik wil geen kinderen omdat ik denk dat je het echt heel, heel graag moet willen als je kinderen neemt. En als je iets anders met je leven wilt, dan kun je dat misschien beter doen. Dat heb ik bij mijn moeder gezien.

Hoe bedoel je? vraagt Hannah.

Ik stond haar in de weg. Bij alles: haar kunst, haar leven. Haar fucking activisme. Ze had me nooit moeten krijgen. Dat was voor iedereen veel beter geweest.

God, hou op zeg, zegt Hannah. Doe niet zo belachelijk. Jouw moeder is geweldig.

Ja? zegt Lissa. Natuurlijk. Natuurlijk is ze geweldig, Hannah, jij kunt dat weten. Je kent haar toch zo goed?

Hannah gaapt haar vriendin aan. Die kant van Lissa heeft ze maar zelden gezien. Die plotselinge dronken omslag. Die verbittering.

Laat nou, Lissa, komt Cate tussenbeide. Laat Hannah nou met rust.

O? Moet ik Hannah met rust laten? Lissa richt zich tot Cate; haar tanden zien bloedrood van de wijn. En ik dan? Mij mogen ze wel wat minder met rust laten. Cate, het morele kompas dat ons allemaal de weg wijst. Alsof jij het allemaal zo geweldig doet. Wiens schuld is het dat ik die rol niet heb gekregen?

Niet mijn schuld, zegt Cate.

Fuck you, snauwt Lissa.

Hannah ziet dat Cate achteruitdeinst alsof ze een klap heeft gekregen.

Dan... zal ik jou eens vertellen waarom je geen kinderen wilt, Lissa, stort Cate zich weer in de strijd. Omdat je door en door egoïstisch bent. Omdat je nooit een ander voor jezelf kunt laten gaan.

Ze hebben nog nooit ruzie gehad, Cate en Lissa. Niet zo. Het lijkt wel een roes. Met al die wijn en die sigaretten en die zwoele lenteavondlucht heeft het iets van een drug. Ze willen meer. Ze kunnen zich haast voorstellen dat ze vechtend over straat rollen. Elkaars haren uittrekken. Happen uit elkaars huid nemen.

Hannah kijkt toe. Hun geruzie heeft iets erotisch, denkt ze. Ze voelt zich vreemd buitengesloten.

De mensen kijken naar hun tafeltje. Die drie Engelse vrouwen met hun wilde kleren en hun luide stemmen en al die lege wijnflessen. Zo ongemanierd. Wat lijken ze allemaal emotioneel incontinent.

2010

Cate

Sinds het etentje weigert Sam haar aan te kijken. ’s Morgens slaapt hij, dan wordt hij laat wakker, gaat haastig naar zijn werk en komt na afloop steeds later thuis. Toch is zijzelf vaak nog wakker als hij om een, twee, drie uur binnenkomt. Ze gaat niet naar hem toe.

Ze heeft Hannah gebeld, maar Hannah neemt niet op. Ze heeft haar ge-sms’t: *Kunnen we praten? Bel me maar als je zover bent. Han, we moeten praten, bel me. Alsjeblieft.* Hannah geeft geen antwoord.

Ze herinnert zich Hannahs gezicht op de brug. Haar kille, afgemeten manier van praten. De messcherpe randen van haar pijn.

Ze wil sorry zeggen, maar ze wil ook zeggen dat het niet eerlijk is. Dat Hannah haar niets had verteld, haar niet de kans heeft gegeven het juiste te doen.

De enige van wie ze iets heeft gehoord is Dea.

Spoedberaad Moederclub? Laat maar weten wanneer je eraan toe bent.

Ze heeft nog niet gereageerd.

De dagen zijn kort en koud en ze blijft binnen met de verwarming veel te hoog aan. Tom is humeurig, hij voelt haar ongemak en ze heeft maar heel weinig geduld met hem. Vaak schreeuwt ze tegen hem en hij huilt veel. En dan schreeuwt zij weer. Als ze naar buiten gaat, is de straat bevroren en gevaarlijk. In het centrum staan groepjes mensen met iele stemmen bij kerken kerstliedjes te zingen. Bij Wincheap Park verkopen ze kerstbomen vanuit de garages, in plastic verpakt. De studenten zitten nog steeds in het senaatsgebouw. De natte zwarte takken van de bomen.

Dat weekend staat Sam vroeg op en kleedt Tom zelf aan. Ze komen de slaapkamer in, Tom slordig aangekleed in een te klein truitje dat nauwelijks zijn buik bedekt. 'We gaan,' zegt hij.

'Waarnaartoe?'

'Naar Mark en Tamsin. Mijn moeder komt ook.'

'Oké,' zegt ze. 'Ik zal wel niet welkom zijn.'

'Nee, dat denk ik ook niet.'

Als ze weg zijn, pakt ze haar laptop. Checkt haar mail. Zoekt weer naar Lucy Skein. Niets.

Ze laat de gordijnen dicht en verschanst zich weer in bed.

Aan het eind van de middag wordt ze wakker van de voordeur. Ze trekt een trainingsbroek en een trui aan en gaat naar beneden, waar Tom in zijn buggy in de gang ligt te slapen. Sam zit aan de keukentafel met een kleine tas met rits voor zich.

'Ga je weg?'

'Mocht je willen. Nee, dit is van Tamsin. Voor Tom. Jack is eruit gegroeid.'

Cate ritst de tas open. Een stapel kleertjes, keurig opgevouwen. Ze ruiken agressief schoon. 'Wat aardig van haar.'

'Ja. Ze ís ook heel aardig. Maar je kunt ze altijd teruggeven. We moeten tenslotte niet te veel met mijn familie te maken hebben. Dat vervuilt de lucht maar.'

'Sam...'

Hij steekt een hand op. 'Wacht,' zegt hij. Hij loopt de keuken uit en gaat naar boven. Ze hoort zijn voetstappen boven haar hoofd. Hij komt terug met het tasje van de apotheek in zijn hand. 'Wat is dit?'

'Pillen,' zegt ze vlak. 'Antidepressiva.'

'En neem je die ook in?'

'Nee.'

'Zou je dat dan niet moeten doen?'

'Nee. Ja. Ik weet niet.' Ze schudt haar hoofd. 'Het spijt me,' zegt ze.

'Wát spijt je? Dat je met mij getrouwd bent? Dat je hebt gezegd dat ik niet de slimste ben?' Zijn gezicht is vertrokken tot een woedende grimas.

'Ik, eh... Ik geloof dat ik in de war ben.'

'Waarover?'

'Mezelf. Jou. Alles.' Ze kijkt naar de grond. 'Er is iemand...'

'Iemand anders?'

'Niet op die manier.'

'Op welke manier dan wel? Op welke manier?' Hij slaat hard op de tafel. 'Kom op, Cate. Vertel het nu maar meteen.'

Achter haar in de gang beweegt Tom, hij jengelt even en is dan weer stil.

'Iemand van vroeger,' zegt ze. 'Van lang geleden. Ik denk de laatste tijd aan haar. Veel. Meer niet.'

Sam knikt. 'Oké. Een vrouw?'

'Ja.'

'Dus je bent lesbisch?'

'Nee. Ik bedoel... Vroeger. Of nee. Alleen zij. Alleen Lucy. Ik hield gewoon van haar.'

Hij kijkt haar lang aan. 'Oké,' zegt hij dan. 'Wanneer speelde dit?'

'Elf jaar geleden.'

'En waar is ze nu?'

'Dat weet ik niet.'

'Maar je wilt het wel weten?'

'Dat weet ik niet.'

Weer kijkt hij haar lang aan. Dan knikt hij alsof er een besluit is genomen. Hij staat op en haalt een blikje Red Bull uit de ijskast. 'Ik ben al laat,' zegt hij. 'Tot vanavond.'

Als Sam de volgende middag thuiskomt, valt ze net uit tegen hun zoon. Tom jammert, er staat een half opgegeten maaltijd op zijn kinderstoel, de rest ligt op de grond. 'Ik ga mijn moeder bellen,' zegt hij en hij tilt Tom op. 'Morgen overdag kan hij bij haar.'

De volgende dag komen Alice en Terry en Cate geeft Tom mee. Het is een heldere, koude dag, de zon staat laag aan de hemel. Ze wisselen weinig woorden. Ze meent de opluchting op het gezichtje van haar zoon te zien. Als ze weg zijn, doet ze de deur dicht en huilt. Als ze uitgehuild is gaat ze naar de badkamer, pakt het tasje van de apotheek en gaat op de grond zitten met de pillen tussen haar benen. In haar zak gaat haar telefoon. Dea. Hij gaat lang over en stopt dan. Het gezoem van het voicemailbericht klinkt luid door het stille huis. Ze luistert.

Ik heb een vuurtje waar iemand op moet letten. Wat ben je aan het doen?

Cate kijkt naar het raam, ziet het schrale zonnetje, belt terug.

De volkstuin is verrassend dichtbij, meteen aan de overkant van de rivier. Er staan nog een paar andere gestalten over de koude aarde gebogen, maar ze ziet Dea meteen; ze staat in haar eentje in een tuin halverwege het terrein. Een klein vuurtje met een hoop varens en dode bladeren ernaast.

'Mens,' zegt Dea als Cate dichterbij komt. 'Wat zie je eruit.'

Dea heeft een verwassen canvas overall en een parka aan, een gebreid mutsje op en een grote mok in haar hand.

'Dank je.'

'Zijn dit nog de naweeën van die avond?'

Cate haalt haar schouders op. Er staan een paar oude vouwstoeltjes bij het vuur. Achter in de tuin staat een bouwvallig schuurtje met potten goudsbloemen ervoor.

'Fijn hier.'

'Ach ja. Ik draag graag mijn steentje bij.' Dea kijkt omlaag. 'Lesbische volkstuinder. Overall. Ik vink een heleboel vakjes aan.'

Cate glimlacht flauwtjes. 'Waar is Nora?'

'Bij Zoe. Haar familie is nu al over voor de feestdagen. Geweldige mensen, maar luidruchtig. En het huis is klein. Waar is Tom?'

'Bij Alice.'

Dea heft haar mok. 'Het was een geweldig etentje. Dank je.'

'Alsjeblieft zeg.'

'Nee, echt, het was het spannendste wat ik in tijden heb meegemaakt. Vooral die tekst over het kapotmaken van soldaten. En die Mark. Prachtig zoals je die te grazen nam.'

'Fijn dat je je geamuseerd hebt.'

'Wil je thee?'

'Lekker.'

'Gooi maar wat bramentakken op het vuur,' roept Dea terwijl ze naar het schuurtje loopt. 'Dat geeft voldoening.'

Cate kijkt naar de bladerhoop, haalt er een armvol doorntakken uit, gooit ze in de vlammen en kijkt hoe ze kromtrekken en knetteren in de hitte. Dea komt weer naar buiten met een mok thee. 'Groene met citroen,' zegt ze als ze hem aangeeft.

'Dank je.'

'Het was trouwens heerlijk eten. Hij heeft talent, die man van je. Je had gelijk.'

'Zullen we het er niet meer over hebben?'

'Oké.'

Cate neemt een slok thee, die groen en zacht geurig is, en staart in de vlammen. Het ruikt aangenaam naar houtvuur. In de hoge, ijle lucht krijsen meeuwen.

'Ik ben vandaag naar het senaatsgebouw geweest,' zegt Dea. 'Even bij de studenten kijken. Ze hebben de verwarming uitgezet. Het universiteitsbestuur.' Ze schudt haar hoofd. 'Barbaars. Ik heb ze wat dekens gebracht. Ze hebben er nog meer nodig.'

'Waarom komen ze niet gewoon naar buiten,' zegt Cate gemelijk.

'Wat?' vraagt Dea. 'Hoezo?'

'Wat denken ze te kunnen veranderen? Wat verandert er ooit?'

Dea kijkt haar aan.

'Zo gaat het toch altijd.' Cate schokschoudert. 'Jonge mensen worden oudere mensen. En dan sluiten ze compromissen. Zo gaat dat. Op een gegeven moment vecht je niet meer. Je capituleert. Je wordt deel van het probleem.'

'O ja.'

'De verkiezingen zijn geweest. De Tories hebben gewonnen.

Als de studenten het koud hebben moeten ze naar huis. Naar hun ouders. Kerst vieren. In de warmte. Vind je niet?'

'Nee,' zegt Dea. 'Ik geloof van niet. En jij ook niet, denk ik.'

Ze loopt naar de hoop tuinafval, pakt een armvol bramentakken, voert ze aan het vuurtje en kijkt Cate door de vlammen heen aan.

'Heb jij compromissen gesloten?' vraagt ze. 'Is dat het probleem?'

Als Cate geen antwoord geeft, hurkt Dea neer om met een stok in het vuur te poken, de takken te herschikken en de gloeiende sintels bij elkaar te harken. 'Dat wilde ik nog zeggen,' gaat ze na een korte stilte verder, 'er is een vacature. Bij de universiteit. Invallen voor iemand met zwangerschapsverlof, dus ik dacht aan jou.'

'Wat is het voor baan?'

'Voorlichting – in heel Kent. Scholen bezoeken, kinderen naar de universiteit helpen. We hebben hier een paar van de armste regio's van het hele land, Sheppey, Medway. Het lijkt me echt iets voor jou. Het kan heel creatief zijn als je er wat denkwerk in steekt.'

'Oké. Arme kinderen naar de universiteit sturen zodat ze torenhoge schulden hebben als ze afgestudeerd zijn.'

'Moeten ze dan maar helemaal niet studeren?'

Cate zwijgt.

'De sollicitatieprocedure gaat na nieuwjaar van start, ze zoeken iemand die in het voorjaar kan beginnen.'

Cate kijkt weer in het vuur. 'Ben je nu ook al mijn loopbaanadviseur?'

'Nee,' zegt Dea. Ze gooit een tak in de vlammen. 'Gewoon een vriendin.'

Hannah

In de auto op weg naar Jim en Hayley zit ze achterin, vlak achter haar moeder, met haar hoofd tegen de ruit terwijl de randen van de stad plaatsmaken voor dorpen en de dorpen voor moerasland, heide en stenen muurtjes, allemaal onder een dikke laag sneeuw. Soms remt haar vader voor een korhoen of een schaap op de weg.

Haar vader zingt toonloos en vrolijk mee met de radio en roffelt in de maat op het stuur terwijl haar moeder gniffelt, hoofdschuddend en tut-tuttend. Ze zijn opgewonden, ze zijn op weg naar hun zoon en kleindochter: eindelijk opa en oma.

Vroeger zat ze ook altijd aan deze kant als ze met vakantie gingen: Jim zat rechts, met uitzicht op het achterhoofd van hun vader. Vaak zaten ze te kibbelen. Eén keer, herinnert ze zich, op weg naar een camping in Wales, had hun vader er eindelijk genoeg van. Hij stopte en zette hen eruit, in het gras van de berm. Daarna reed hij door en zij bleven stil en geschrokken achter, totdat hij wel vijf hele minuten later terugkwam. Nu is haar kleine broertje vader. Weldra zal hij in zijn eigen auto met zijn eigen gezin op vakantie gaan.

Ze stoppen voor een stenen cottage met dikke muren en kleine ramen aan de rand van een dorp. Ze stappen uit en Jim komt over de oprit naar hen toe. Hij is forser dan Hannah zich herinnert – hij is aangekomen – maar het staat hem goed. Op de een of andere manier lijkt hij overal tegelijk te zijn: hij houdt het portier open voor hun moeder, voert met hun vader een gesprek over het weer en het feestdagenverkeer en sluit Hannah in zijn armen. ‘Hoe gaat het, zusje?’

Zijn accent. Ze vergeet altijd dat hij zo’n noorderling is. Ze zou zich hier wel een tijdje willen verschuilen, in zijn armen, in zijn noordelijke tongval. 'Goed,' zegt ze tegen zijn schouder. 'Met mij gaat het goed.'

Hij neemt hen mee naar binnen en draagt hun tassen door de smalle gang. In een hoek staat een kerstboom. 'De slaapkamers zijn boven. Jij en mam de eerste deur rechts,' zegt hij tegen hun vader, 'en jij aan het eind van de overloop, Han. Maar nu doet Hayley boven een dutje met de baby.' Hij klapt in zijn handen. 'Goed. Wie wil er iets drinken voordat ze wakker worden?'

Hij bedient iedereen – gin-tonic voor hun moeder, een glas wijn voor Hannah en een biertje voor hun vader – en ze ziet hoe trots hij is, haar broertje, dat zij hiervan getuige zijn: hij als heer des huizes, vader, gastheer.

Later, na de rondleiding door het huis, gaan ze in de woonkamer zitten, waar al pinda's en crackers in schaaltjes op de tafels staan en een trouwfoto van Jim en Hayley boven de schouw hangt. Hannah en haar ouders gaan zitten, een beetje stil en stijfjes op het randje van de bank, als een publiek dat wacht tot de hoofdrolspeelster opkomt. Er klinkt gekraak op de trap en daar is ze, Hayley, in de deuropening, mond en ogen nog wat gezwollen van de slaap, met romige wangen en een klein pakketje mens in haar armen. Even blijft iedereen roerloos zitten, het tableau is te volmaakt: de Madonna met het zachte gezicht en het kindje. Dan: 'O.' Hannahs moeder staat op. Hannah kijkt toe terwijl ze de baby uit Hayleys armen tilt. Haar gezicht is getransformeerd, gelukzalig. 'Rosie,' fluistert ze. 'Mijn prachtige kleine Rosie!'

Hannah staat ook op, loopt naar hen toe en ziet Jims gezicht in dat van het oude vrouwtje dat tussen de dekentjes uit tuurt. 'O.' Met haar vingertop raakt ze het wangetje van de baby aan. 'Wat prachtig, Jim. Wat lijkt ze op jou.'

Dan begint de baby te huilen en Jim komt overeind. 'Ga jij maar zitten, schat,' zegt hij tegen Hayley. 'Ik geef haar haar flesje wel.'

Hij komt terug uit de keuken met een piepklein flesje voor zijn piepkleine dochter. Hannah ziet hoe hij haar overneemt, de zorg waarmee hij haar optilt, de liefde en concentratie op zijn gezicht als Rosie begint te drinken. Ze kijken allemaal zwijgend toe en luisteren naar de zuiggeluidjes.

'Dat heb ik in mijn tijd nooit gedaan,' zegt Hannahs vader.

'Je weet niet wat je hebt gemist.' Jim kijkt grijnzend op. 'Die oxytocine. Ongelooflijk.'

'Oxy-watte?' vraagt hun vader stralend.

Ze gaat op dezelfde tijd naar bed als haar ouders, om tien uur. Op kerstochtend wordt ze vroeg wakker en kijkt uit het raam naar de besneeuwde velden. De glooiende heidegronden daarachter. De baby is geweldig. Het huis is geweldig. Jim en Hayley zijn geweldig. Doodvermoeiend, zo geweldig als alles en iedereen is. Ze voelt hun compassie, hun bezorgdheid om haar: de lieve, bijna verontschuldigende gebaren waarmee Hayley voor haar dochter zorgt. Hun blikken als zij de baby even vasthoudt. De collectief ingehouden adem: als Rosie maar niet gaat huilen in de armen van haar tante. Niemand vraagt naar Nathan. Hebben ze dat onderling afgesproken?

Dit huis met zijn dikke stenen muren, zijn lage balken, zijn uitzicht op de velden en de heide en de staalgrijze lucht, de slapende familie in de kamers naast de hare, het bedrukt haar. Ze wil hier niet zijn. Ze stelt zich voor dat ze naar buiten loopt, door de tuin naar de hoge, besneeuwde heide. Daar is de lucht zuiver, schoon, schurend. Ze wil geschuurd worden.

Maar dan heeft ze laarzen en een warme jas nodig, ze heeft

de verkeerde kleren meegenomen.

Ze vraagt zich af hoe snel ze weg kan, of ze niet morgen al de trein naar Londen kan nemen. Ze kijkt naar de dienstregeling, maar de treinen zijn schaars en duur; bovendien heeft ze al een kaartje voor de zevenentwintigste. Nog twee dagen dus, twee dagen uitzitten.

Ze denkt aan de boeken die ze als kind las: al die ongetrouwde tantes, de illustraties van brillen en bakkebaarden, gemoedelijkheid en vrolijkheid. Altijd in een leunstoel. Altijd in de hoek. Zijzelf stond altijd in het middelpunt. Nu is ze naar de hoek verbannen.

Ze is zich ervan bewust dat er meerdere, rivaliserende Hannahs in haar om de voorrang strijden: de beleefde Hannah, de brave Hannah, tante Hannah! Die blij is als ze te logeren wordt gevraagd, glimlachend in haar hoekje zit en haar pijn verbijt. En de valse Hannah die in staat is tot giftigheid, tot gekte, die wil opstaan, de tafel omgooien, de baby meenemen en wegrennen, opeisen wat haar toekomt. Schreeuwen: *Ik had het moeten zijn.*

Ik had het moeten zijn!

Ik had het godverdomme moeten zijn.

Lissa

Er hangt een zelfgemaakte kerstkrans aan de voordeur, gevlochten wilgentakken met mistletoe en hulst van de struik in de tuin. Lissa tilt de klopper op en laat hem vallen. Sarah doet in schilderskiel open en neemt Lissa's gezicht tussen haar handen, die naar terpentijn en specerijen ruiken. 'Fijne kerst, lieverd.'

'Jij ook.'

Lissa heeft cadeaus meegebracht: een mok, bespikkeld met bruin glazuur alsof hij sproeten heeft, twee mooie nieuwe potloden en een vaasje om ze in te zetten. Sarah slaakt kreetjes, lacht, is blij. Lissa maakt het cadeau van haar moeder open: een zelfgebreide sjaal van fijne groene wol. 'Prachtig, mam,' zegt ze. En dat is hij.

Sarah heeft gekookt: seizoensgerechten, maar niet traditioneel, haar specialiteit, waar ze een haast morele toewijding in legt. Toen Lissa klein was, voelde ze zich tekortgedaan omdat ze geen boom hadden – *een victoriaans bedenksel* – en geen chocola of *lelijke onzinnige prullaria* zoals bij haar vriendinnetjes thuis. Maar nu heeft Sarah de tijd mee en in elk hoekje van het huis hangt of ligt iets moois: bladeren, meegenomen van wandelingen over de Heath, een tafeldecoratie van raffia en twijndraad. Er hangen glazen bolletjes boven de tafel. Kaarsen staan klaar om te worden aangestoken.

Lissa gaat in de lage leunstoel zitten; Ruby komt naar haar toe en ze neemt haar op schoot. Ze drinken wijn met kruidnagel, kaneel en steranijs. 'Heb je nog audities gehad?' vraagt Sarah achter het fornuis.

'Eentje. Voor Salisbury.'

'O, geweldig, lieverd. En?'

'Niet gekregen.' Haar agent had gebeld, verontschuldigend. *Je bent niet helemaal wat ze zoeken.*

Maar zij had al geweten dat de rol niet voor haar was weggelegd toen ze het script las: een blozende boerse blondine in een blijspel van Ayckbourn.

'Ik vind het niet erg,' zegt ze. Ze aait de poes. 'Na *Wanja* zie ik mezelf niet echt in zo'n rol.'

Sarah dient de soep op, levendig oranjegeel van kleur, met

geroosterd komijnzaad en yoghurt om eroverheen te doen. 'Pompoen uit de tuin,' zegt Sarah.

Ze eten in een ontspannen stilte, totdat Sarah haar lepel neerlegt. 'Ik moet het toch even zeggen, lieverd. Je was schitterend in *Wanja*. Ik heb je nog nooit zo goed gezien. Je hebt iets. Iets stralends. Dat is heel zeldzaam.' Haar moeder klinkt zelf verrast, alsof ze dat nu pas bedenkt.

'Echt?' Lissa kijkt op. 'Waarom zeg je dat?'

'Hoe bedoel je?'

'Waarom nu?'

Sarah fronst haar wenkbrauwen. 'Omdat ik het net bedacht. Omdat het waar is.'

'O.'

'Lieverd, ik wil alleen maar aardig zijn.'

'Wil?'

'God, Lissa. Niet doen.'

'Wát niet doen?'

'Een compliment compleet verpesten.'

'Ik vind het alleen vreemd dat je dit moment uitkiest om me met mijn werk te complimenteren.'

'Hoe bedoel je? Wat is er dan met dit moment?'

Lissa kijkt op de klok – ze is hier nu een uur. Er is niemand anders: geen broer, geen zus, geen vader, geen kind. Alleen zij en haar moeder, piepend en knarsend als een ongesmeerde as.

'Ik heb iemand ontmoet,' zegt ze zacht en ze draait met haar lepel in het laatste restje soep.

'O?'

'Ja,' zegt ze. 'Een heel leuk iemand.'

'O lieverd. O. Dat is geweldig.' Sarah buigt zich naar haar toe. 'Wie is het?'

'Een... vriend.'

'Iemand die ik ken?'

'Ik denk het niet.' Ze heeft nu al spijt dat ze het heeft gezegd. Ze is al op gevaarlijk terrein. Ze was helemaal niet van plan het te zeggen. Sukkel. 'We hebben elkaar... online ontmoet.'

'O. Nou ja, iedereen ontmoet elkaar tegenwoordig zo, toch? Op internet.' Sarah wuift. Zo klinkt het alsof ze het over het dorpsplein heeft. 'Het zou misschien zelfs vreemder zijn als het anders was.' Sarahs gezicht staat havikachtig, hongerig. 'Kun je niet iets meer vertellen? Heeft hij een baan? Een naam?'

'Hij heet... Daniel.'

'En wat doet hij?'

'Hij is academicus.'

Sarahs handen komen bij elkaar in een onbedoeld applaus. 'Zo. Zo. Neem hem eens mee,' zegt ze en ze pakt Lissa's hand. 'Kom binnenkort eens samen eten.'

'Ja,' zegt Lissa. Haar moeder staat op en ruimt de tafel af. Buiten is het donker geworden en als Sarah terugkomt met de plumpudding steekt ze de kaarsen op tafel aan. De kamer wordt weerspiegeld in het donkere, glimmende raam en daar zit Lissa in haar geleende gewaden te stralen.

De dag na kerst komt hij naar haar toe. Het is zonnig en de sneeuw begint te smelten. Ze kleden zich snel uit en praten niet. Ze gaat op hem zitten en houdt hem in bedwang, kijkt naar hem, beweegt heel langzaam. Als ze klaarkomt schreeuwt ze het uit. En als hij klaarkomt buigt ze zich naar hem toe, neemt zijn onderlip in haar mond, zuigt erop, voelt hem schokken en dan ontspannen.

'Melissa,' zegt hij daarna terwijl zijn hand de welving van haar heup volgt, 'van de Melissae. De hoedsters van de honing.'

Ze kust hem en het is waar: bij hem smelt haar kern, honingzoet.

Als het avond wordt, merkt ze dat ze uitgehongerd is. Hij blijft in haar huis terwijl zij naar de Turkse winkel gaat en noedels, groente en bier koopt.

Ze kookt voor hem, ze heeft honger: naar eten, seks en leven, en het is een prachtige, wellustige honger. Ze eten noedels en drinken koud bier en ze ziet hem eten, vindt het heerlijk om naar die man te kijken die eet wat ze voor hem heeft klaargemaakt en naar zijn lage, resonerend zoemende stem te luisteren. Ze pakt zijn pols, trekt die naar zich toe en kust hem daar.

'Ben je gelukkig?' vraagt hij.

'Nu, bedoel je? Of in het algemeen?'

'Allebei. Nu.'

'Nu wel.'

'En in het algemeen?'

Ze haalt haar schouders op. 'Kan dat wel? En jij?'

Hij kijkt haar aan. 'Hoe komt het dat je geen minnaar hebt?' vraagt hij.

'Die heb ik toch,' zegt ze en ze ziet de complexiteit van de emoties op zijn gezicht.

'Ik bedoel... Je snapt wel wat ik bedoel.'

'Geen idee.' Ze schuift haar bord weg. Buiten is het inmiddels helemaal donker. 'Een goede man vinden is moeilijker dan het lijkt. Er zijn zoveel teleurstellingen bij.'

'Triest.'

'Maar waar.'

'Ik heb Declan altijd een klootzak gevonden,' zegt hij.

'Ja,' zegt ze met een zucht. 'Het was een hufter. Je had gelijk.'

'Ik heb zijn films altijd uit principe geboycot.'

Ze lacht.

'Ik ben loyaal,' zegt hij. Haar maag trekt samen door de manier waarop hij dat zegt.

'Dank je,' zegt ze, al weet ze dat het niet waar is. Als hij loyaal was, zou hij hier niet zitten.

'Heb jij nooit kinderen gewild?' vraagt hij zacht.

Ze kijkt naar het plafond. 'Niet met hem.' Ze beantwoordt zijn blik en voelt die; hij bevrijdt zich, vult de kamer en laat nergens anders ruimte voor. Als ze nu weer naar bed gingen en het onveilig deden, weet ze, dan zou ze zwanger worden, dat weet haar lichaam: zo worden kinderen gemaakt, door deze begeerte, deze alles doordrenkende begeerte.

'Je zou vannacht kunnen blijven,' zegt ze. 'Niemand zou het merken.' Ze kijkt naar zijn gezicht, ziet de innerlijke worsteling.

'Dat zou erger zijn,' zegt hij.

'Hoe bedoel je?'

'Voor Hannah. Als ik bleef slapen. Dat voelt... erger, op een of andere manier.'

'Echt?' zegt ze. 'Erger dan alleen neuken?'

Hij schrikt.

'Hannah weet het niet,' zegt ze zacht. 'Hannah hoeft het niet te weten.'

Hij kijkt naar zijn handen en dan weer naar haar. 'Oké.' Hij buigt zich naar haar toe en geeft haar een onhandige kus die in haar mondhoek terechtkomt. 'Heel graag.'

Buiten is het koud. Binnen gloeit de kamer als goud. De tijd is ergens anders. Hier zou ze kunnen leven, denkt ze, in dit moment, en van deze man houden.

Hannah

Ze is dankbaar dat ze weer thuis is, in haar appartement, dankbaar voor die lege dagen tussen kerst en Nieuwjaar. De slinger hangt stil, de tijd blijft staan en loopt vol en zij is hier, in de luwte van het jaar. Toch is ze rusteloos. In haar binnenste zwelt iets aan, een behoefte, jeuk.

Ze begint wijn te kopen. De meeste avonden drinkt ze, een glas, nog een. Het is uitverkoop en ze gaat terug naar de winkels in Covent Garden, waar ze de bloedrode laarzen koopt en de jurk met de wijnranken.

Met oudjaar trekt ze de jurk en de rode laarzen aan, zet muziek op en danst in trage cirkels door de kamer. Ze drinkt rode wijn, een glas en dan nog een, en dan valt haar blik op een pakje shag dat Nathan heeft laten liggen. Eén sigaret. Dat kan toch geen kwaad? Ze pakt de vloeitjes – zwarte dropvloeitjes – en draait een sigaret. Ze steekt hem aan het fornuis aan en gaat ermee op het terras staan, waar de lucht verkwikkend fris is en een handvol sterren aan de hoge zwarte hemel staat. Ze brengt de sigaret naar haar lippen en de zoete smaak van het vloeitje doet haar meteen aan Lissa denken.

En dan dringt het ineens tot haar door, haar lichaam voelt het al vóór haar hoofd. Het schiet door haar bloed, haar hartslag versnelt en haar handpalmen worden vochtig.

Lissa.

Nathan en Lissa.

Ze houdt zich vast aan het hek van het terras en gooit de sigaret in het park beneden. Ze gaat weer naar binnen, pakt haar telefoon en belt Nathan.

'Lissa,' zegt ze als hij opneemt.

'Wat?'

'Wat is er gebeurd?' vraagt ze.

'Hoe bedoel je?'

'Met jou en Lissa?'

Hij aarzelt net iets te lang. Ze houdt de telefoon van zich af. Voelt dat haar maag zich in haar mond leegt. Hoort zijn stem die tegen de koude, lege lucht praat.

Cate

Op oudjaarsdag vraagt Dea haar te eten en Sam moet werken, dus ze neemt de uitnodiging aan.

We gaan eerst naar het senaatsgebouw, wil je mee? schrijft Dea. *Er zitten nog vijf studenten binnen. Ik denk dat ze het erg koud hebben. Bij zonsondergang houden we een wake voor ze. Neem een kaars en iets te eten voor ze mee.*

Cate neemt een paar *mince pies* en wijn mee en rijdt met Tom de heuvel op, naar de universiteit, waar Dea, Zoe en nog een groepje mensen om het senaatsgebouw heen staan met een kaars in hun hand. Ze praten zacht en geven hun voedselpakketten aan de beveiligers, die ze zullen doorgeven. Daarna lopen ze de heuvel weer af, naar het huis van Dea en Zoe, om te eten.

'Ik heb het sollicitatieformulier gedownload,' zegt Cate tegen Dea als ze na het eten helpt met afruimen.

'Echt? Blij dat te horen. Ga je het ook invullen?' vraagt Dea.

'Ja,' zegt Cate, 'ik denk het wel.'

Om negen uur zet ze Tom in zijn autozitje en rijdt naar huis. Ze weet dat Sam om elf uur klaar is. Ze print het formulier en begint het in te vullen. De tijd vliegt, het wordt halftwaalf, ze is moe en Sam is nog niet thuis, dus zet ze de televisie aan en gaat met een dekentje en een kop thee op de bank zitten.

Ze dommelt al in als haar telefoon gaat; ze schrikt wakker en ziet Hannahs naam op het schermpje.

'Han?' Ze drukt de telefoon tegen haar oor. 'Hé! Gelukkig nieuwjaar!'

Het duurt even voordat ze haar verstaat, want eerst hoort ze alleen huilen en dat klinkt alsof het al een hele tijd bezig is: dikke, snotterige, uitgeputte snikken. 'Hannah?' zegt ze zacht en ze wacht tot haar vriendin haar stem weer terugkrijgt.

'Lissa,' zegt Hannah eindelijk.

'Wat is daarmee?'

'Lissa en Nathan.'

'Wat?'

'Samen.'

'Nee,' zegt Cate. Ze gaat rechtop zitten, klaarwakker nu. 'Nee, Han, dat kan niet.'

'Je hoeft mij niet te vertellen wat kan en wat niet,' snauwt Hannah. 'Ik weet dat het zo is.'

Op tv zingen mensen samen 'Auld Lang Syne'. Schotse doedelzakspelers met berenmutsen en ernstige gezichten. Ze zet het geluid uit. Het is donker in de kamer, het enige licht komt van het scherm. Ze zwijgt en krijgt een vreemde smaak in haar mond. 'Hannah,' zegt ze, 'kan ik iets doen? Wil je hier komen? Zal ik naar jou toe komen? Ben je nu thuis? Ik kan wel naar je toe rijden, ik zet Tom achterin en ga meteen weg.'

'Nee. Nee.'

'Is er iemand in de buurt die naar je toe kan komen?'

Bijna zegt ze *Lissa* – die woont om de hoek – maar dat slikt ze net op tijd in.

'Nee,' zegt Hannah. 'Ben je thuis? Blijf je thuis? Misschien... misschien bel ik straks weer.'

'Natuurlijk, Han. Ik ben er.'

Als ze heeft opgehangen staart ze verbijsterd naar de televisie, waar mensen hand in hand dansen. Ze voelt allerlei tegenstrijdige emoties, allemaal even sterk: schok, ongeloof en het vreemde idee dat het onvermijdelijk was, al slaat dat laatste nergens op.

Ze zit nog precies zo als Sam twee uur later thuiskomt. Ze is wakker gebleven, maar Hannah heeft niet meer gebeld. Ze ziet hem binnenkomen, zijn jas uittrekken en voorzichtig aan het haakje hangen. Hij haalt twee biertjes uit zijn jaszak. 'Die deelden ze uit op het werk. Wil jij ook?'

'Lekker.'

Hij wipt ze met zijn aansteker open, geeft er een aan haar en ploft naast haar op de bank. Hij ziet er moe uit, denkt ze, moe en dronken.

'Ik heb Hannah net gesproken.'

'O?' Zijn blik is vaag.

'Nathan is vreemdgegaan.'

'Wat?' Hij kijkt haar met open mond aan, zijn bierflesje op weg naar zijn mond. 'Met wie?'

'Met Lissa.'

Hij gaat rechtop zitten. 'Dat meen je niet!'

'Jawel. Tenminste, Hannah weet het zeker.'

'Jezuschristus.' Hij zet zijn pet af en strijkt door zijn haar. Even kijkt hij ontdaan, maar dan begint hij te lachen. Ze gaapt hem vol afgrijzen aan en begint dan zelf ook. Ze zitten met hun hand voor hun mond alsof ze bang zijn dat iemand het hoort en schudden van het lachen, van een vreemde, zieke uitgelatenheid, totdat ze abrupt ophouden. Cates schuldgevoel is haast lichamelijk.

'Shit,' zegt Sam hoofdschuddend. 'Arme Hannah. Shit,' herhaalt hij.

Cate zet haar bier neer. 'Sam,' zegt ze.

'Wat?'

'Sorry. Voor dat met Mark.'

'Ja, ach. Hij had het waarschijnlijk verdiend. Hij is altijd zo geweest. Zelfs op school al.'

'Zouden ze het me kunnen vergeven?'

'Over hen hoef je je niet druk te maken,' zegt hij. 'Over mij wel.'

Ze draait zich naar hem toe. 'Kun je me vergeven?' vraagt ze.

'Dat hangt ervan af.'

Ze laat haar handen in de zijne glijden. 'Mag ik je kussen?' vraagt ze.

Hij zegt niets. Ze brengt haar lippen naar de zijne. Hij laat het toe, maar kust niet terug. Dan wendt hij zijn gezicht af.

'Ik moet iets zeggen,' begint hij. 'Ik heb je ten huwelijk gevraagd omdat ik voor je was gevallen. En ik dacht dat jij het ook zo voelde. Maar ik wil geen troostprijs zijn, Cate. Ik wil dat je voor me kiest. Niet dat je genoegen met me neemt.'

En hij maakt zich los, staat op en loopt de kamer uit.

Lissa

Op de ochtend van nieuwjaarsdag ligt ze nog laat in bed. Ze heeft alleen een T-shirt en een onderbroek aan. Hij komt naar haar toe, ze hoeft zich niet aan te kleden.

Ze springt op als hij aanklopt, maar zodra ze opendoet ziet ze dat er iets mis is.

'Ze weet het,' zegt hij.

Ze slaat een hand voor haar mond.

'Kom binnen.' Ze ziet zijn aarzeling. 'Kom binnen,' dringt ze aan en ze pakt zijn pols.

Hij stapt over de drempel, de keuken in, waar hij met zijn jas aan blijft staan. Ze knipt het licht aan, die oude, lelijke plafondlamp, en ziet hoe bleek hij is. 'Ik heb niets gezegd,' zegt ze.

'Nee. Dat dacht ik ook niet.'

Ze vallen stil en de stilte tussen hen is pijnlijk en log. Die wil ze opvullen, met begeerte, met geweld. Ze doet een stap naar hem toe en pakt zijn hand. Hij kijkt naar haar hand en dan naar haar gezicht. 'Sorry,' zegt hij.

'Waarvoor?' Ze legt haar hand op zijn ogen, teder, alsof ze ze tegen de zon wil beschermen. Ze voelt dat hij ze dichtdoet; zijn oogleden trillen tegen haar handpalm. Ze tast naar achteren om het licht weer uit te doen. Ze verplaatst zacht haar hand, laat haar vingertoppen over zijn wang glijden, langs zijn hals. Hij houdt zijn ogen dicht terwijl zij zich op haar knieën laat zakken en zijn broekriem begint los te maken.

'Wat doe je?' vraagt hij.

Hij is al hard als ze hem in haar mond neemt en hem daar even vasthoudt. Dan begint ze te bewegen en hij trekt haar overeind, draait haar om, doet haar broekje omlaag en dringt in haar, ruw, ze slaakt een kreet van pijn. Hij trekt zich terug, duwt hem in zijn broek, trekt die omhoog en wendt zich af. 'Sorry,' zegt hij. 'Sorry.'

Ze draait zich weer om. Hij heeft zijn jas nog aan. Wat een vreemd gezicht, hij met zijn jas aan en zijn hand voor zijn kruis. Ze moet bijna lachen.

'Het is oké,' zegt ze en ze hijst haar broekje weer op. Maar het is niet oké. Niet echt. Helemaal niet. 'Oké,' zegt ze weer.

Hij maakt zijn riem vast. 'Ik ga weg,' zegt hij. 'Ik ga een paar weken weg. Ik heb ruimte nodig.'

'Je hebt ruimte nodig,' herhaalt ze. Haar stem klinkt vreemd. Ze zou willen huilen, maar weet dat ze daar het recht niet toe heeft. Ze voelt het op zich afkomen als een golf die haar zal verpletteren. En daarna zal er niets meer zijn, zal ze nooit meer kunnen zeggen wat dit was, hoe dit voelde. Niemand is geïnteresseerd in haar versie van het verhaal.

'Ik zal geen contact opnemen,' zegt ze.

Hij knikt. 'Dat lijkt me het beste.' Zijn hand landt even zachtjes op haar mouw. Hij raakt haar aan alsof ze een kind is.

En nu wordt ze woedend. Ze ziet dat hij wil dat dit makkelijk gaat. Hij wil dat het water zich hieroverheen sluit, dat de luchtbellen naar de oppervlakte stijgen en dan verdwijnen totdat het gladde oppervlak niet meer verraadt wat eronder is gebeurd. 'Het was het niet waard,' zegt ze.

'Wat?'

'De seks.'

Ze ziet de geschokte uitdrukking op zijn gezicht. Hij zet weer een stap in de kamer. Zijn gezicht is veranderd. Het staat nu behoeftig. Ze heeft zijn ego gekwetst. Hij wil iets van haar, ze ziet dat hij ondanks alles wil dat zij zegt dat het goed was. Dat hij goed was. Wat sneu, dat behoeftige. Wat zijn ze hopeloos, allebei.

'Lissa,' zegt hij en hij steekt zijn handen smekend uit.

'Het was het niet waard,' herhaalt ze. 'Niets hiervan.' En ze maakt een gebaar, naar zichzelf, naar hem, naar de plotselinge pijnlijke ranzigheid van dit alles.

Hannah

Ze droomt van geweld, van Lissa's gezicht met talloze kleine sneetjes erin. Van Nathans afgehakte hoofd waaruit het bloed in haar schoot druipt. Soms zit het geweld achter haar aan en rent ze ervoor weg over een uitgestrekte open vlakte. Het haalt haar in en ze kan zich nergens verschuilen; een duistere aanwezigheid met lange vingers die haar nek al raken.

'sNachts kan ze niet slapen en loopt ze over de daken naar Lissa's huis, waar ze in haar schuldige bed ligt. Hoe slaapt ze? Slaapt ze wel?

Eindelijk valt ze dan in slaap en als ze wakker wordt, als de wereld zichzelf in het ochtendlicht weer in elkaar zet, begrijpt ze dat het een nieuwe wereld is – dat de oude in duizend stukken uiteen is gespat – en dat deze nieuwe wereld een andere samenstelling en andere wetten heeft. Ze stelt zich haar man en haar vriendin samen voor: hun lippen, hun blote huid, de plekken waar hun lichamen elkaar hebben aangeraakt. Zijn geheime, geliefde plekjes die ze als haar eigendom was gaan beschouwen. Hoe heeft hij haar aangeraakt? Was het alleen maar iets dierlijks? Of was het, is het, meer?

Misschien komt ze dat nooit te weten. En dat – het besef van zijn subjectiviteit, zijn ervaringen waartoe zij nooit toegang zal hebben – lijkt om een of andere reden gewelddadiger dan het verraad zelf. Wat ze voelt als ze daaraan denkt is meer dan pijn; het komt in de buurt van een delirium, kleuren lijken feller, geluiden harder. Vaak pakt ze haar telefoon of haar laptop – om hem te vervloeken, haar te beschuldigen – maar legt ze altijd weer weg, want waar zou ze de woorden vandaan moeten halen om dit allemaal te omvatten?

Ze mijdt het park, gaat niet meer naar de markt. Ze loopt alleen nog van en naar de bushalte. Alles om Lissa maar niet op straat tegen te komen. Toch meent ze haar vaak te zien, een lange, lichte gestalte die spookachtig aan de rand van haar blikveld opdoemt.

De winter maakt plaats voor het voorjaar. Het blijft koud. Ze heeft nog vrije dagen die ze moet opmaken. Twee weken. Ze weet niet goed waar ze heen zal gaan.

Ze klikt door foto's van huisjes, Schotse stranden met wit zand, *lochs* die diep genoeg lijken om hele steden in te verdrinken. Dunbevolkte streken waar ze niemand kent. Ze hongert naar iets wat ze niet precies kan benoemen, een soort oervoeding, iets wilds. Ze wil zout water proeven. Schoon geschuurd worden. Weer en wind op haar huid voelen.

Op een dag ziet ze na haar werk in de metro naar huis een poster van Orkney. Zee, wijde luchten, fauna. Ze komt thuis en boekt binnen een paar minuten een vliegtuig, een hotel en een auto. Ze gaat in maart.

'S Nachts droomt ze van rennen over open vlakten. Als ze wakker wordt gaat haar ademhaling snel en is de kamer veranderd, de schaduw van de boomtakken tekent zich scherper af op de muur.

Bruidslied

2008

Het is zaterdag, dus marktdag. Het is eind voorjaar of begin zomer. Halverwege mei, in de verwilderde voortuin bloeien de hondsrozen.

Ze douchen om beurten, Lissa en Cate, en gaan dan stil naar hun kamer om zich te kleden. Het is koel en bewolkt, maar de weersvoorspelling voor de rest van de dag is goed.

Terwijl Lissa zich aankleedt denkt ze aan Nathan. Haar vriend. Zij kende hem als eerste. En ze heeft altijd vermoed dat hij jaren geleden, toen ze elkaar na hun afstuderen weer tegenkwamen, misschien een relatie met haar zou hebben gewild als ze toen beschikbaarder was geweest. Zouden ze dan nu samen zijn geweest? Waarom wil ze uitgerekend vandaag dat hij haar opmerkt, haar schoonheid ziet? Ze zal het voor zichzelf nooit toegeven, maar ze wil Hannah overschaduwen, worden gezien. Dus knipt ze het prijskaartje van de zijden jurk van Liberty's die ze zich absoluut niet kan veroorloven en trekt hem aan. Ze omrandt haar ogen met groene kohl. Ze trekt hakken aan waarop ze bijna een meter tachtig is.

In haar appartement kleedt ook Hannah zich die morgen aan. Haar ouders zijn bij haar. Nathan heeft de nacht bij zijn broer doorgebracht. Haar moeder klopt aan voordat ze binnenkomt.

O, Hannah, zegt ze als ze haar dochter in haar bruidsjurk ziet. O Han.

Ze wachten in de grootste trouwzaal op het stadsdeelkantoor. Iedereen is het erover eens dat dit de beste trouwlocatie is voor een stel zoals Hannah en Nathan; juist door dat zakelijke krijgt het geheel iets magisch.

Nathan wacht helemaal vooraan. Lissa kijkt naar hem, zijn gezicht, zijn blauwe pak; hij vraagt zijn broer voor de derde keer of de ringen wel echt in zijn zak zitten en hij kijkt op, vangt haar blik en glimlacht.

De muziek begint, iedereen staat op en daar komt Hannah, aan de arm van haar vader. Ze heeft een eenvoudige groene jurk aan, haar ogen stralen en als Lissa haar ziet is ze meteen ontnuchterd; hoe had ze haar ooit in de schaduw willen stellen? Deze vrouw, van wie ze houdt. Zoals Hannah als een ranke groene zuil naar Nathan toe schrijdt: mythisch, een archetype. En daar staat Nathan, hij heeft alleen oog voor haar, gretig, stralend, wachtend op zijn bruid.

Hannah en haar vader lopen langs en Cate moet aan haar eigen vader denken, probeert zich te herinneren wanneer ze hem voor het laatst heeft aangeraakt: jaren geleden. En dat ze nu niets liever zou willen dan dat hij bij haar was, dat haar eigen vader haar nu zo vasthield en zo naar haar keek, getransformeerd door zijn trots en zijn liefde. Misschien is dat het enige doel van een bruiloft.

Ze denkt aan Lucy en vraagt zich af waar die nu is, of ze ooit nog aan haar denkt. En of ze nog wel leeft en of ze ooit nog zo van iemand zal houden; de tijd verstrijkt en ze worden allemaal ouder, en ze huilt terwijl ze aan Lucy en Hannah en Nathan staat te denken, en aan haar moeder, die ze zo mist, en aan haar vader en de liefde en de tijd, en dat het allemaal eigenlijk zo mooi en zo onmogelijk is.

Hannah kijkt naar Nathan en bedenkt hoeveel ze van hem houdt. Hoe gelukkig ze is. De vrouw met het ernstige gezicht die de ceremonie leidt kijkt haar aan en vraagt of ze deze man... Ja, zegt ze. Ja.

Na afloop, als de wijn is gedronken, de taart is gegeten en de toespraken zijn gehouden, komt Hannah naar haar vriendinnen toe. Ze pakt Lissa's hand en gaat met haar in het gedrang in de pub op zoek naar Cate, die ze dan met haar andere hand vastpakt, en ze trekt hen mee naar buiten, de meizon in, door het hek het park in, London Fields. De kersenboom bij de ingang is zwaar van de bloesem.

De weersvoorspelling klopte: het is prachtig weer geworden. Ze lopen over het gras en in dit duizelingwekkend gouden licht lijkt de wereld vol liefde, vol mogelijkheden. Hannah trekt haar vriendinnen naar zich toe en drukt haar voorhoofd tegen het hunne. Ik hou van jullie, zegt ze. En Cate en Lissa, met hun hoofd tegen het hare, mompelen haar hun liefde toe, want dat doet een huwelijk: het strekt zich uit buiten de grenzen van het echtpaar, het brengt liefde en leven voort, het laat een mens, al is het maar een middag lang, geloven in een goede afloop, of anders toch tenminste dat het verhaal verdergaat zoals het moet.

2011

Lissa

'Je kunt je achter dat scherm uitkleden,' zegt de docent, 'of op de wc.'

Hij is jong, jonger dan zij in elk geval, klein en pezig, en hij heeft een gestreepte wollen trui en een spijkerbroek aan. Duur uitziende bril. Vriendelijke grijze ogen.

Lissa knikt. Ze kent de gang van zaken. Ze neemt niet de moeite hem te vertellen dat ze dit al heel vaak heeft gedaan. Ze willen je niet horen praten.

Ze pakt haar tas en loopt door de gang naar de damestoiletten. Aan beide kanten staan hoge kasten en het ruikt naar verf, klei en terpentine. Ze gaat een hokje in en trekt haar jas, T-shirt, beha, spijkerbroek en onderbroek uit. Ze vouwt haar kleren op, stopt ze in haar tas, trekt haar kimono aan en houdt haar sokken aan, want de vloer is koud. Ze doet nog even snel een plas, want als ze iets vervelend vindt is het aandrang krijgen vóór de eerste pauze. En die is pas na drie kwartier.

Ze loopt de gang weer door en duwt de zware deur van het atelier open. De studenten zitten er al, ze bereiden hun ezels voor. Een ijl, helder licht valt door de hoge ramen. Ze loopt naar het podium in het midden van de zaal.

'Oké, Lisa,' zegt de docent.

'Lissa,' zegt Lissa.

'Goed, Lissa. Als je zover bent, neem dan een houding aan die jij prettig vindt. We gaan eerst tien minuten schetsen en later doen we de langere poses.'

Haar tenen zijn al koud, maar er staan een paar kachels aan. Ze laat de kimono van zich af glijden en gaat zitten.

De docent kijkt even naar haar. 'Of eigenlijk... Zullen we staand beginnen?'

Ze staat op, vindt een houding, de ene voet voor de andere, armen achter haar rug.

'Goed,' zegt de docent tegen de studenten. 'Houtskool of potlood. Tien minuten. Ga je gang.'

Er klinkt gekras van houtskool en potlood op papier.

Nou, denkt Lissa, hier zijn we dan weer.

Ze heeft lang met haar spaargeld van *Oom Wanja* gedaan door op soep en havermout te leven, zelden uit te gaan, haar dagen door te brengen met oude films op de computer, haar melancholie te koesteren, en nu staat er nog maar tweehonderd pond op haar rekening.

Elke keer denkt ze weer dat ze hier nooit meer hoeft terug te komen. En elke keer blijkt ze zich weer te hebben vergist.

Ze heeft lang gewacht, zich schrap gezet voor Hannahs woede, maar toen er weken voorbijgingen zonder dat ze iets hoorde, heeft ze haar een bericht gestuurd: *Sorry. Als je wilt praten kan dat.* Zwak, om niet te zeggen laf.

Van Nathan niets sinds nieuwjaarsdag. Niet sinds de scène bij haar thuis. Ze heeft hem een brief geschreven, die ze vervolgens heeft verbrand. En toen nog een, die ze ook heeft verbrand.

In de pauze gaat ze naar de wc en als ze weer binnenkomt, werpt ze een blik op sommige schetsen. Haar heupen. De welving van haar borsten. Haar korte haar.

In het vroege voorjaar is ze naar de kapper geweest om haar haar te laten knippen. Hij benaderde haar behoedzaam. Een paar centimeter? vroeg hij. Meer, zei ze. Hij knipte vijf centimeter af. Meer, zei ze. Toen capituleerde hij, zette er de schaar in, en ze keken allebei naar de lokken die stil op de grond vielen. Ze huilde toen ze zichzelf in de spiegel zag, want ze herkende zichzelf niet meer, en hij keek haar ontzet aan. Sorry, zei hij. Ik dacht dat je dit wilde. Dat is ook zo, zei ze. Dat was zo.

'Oké, Lissa.' De docent komt naar haar toe. 'Nu gaan we een langere pose doen.'

'Weet ik.'

'Iets simpels, iets wat je drie kwartier kunt volhouden.'

Ze gaat op het podium zitten, nog in kimono, en zoekt een houding, één knie opgetrokken, het andere been gebogen naast haar. Ze slaat haar armen om haar knie, zodat ze erop kan leunen. Ze heeft een klein repertoire aan langere poses. Sommige mensen kunnen de ingewikkeldste houdingen urenlang volhouden, meestal dansers of acrobaten. Daar hoort zij niet bij.

Na een paar minuten wordt het stil. Ze zijn nu aan het schilderen: het geluid van penseel op doek, de voetstappen van de docent die zacht van ezel naar ezel loopt. Soms zegt hij niets, soms buigt hij zich naar een student toe. *Goed*, mompelt hij, of: *Zie je dit, die lijn hier?* Hij strijkt met zijn hand over het papier, tilt hem op, beweegt ermee door de lucht.

Ze kijkt naar zichzelf: haar onderbeen, de stoppels die ze vanmorgen is vergeten weg te scheren. De verwarming hier is erg ongelijk verdeeld, ze krijgt rode plekken op haar ene kuit. Ze ruikt zichzelf.

Ze is zich ervan bewust dat ze veel is kwijtgeraakt, zoveel dat ze de omvang van het verlies nauwelijks kan bevatten: ze is Nathan kwijt, en Hannah. Ze is Cate kwijt, die belt niet meer terug.

Maar ze is nog veel meer kwijtgeraakt, alsof verlies een zwart gat is waardoor alle mogelijke toekomsten, alles wat ze had kunnen worden, alle successen, liefdes, kinderen, al het zelfrespect dat ze had kunnen krijgen of behouden, worden verzwolgen.

'We willen iets vastleggen,' zegt de docent. 'Een essentie. Interpreteren is onze taak niet. We willen iets óverbrengen.'

Haar linkerbil wordt al gevoelloos. Haar voet begint te slapen. Ze gaat iets verzitten en de docent maakt een vermanend geluid.

'Lissa,' zegt hij. 'Probeer stil te zitten, ja?'

Er klinkt een kuchje en ze kijkt in de ogen van een jonge vrouw. Een jaar of twintig. Mooi, op een precieze manier. Ze lijkt een ernstig poppetje.

Ze stelt zich het lichaam onder haar kleren voor, zo glad als albast. Wat denkt ze als ze naar haar kijkt?

Vraagt ze zich af waarom ze dit werk nog doet op haar leeftijd?

Kijkt ze naar de welving van haar buik? Vraagt ze zich af of ze kinderen heeft?

Ze beantwoordt de blik van de jonge vrouw, die nu naar haar dijen kijkt en bredere streken met haar houtskool maakt. Haar popperige, ondoorgrondelijke gezicht.

Ik ben alleen een verzameling lijnen, denkt Lissa. Daarbinnen zit niets echts. Net als de lichamen die haar moeder jaren geleden in Tufnell Park op de grond had getekend. Alsof het een profetie was, die holte. Alleen de contouren zijn nog over.

Ineens wordt ze duizelig en ze beweegt weer. Er stijgt een gekreun op in het atelier.

'Sorry,' zegt ze, 'ik voel me niet goed.'

Ze staat op, trekt haar kimono aan, loopt de gang op en legt haar wang tegen de koele, harde muur.

Hannah

Gatwick, vroeg in de ochtend, en zij is een oester, pas opengemaakt. De wijde wereld drukt op haar; de vrouwen met hun hakken en hun jassen, de mensen die snel lopen omdat ze ergens heen willen waar het beter is. Ze voelt zich tegelijkertijd onzichtbaar en veel te zichtbaar met haar regenjack en haar wandelschoenen.

Zesendertig. Al bijna middelbaar. Is het erger als mannen naar haar kijken of juist niet? Met haar duim voelt ze aan het deukje dat haar trouwring heeft achtergelaten, een groefje, een randje verharde huid en dan een afwezigheid. Het eeltplekje is bijna weg, al gaat haar duim er nog steeds naartoe als een tong naar het hiaat waar de tand heeft gezeten.

In Aberdeen moet ze een uur op haar verbinding wachten. Het krioelt van de mannen op het vliegveld. Mannen die eruitzien als soldaten, maar dan minder fit, velen enorm, met rode gezichten, kalend; ze storten zich in de bar op het ontbijt en het bier. Ze mijdt hen, snuffelt rond in de kiosk, overweegt een tijdschrift te kopen, maar die hebben allemaal iets licht bespottelijks, dus gaat ze bij de boeken kijken. Ze heeft in geen maanden iets gelezen. Wat vroeger een onschuldige bezigheid was is nu een mijnenveld; ze wil niets lezen over liefde, kinderen of ontrouw. Ze pakt reisgidsen en legt ze weer terug. Ze heeft geen reisgids nodig. Ze kan wel op haar instinct navigeren. Ze is in staat tot spontaniteit. Uiteindelijk koopt ze *Emma* van Jane Austen en een flesje water. Dat boek heeft ze al eens gelezen. Ze weet vrijwel zeker dat er geen baby's in voorkomen.

Het vliegtuig naar Orkney is heel klein. De regen striemt tegen de raampjes. Ze zet haar tas onder haar stoel. De mensen begroeten elkaar als oude vrienden. Net als de deur dichtgaat komt er nog een man uit de bar; hij hijgt alsof hij heeft gerend. Hij begroet een oudere dame aan de andere kant van het gangpad voordat hij een paar rijen voor Hannah gaat zitten. Zijn haar is kort en netjes. Hij beweegt met de overdreven precisie van iemand die beseft dat hij dronken is terwijl het pas ochtend is. Haar eerste blik op de eilanden werpt ze door een helder stuk tussen de wolken: een onrustige zee en het lage grijsbruin van het land. Als het vliegtuig landt, ziet ze regen en vrijwel lege wegen.

Het is nog geen twaalf uur, te vroeg om in het hotel in te checken, dus haalt ze haar huurauto op en rijdt wat rond. Het is een beetje opgeklaard. Ze weet dat de grootste concentratie opgravingen zo'n drie kwartier rijden hiervandaan ligt: graven, menhirs. Daar kan ze het beste nu gaan kijken, zolang het droog is.

Ze rijdt door de stad: een grote kathedraal van rode baksteen, stenen huizen, een enorme supermarkt op de weg naar het noorden. Het landschap ziet er nat en niet veelbelovend uit. De autoradio staat op Radio 2: slap geklets en domme liedjes. Ze zoekt een andere zender, maar verder is er alleen geknetter, dus zet ze de radio uit. Dit is niet wat ze had verwacht toen ze in haar stille appartement de vakantie boekte. Ze had iets ruigs en schitterends verwacht, iets waarbij haar innerlijke landschap in het niet zou vallen, maar hier is nauwelijks een heuveltje of boom te bekennen, alleen mottig gras en bungalows met grindpleister. Eerlijk gezegd is het nogal deprimerend.

Ze stopt bij drie enorme menhirs en stapt uit. Er staat een groot schaap met een brede kop tussen te grazen. Het is een opvallend lelijk schaap. De stenen zijn ook lelijk. Ze doen denken aan brutalistische architectuur, iets wat een overijverige gemeenteraad ergens in de jaren zeventig een goed idee zou hebben gevonden. Plichtsgetrouw loopt ze eromheen. Ze gaat in het midden staan. Het schaap houdt haar argwanend in de gaten. Ze wacht tot ze iets voelt, maar ze voelt zich vooral een tikje opgelaten.

Helemaal aan de noordpunt van het eiland ligt een nederzetting uit het neolithicum. Van haar internetzoektochten weet ze dat het vijfduizend jaar oud is. Als ze uitstapt is het nog maar licht bewolkt. Ze ruikt de zee. Langs het pad naar het dorp staan stenen waarop een gebeurtenis vermeld staat: de maanlanding, de Franse Revolutie, de val van Rome, helemaal terug in de tijd tot de bouw van de nederzetting, in dezelfde periode als de piramides in Egypte. In de souvenirwinkel verkopen ze hardplastic vikinghelmen waaraan twee vlechten van synthetisch haar hangen, sweatshirts met Fair Isle-opdruk en pluchen papegaaiduikers.

Ze koopt een kaartje bij de vriendelijke man achter de toonbank, die uitlegt dat ze eerst de korte film moet zien voordat ze de nederzetting zelf bezoekt, dus dat doet ze, zittend achter een ouder echtpaar in identieke regenjacks. Dan wordt ze door een kleine expositie geleid, waar ze plichtsgetrouw alle opschriften leest: wat de dorpelingen waarschijnlijk hebben gegeten (vis, herten en bessen), het aardewerk dat ze maakten, de vreemde, mooie ballen die ze bewerkten; niet oninteressant, die tentoonstelling, voor scholieren of historici. Of voor mensen die niets beters te doen hebben. Na de tentoonstelling kan ze nog een modelhuis bezoeken; ze gaat naar binnen, ziet twee bedden, een van keien gemaakte kast, een met grote keien omzoomde vuurplaats.

Als ze de nederzetting zelf gaat verkennen begint het weer te regenen. Ze loopt om de huizen heen, tuurt naar binnen en vindt het indrukwekkend, ontroerend zelfs, ze kan zich gemakkelijk voorstellen hoe die mensen leefden, in hun huizen woonden, met hun bedden voor kinderen en bedden voor volwassenen en stenen kastjes, als in een aflevering van *The Flintstones*, hoe ze hun sieraden sneden, hun forellen, herten en bessen aten, liefhadden, ruzie maakten en neukten bij hun vuurplaats. Ze keert de huizen de rug toe en kijkt naar de zee, een brede, zacht hellende baai, waar het nu echt hard regent. Ze voelt een nieuwe golf woede en pijn. Wat doet ze hier? Hoe haalt ze het in haar hoofd om naar de rand van de wereld te gaan en naar huizen en vuurplaatsen te kijken waar gezinnen hebben gewoond en bemind, zodat haar alleen maar wordt ingewreven dat zij dat alles niet heeft en nooit zal krijgen?

Ze zocht iets wilds, iets wat alleen voor zichzelf bestond, natuur zonder publiek. Moet alles dan de menselijke maat krijgen? Ze wil geen huiselijkheid. Ze is hier juist om aan de huiselijkheid te ontsnappen.

De supermarkt is zo groot als een flinke vliegtuighangar en ze is dankbaar dat hij er is. Ze loopt langs de schappen en laat de witte ruis over zich heen komen.

Ze koopt een fles rioja, kaascrackers en chips.

Het hotel stond te boek als een van de beste van Orkney. Het is aftands en er is in geen jaren iets aan gedaan. Er ligt vloerbedekking met misselijkmakende kleurkringels en uit het restaurant komt een walm van frituur en verbrande koffie. Haar kamer is niet onplezierig, ondanks de afbeeldingen van felgekleurde paarse bloemen aan de muur. Een reusachtig bed dat niet lekker ligt; twee tegen elkaar geschoven bedden. De kussens zijn verschrikkelijk. Ze draait de dop van de wijn en schenkt een derde van de fles in het tandenpoetsglas.

Om zes uur krijgt ze honger en is de wijn bijna op. Roomservice neemt niet op, dus gaat ze naar beneden, naar het restaurant. 'Kan ik hier iets te eten bestellen?'

'*Aye*,' zegt de jonge vrouw achter de bar. Ze heeft een klein hartvormig gezichtje met een mooie mond en ze is opgemaakt.

'Kan het naar mijn kamer worden gebracht?'

'Ik sta hier momenteel in mijn eentje. Kunt u even wachten? Dat u het zelf meeneemt?'

Hannah kijkt om zich heen in het vrijwel lege restaurant. Er zit alleen een ouder stel dat zo te zien op zakenreis is; ze zitten over een laptop gebogen. 'Oké.'

'U krijgt een drankje van het huis,' zegt de jonge vrouw met een knipoog, 'want ik ben nu de baas.'

'Oké,' zegt Hannah. Ze bekijkt de kaart. 'En ik wil graag *fish and chips*,' zegt ze.

'Perfect,' zegt de jonge vrouw.

'En een glas wijn. Welke wijn hebben jullie per glas?'

'Alleen de merlot.'

'Doe die dan maar.'

'Perfect,' zegt de jonge vrouw weer. Ze pakt een groot glas en schenkt het bijna tot de rand vol. 'Alstublieft.'

Perfect?

Ze loopt ermee naar een tafeltje bij het raam. Er staat een vaasje met plastic bloemen op. Buiten ligt de haven in de regen.

Vage banen zonlicht dringen door de motregen en verdwijnen weer. Ze laten een staalgrijs licht achter.

'Morgen wordt het beter. Het weer.'

Ze kijkt op en ziet dat er een man naast haar staat. Het duurt even voordat ze hem herkent van het vliegveld en haar vliegtuig. Ze knikt. Zo te zien is hij weer nuchter, terwijl zij juist dronken aan het worden is. Hij gaat aan het tafeltje naast het hare zitten, diagonaal tegenover haar, wat ze nogal irritant vindt. Nu moet ze praten of hem uitdrukkelijk negeren. Ze maakt haar tas open, ziet de paperback die ze op het vliegveld heeft gekocht en legt hem op tafel. Ze neemt een slok wijn en slaat het boek open. *Emma Woodhouse, knap, schrander en rijk...*

De jonge vrouw komt naar de man toe en zet een pul bier voor hem neer. 'Alstublieft.'

'Bedankt.'

Zacht gepraat van het stel in de hoek, iets over een vergadering. Cijfers. De werkwereld. De man tilt zijn pul op en neemt een slok. 'Goed boek?'

Ze kijkt op. Hij is fors, maar niet te dik; haar leeftijd of iets ouder. Hij ziet een beetje rood, alsof hij pas heeft gedoucht. Het haar in zijn nek is nog vochtig.

'Je boek?' Met een gebaar. 'Goed?'

Ze houdt het omhoog. 'Ik ben op pagina één.'

'Ah,' zegt hij.

'Maar ik had het al eens gelezen.'

'Oké.'

'Ze worden allemaal iets wijzer. En dan leven ze nog lang en gelukkig.'

'O,' zegt hij. 'Nou, mooi.'

Ze kijkt weer in het boek, maar de woorden dansen nu.

'Ben je hier met vakantie?'

'Zoiets, ja.'

'Zoiets?' Hij gebaart naar de stoel tegenover haar. 'Mag ik erbij komen zitten?'

'Ik wacht alleen op mijn eten. Ik ben zo weg.'

'Dan kan ik je ook niet lang vervelen.' Hij pakt zijn bier en gaat tegenover haar zitten met zijn rug naar de barvrouw toe.

'Proost.' Hij neemt een slok. Zijn vingers zijn dik en de huid is rood en gebarsten. Hij draagt een trouwring. Zijn telefoon ligt naast hem op tafel. Ze ziet een foto van een vrouw en een kind op het schermpje. 'Dus wat is het? Als je niet met vakantie bent? Ben je hier voor je werk?'

'Nee,' zegt ze. 'Niet voor mijn werk.'

'Een raadsel dus,' zegt hij.

'Ja, zoiets.'

'Ik ben van hier,' zegt hij alsof hij een vraag beantwoordt die ze niet heeft gesteld. 'Geboren en getogen. Ik werk op het boorplatform. Uit de kust bij Aberdeen. Twee weken op, drie weken af. Als ik vrij ben, woon ik op Papa Westray. Daar heb ik een boerderij.'

Ze ziet een cottage voor zich. Uitzicht op een windmolenpark en op zee. Een vrouw en een kind. De vrouw op de telefoon. Die het in haar eentje redt als hij weg is.

'En jij?' vraagt hij. 'Waar kom jij vandaan?'

'Londen. Manchester. Londen.'

'Dat is nogal wat.'

'Manchester.'

Hij knikt. 'Er werken een paar jongens uit Manchester op het platform.'

'O?'

'Die klinken heel anders dan jij.'

'Ik woon dan ook al jaren in Londen.'

Hij buigt zich naar haar toe. 'Hoe is het daar?' vraagt hij. 'In Londen?' Hij heeft iets, een bepaalde energie, iets teugelloos. Iets hongerigs in zijn ogen.

Ze leunt achterover. 'Ach,' zegt ze. 'Je kent dat wel.'

'Ik hou niet van steden,' zegt hij.

'Nee.'

Ze vallen stil. Hij draait zijn telefoon om, zodat de neutrale achterkant boven ligt en de vrouw en het kind niet meer te zien zijn. 'Wat heb je vandaag bekeken?'

Ze haalt haar schouders op. 'De voornaamste bezienswaardigheden. Behalve die grafkamer. Maeshowe. Daar ga ik morgen heen, denk ik.'

'Vond je het mooi?'

'Niet echt. Ik had verwacht dat Orkney... heel anders zou zijn. Veel wilder. Het is allemaal nogal... beleefd.'

'Beleefd!' Hij gooit zijn hoofd in zijn nek en schatert.

De eters aan het andere tafeltje kijken even op en dan weer naar hun bord.

'Je moet naar het zuiden,' zegt hij.

Even denkt ze dat hij het Zonnige Zuiden bedoelt, Zuid-Europa. Zon en zee en warmte op je huid.

'Naar Ronaldsay,' zegt hij, 'naar dat graf daar. Het Graf van de Adelaars. Op de kliffen. Dat is wild. Dat is mooi om te zien voordat je weggaat.'

Ze kijkt naar haar hand, frunnikt aan haar ring, maar haar ring is er niet. De man kijkt naar haar vinger en dan weer naar haar gezicht.

Ze beseft dat er een uitnodiging heeft plaatsgevonden. Een stel strijdige emoties, de beantwoordende sprong van begeerte.

Zou het zo zijn gegaan? Met Lissa en Nathan? Uitgesproken

of onuitgesproken? Hebben ze aan haar gedacht voordat ze de grens overgingen?

'Is dat je vrouw?' vraagt ze.

'Waar?' Hij kijkt geschrokken.

'Daar.' Ze draait zijn telefoon om en drukt op de knop aan de zijkant. Daar is ze weer, een jonge vrouw met toegeknepen ogen tegen het licht, en een kind van een jaar of vier.

De man kijkt naar zijn telefoon en dan weer naar Hannah. 'Ja,' zegt hij.

'Wat doe je hier dan?' Ze is woedend, ze snauwt. 'Waarom praat je dan met mij?'

Hij pakt zijn telefoon terug en kijkt even naar de foto.

'Ze is dood,' zegt hij. 'Vorig jaar overleden.'

'O.' Het voelt alsof hij haar in haar maag heeft getrapt. 'God.'

'Geeft niet,' zegt hij. 'Dat kon jij niet weten.'

Hij kijkt naar buiten, naar de verregende haven, en dan weer naar haar.

'Maar goed,' zegt hij, 'ik ben hier niet om over mijn vrouw te praten.'

Ze zwijgt. En dan, zonder dat er nog iets wordt gezegd, valt er een besluit.

Ze nemen de lift naar boven. Ze kijkt naar zijn hand als hij op de knop voor de tweede verdieping drukt. Zijn dikke vingers. Zijn brede handpalm. Hij gaat haar voor de gang in en zij volgt een halve pas achter hem. Hij doet de deur open en stapt naar achteren om haar te laten voorgaan, en even voelt ze een scherpe steek van angst – hij zou van alles kunnen zijn – maar die lost weer op. Hij wil het licht aandoen, maar ze legt een hand op zijn pols. 'Nee,' zegt ze. 'Laat het maar donker blijven.'

Het bezoekerscentrum bij het Graf van de Adelaars wordt beheerd door een vrouw met een zachte stem. Ze vertelt over het graf, dat op het land van haar vader is gevonden, ongeveer anderhalve kilometer van de plek waar zij en haar familie tegenwoordig wonen. Over de menselijke resten die daar werden aangetroffen: geen complete skeletten, alleen duizenden losse beenderen. En de arendsklauwen ertussen. Over de theorie dat de doden daar werden neergelegd om door de vogels te worden opgegeten. Net zoals in Tibet. Alleen de schoon gevreten beenderen waren bewaard gebleven.

'Excarnatie,' zegt de vrouw met haar zachte stem.

'Excarnatie,' herhaalt Hannah. Ze proeft het. Een nieuw woord.

Na een korte rondleiding kijkt de vrouw meewarig naar Hannahs jack en schoenen en geeft haar goede waterdichte regenkleding. Als ze klaar is, lacht Hannah.

Ze lopen naar het raam en de vrouw wijst naar een lage heuvel in de verte. 'Op de terugweg kun je langs de kliffen,' zegt ze, 'dat is het beste. Misschien zie je de zeehonden.'

Het pad is drassig met diepe plassen, waar Hannah dwars doorheen loopt in plaats van eromheen. Wanneer heeft ze voor het laatst rubberlaarzen aangehad? Er valt haar een liedje in en ze zingt hardop. Uit een van de boerderijgebouwen komt een hond naar buiten springen die verderop onder het hek door kruipt en terug draaft om te kijken of ze hem wel bijhoudt, dan weer vooruit rent en op de zwaluwen jaagt die genietend van de wind door de lucht zwenken en duiken. Er bloeien sleutelbloemen langs het pad en ze bukt om ze te plukken, waarna ze niet weet wat ze ermee moet, dus stopt ze ze in haar jaszak.

De grafkamer ziet er vooral uit als een hoop stenen, haast niet te onderscheiden van de andere keien in de buurt. Er staat een steekkarretje voor de ingang. Even voelt ze een siddering van angst, maar dan verplaatst ze het karretje, kruipt door de tunnel en komt uit in een klein vertrek. Het is er niet echt donker – er zitten openingen in het dak – en ook niet koud of griezelig; gewoon stenen, aarde en een diepe, geïsoleerde stilte. Buiten, aan het andere eind van de tunnel, ziet ze de wind in het gras en het witte schuim van de zee.

Ze blijft even zitten en weet niet wat ze nu moet doen. Er klinkt gekrabbel in de tunnel en de hond verschijnt; hij hijgt en komt naar haar toe. Ze slaat haar armen om hem heen en voelt zijn hart, de warmte van zijn flank. 'Hé,' zegt ze. 'Hé, hallo.'

Tegenover haar, grenzend aan de kamer waar ze zit, is een kleinere, donkerder ruimte. Vanwaar ze zit is onmogelijk te zien hoe diep die is. Er ligt een zaklantaarn op de grond, die ze aanknipt om ermee in die ruimte te schijnen, die klein blijkt, maar groot genoeg om in te liggen.

Ze knipt de zaklamp weer uit, kruipt onder de stenen latei door en gaat op haar buik liggen met haar wang tegen de koude grond. Het is vreemd troostend om daar zo te liggen, ze voelt haar hartslag in haar buik, haar borst, het stromen van haar bloed. Het verre bonken van de zee op de rotsen. Het zachte geluid van de hond die ze vlakbij hoort ademen.

Ze denkt aan al die duizenden beenderen die hier zo lang hebben gelegen.

Straks is haar eigen vlees er ook niet meer.

Ze denkt aan de vorige avond. De schok van zijn lichaam; zijn andersheid, zijn gestalte. Zijn geur. De plekjes waar ze haar mond op heeft gedrukt. Zij was ook anders. Haar lichaam was anders. Zoals ze samen bewogen. De vreemde dierlijke geluiden die ze maakten. Achteraf, toen ze in het donker lag met die vertrouwde onbekende man, dacht ze aan Nathan. Dat ze was vergeten hem als een afzonderlijk iemand te zien. Was vergeten zijn onbekendheid te voelen. Het dier in hem te erkennen. Lissa zal het dier in hem hebben gewekt. En bij die gedachte komt er nog iets anders: een soort rouw om haar eigen dierlijke natuur met zijn eigen wilde begeerten.

Ze draait zich op haar rug en nu is er alleen nog het donker, het zachte, intieme geluid van haar adem.

Na een tijd kruipt ze weer naar de grote kamer en daarna wurmt ze zich naar buiten, de lichte dag in. De hond volgt haar en ze lopen via de kliffen terug naar de auto. De bewolking is weggetrokken, de wind is gaan liggen, het is helder.

Ze rijdt terug over het eiland, langs een strook wit zand waar de zee rustig is, en ze wordt gegrepen door zo'n sterk, dringend verlangen dat ze moet stoppen. Ze klautert omlaag en loopt door het zand totdat ze vanaf de weg niet meer te zien is, trekt haar kleren uit en rent de zee in. Ze stoot een geluid uit, een schreeuw – van kou, vreugde, uitgelatenheid – en het water tilt haar op en slaat tegen haar huid.

Cate

Het voorjaar zet vroeg in en de stad wordt groen. Ze haalt haar fiets uit de opslag, maakt hem schoon, oliet hem en fietst heuvelopwaarts naar haar werk; ze ziet de bomen in knop en dan in blad komen en de kastanjebomen langs de brede weg kaarsen krijgen.

In het begin raakt ze buiten adem van het klimmen, ze moet een paar keer afstappen en met de fiets aan de hand verder naar boven lopen. Maar al snel wordt ze fitter, ze merkt dat haar spieren reageren, dat de lucht haar longen gemakkelijker vult.

Het is een heerlijk ritje, maar vanuit de auto ziet ze het het duidelijkst, vanaf de B-wegen tussen Canterbury en de kust, het stralend uitgestrekte lenteland.

Dea had gelijk, de baan is geknipt voor haar: twee dagen per week op kantoor en één dag scholen bezoeken. Sam is een dag minder gaan werken en zo delen ze de zorg voor Tom, zij, Alice en Sam. Ze heeft plezier in de tieners met hun grote mond, hun brutaliteit. Ze geven je niets cadeau. Ze is een programma aan het opzetten waarbij de leerlingen van een school in Sheppey op de campus komen kijken en bereidt met het instituut voor creatief schrijven de publicatie voor van een bloemlezing van het werk van de scholieren.

Tom kan al bijna lopen. Hij trekt zich op en houdt zich vast aan stoelen en banken; zo beweegt hij zich in zijn maillot door de kamer, verrukt van zijn nieuwe mobiliteit. Cate kijkt er gefascineerd naar. Wat bijzonder, denkt ze, die drang om te staan, te lopen; wat bijzonder om dat menselijke diertje voor haar ogen te zien evolueren. Alles wat hij tegenkomt stopt hij in zijn mond: potloden, elastiekjes, kruimels van de grond. Hij doet niets liever dan potloden in gaatjes steken. Ze koopt kunststof afdekplaatjes voor de stopcontacten. Het wordt steeds meer zaak om naar buiten te gaan.

Op een zonnige zondag in maart, een week voor zijn eerste verjaardag, zet hij zijn eerste stapjes door de woonkamer; een, twee, drie, en boem, hij zit weer. Ze klapt in haar handen, roept Sam, die boven ligt te slapen en snel naar beneden komt, in zijn ogen wrijvend, slaperig knipperend. Ze vleien en smeken en Tom loopt weer een paar stapjes. Sam pakt zijn telefoon, filmt het en stuurt het meteen naar Alice. Cate stuurt het naar haar vader.

Vaak zet ze Tom in het weekend in de buggy en loopt naar de volkstuin, waar hij en Nora op de grond rondscharrelen en als een stel jonge onderzoekers steentjes inspecteren en aarde proeven terwijl zij en Dea de bedden omspitten voor de nieuwe aanplant. Dat vindt ze leuk werk, ze vindt het fijn dat ze ervan gaat zweten en houdt van de heerlijke geur van de aarde.

Ze gaat wandelen. Soms met Dea, soms alleen met Tom, en als die in de buggy in slaap valt en het weer goed is, gaat ze op een bankje in de zon zitten. Als hij wakker wordt, is er vaak een rustpunt waarin hij tot zichzelf komt en naar de wereld kijkt zonder haar of wie dan ook te zoeken. Zij zit achter hem en gunt hem zijn moment waarin ze zich niet meteen met hem bemoeit. Ze bedenkt dat het al zo vroeg begint, dat proces van loslaten, van niet meer tussen je kind en de zon gaan staan.

Zij en Sam gaan voorzichtig met elkaar om, maar het wordt wel ontspannener, hechter. Toch geven ze elkaar genoeg ruimte, alsof het vuurtje dat net weer is opgepookt kan worden gesmoord als het niet genoeg lucht krijgt. Maar Tom slaapt nu in zijn eigen bedje en soms valt het haar in de stille nacht gemakkelijk om zich naar Sam toe te keren, zich tegen hem aan te nestelen en later wakker te worden met haar arm over zijn borst.

Ze stuurt Hannah elke dag een berichtje, één regel, om contact te houden.

Op een ochtend vroeg in april fietst ze naar de universiteit, komt op kantoor en kijkt in de mail. Ze ziet het meteen. Een bericht van Hesther met als onderwerp *Lucy Skein*.

Cate begint te trillen. Ze kijkt om zich heen, maar niemand kijkt; de zon valt schuin door het raam naar binnen. Het is nog steeds dezelfde ochtend.

Ze klikt de mail open.

Hesther excuseert zich omdat ze zo laat reageert; ze is veel op reis geweest voor haar werk. Wat fijn om na al die tijd weer van Cate te horen. Cates ogen glijden hongerig over de woorden, helemaal tot de onderste zinnen.

Ik had Lucy jaren niet gezien, maar toevallig liep ik haar tegen het lijf toen ik vorig jaar voor mijn werk in Seattle was. Het leek heel goed met haar te gaan. Ze heeft haar naam blijkbaar veranderd. Ik heb haar contactgegevens voor je.

Daaronder staat een mailadres. En een naam.

Die tikt ze meteen in de zoekbalk van haar browser. En daar staat ze. Dr. Lucy Sloan. Faculteit Internationale Ontwikkelingssamenwerking. Universiteit van Oregon.

Haar gezicht. De lip, die opkrult als ze lacht.

Een herinnering uit een ander leven.

Lissa

Neem Daniel mee, zegt Sarah aan de telefoon tegen Lissa, en in de onderwerpregel van de mail met de uitnodiging voor de expositie staat in grote letters: *Neem Daniel mee! Wil hem dolgraag ontmoeten.*

Uiteindelijk sms't Lissa in haar wanhoop naar Johnny: *Ik heb een uitnodiging voor twee voor een vernissage. Zin om mee te gaan?*

Graag! antwoordt hij vrijwel meteen.

Ze spreken af op het metrostation. Hij is zoals altijd in het zwart, met zijn zwartleren tas, maar zijn overhemd ziet er nieuw uit en hij heeft een mooi jasje aan. Hij is pas geschoren en ziet er goed uit. Het verrast haar dat ze zo blij is hem te zien, hem haar hand te zien pakken met dat vriendelijke, hoffelijke gebaar. 'Zo, liefje,' zegt hij. Ze was zijn zachte, zoemende noordelijke stem vergeten.

'Je ziet er goed uit,' zegt ze. 'Heel chic.'

'Ik heb werk. Een rol in *Doctors*.'

'Aha.'

'En,' zegt hij haast verontschuldigend, 'ik schijn te zijn aangenomen voor een seizoen bij de Royal Shakespeare Company.'

'Waaaat? Geweldig!'

'Zo wereldschokkend is het nu ook weer niet.' Hij steekt een hand op. 'Het zijn vooral kleine rolletjes, maar ook wel Enobarbus in *Antony and Cleopatra*. Dat is overgezet naar het Liverpool van de jaren zestig. Vraag me niet waarom. Waarschijnlijk gaan ze het totaal verzieken, maar ach.'

'Maar Johnny, dat is waanzinnig!' Ze merkt dat ze zonder voorbehoud blij voor hem is.

'Jij zou een goede Cleopatra zijn.'

'In een ander leven.'

'En jij? Nog audities gedaan?'

'Niet echt,' zegt ze. 'Ik overweeg trouwens om te stoppen.'

'Stil jij.'

'Nee, echt.'

'Kom,' zegt hij en hij pakt haar arm. 'Niet zo raar doen.'

'Wanneer begin je?'

'In mei,' zegt hij. 'Ze zijn daar in Stratford kennelijk heel beschaafd. Elke ochtend gezamenlijke stemtraining en zo. Maar 't is wel mooi een jaar hypotheek.'

'Je verdient het,' zegt Lissa.

'Van wie is die expositie trouwens?' vraagt hij.

'O,' zegt Lissa, 'gewoon, van mijn moeder.'

'O jee,' zegt hij met een knipoog. 'Dan zal ik me maar gedragen.'

Het is druk in de galerie, overal gezichten die ze in geen jaren heeft gezien. Haar moeder is omringd door mensen. Ze heeft haar ongeveer een maand niet gezien en Sarah is afgevallen, maar ze ziet er schitterend uit, koninklijk in haar lange rode jurk. Zíj zou Cleopatra moeten spelen, denkt Lissa.

Er hangen maar weinig schilderijen, hoogstens zeven. Op allemaal is maar een derde van het doek beschilderd, met veel wit eromheen. Ze zijn niet ingelijst, dus het effect is dat de afbeelding in de ruimte lijkt te zweven. Als je ogen zich aan het doek aanpassen, doemen de beelden op. Er is er een bij van een jong meisje met een katoenen jurk. Ze heeft zich half afgewend, haar gezicht en profil, half gebukt om naar iets op de grond te kijken, maar die grond is er niet, is onder haar voeten in het niets verdwenen. Het gezicht is vaag, maar Lissa weet dat zij het is.

Op het grootste doek, dat bijna een hele wand in beslag neemt, suggereert een uitgevaagde lijn een gestalte of een dier dat aan de horizon loopt en in het niets oplost; het zouden de Boliviaanse zoutvlakten kunnen zijn, of de maan. De gestalte heeft weinig herkenbaars, maar Lissa weet dat het Sarah is, haar moeder, op de rug gezien, weglopend.

De schilderijen zijn niet goedkoop – tussen de twee- en vijfduizend per stuk – maar er zitten al drie rode stickers op de kaartjes ernaast.

'Als dat zo doorgaat verkoopt ze alles.'

Lissa kijkt opzij en ziet Laurie staan. De oudere vrouw haakt haar arm door die van Lissa. 'Ik denk dat ze het al wist toen ze hieraan begon, jij niet?'

'Dat ze wát wist?'

'Hoe ziek ze is.' Laurie wijst naar de schilderijen. 'Alsof alles wegvalt wat niet echt belangrijk is.'

Lissa voelt ook iets wegvallen: de grond, haar maag. Ze kijkt naar haar handen, die Lauries arm nu stevig vasthouden.

'En jij, Liss?' vraagt Laurie. 'Hoe gaat het met jou? Kun je er een beetje mee omgaan?'

'Ja hoor,' hoort Lissa zichzelf zacht zeggen. 'Met mij gaat het best.'

Als de galeriehouder op een krat gaat staan om het publiek toe te spreken is de ruimte stampvol. Lissa heeft een blokje om gelopen, besloten dat ze weggaat, besloten dat ze teruggaat. Ze heeft vier sigaretten gerookt en vier glazen wijn gedronken. Ze is Johnny kwijtgeraakt, heeft hem weer gevonden en is hem weer kwijtgeraakt. Ze blijft achteraf staan als het publiek dicht om haar moeder en de galeriehouder heen dromt terwijl Sarah een kort woord tot de aanwezigen richt dat Lissa in haar bonkende woede nauwelijks verstaat. Als de menigte uiteengaat, dringt ze naar haar moeder toe en pakt haar bij haar arm.

'Waarom heb je niets gezegd?'

'Waarover?'

'Ik hoor het net van Laurie. Die dacht dat ik het wist.'

'O,' zegt Sarah. 'Dat.'

'Dát?'

'Ik wilde niet dat je je zorgen maakte.'

'Dat ik me zórgen maakte? Hoe ziek ben je?'

'Best wel ziek.' Sarah strijkt met een hand over haar voorhoofd. 'Kanker, stadium vier.'

Het is benauwd, overal, binnen en buiten. 'Hoelang weet je dat al?'

'Sinds Kerstmis.'

'Sinds Kérstmis?'

'Ik heb de chemo geweigerd.'

'Ja, natuurlijk. En je vond niet dat ik daar ook iets over te zeggen had?'

'Het is mijn lichaam, Lissa. Mijn leven.' Haar moeder ziet er moe uit, in een hoek gedreven, en Lissa voelt de aanwezigheid van mensen achter haar, weet dat er naar hen wordt gekeken.

Sarahs gezichtsuitdrukking verandert. 'Is Daniel er ook?' vraagt ze zacht. 'Heb je Daniel meegenomen?'

'Nee,' zegt Lissa. Ze gaat steeds harder praten. 'Die is niet mee. En weet je waarom niet? Omdat hij niet bestaat. Of hij bestaat wel, maar hij heet Nathan. Nathan van Hannah. Ik heb met Nathan van Hannah geneukt en jou wijsgemaakt dat hij iemand anders was en nu praat hij niet meer met me. En Hannah ook niet. Want mijn leven is één grote puinzooi. Want jij hebt me nooit geleerd hoe dat moet, liefde.'

Sarah wankelt alsof ze een klap heeft gekregen. Lissa heeft er nog geen genoeg van en pakt haar moeder bij haar arm. 'Jij bent zo'n egoïst,' zegt ze tegen haar moeder. 'Zo'n fucking egoïst. Weet je dat? Dat ben je altijd geweest en dat zul je altijd blijven.'

Sarah zet een klein, elegant, afwerend stapje opzij.

'Grote god,' zegt Sarah. 'En dan ben ík een egoïst? Doe me een plezier, Lissa. Ik weet dat je graag vaker op het toneel zou staan, maar kun je me voor één keer dat theatrale gedoe besparen?'

'Hé.' Een vaste hand op haar arm. 'Hé, liefje.'

Lissa kijkt op en ziet Johnny naast zich. Ze ziet Sarah omringd door mensen en Laurie tussen hen in. 'Tijd om op te stappen, Liss.'

'Kom,' zegt Johnny en hij neemt haar in zijn armen.

Hannah

Het is blijkbaar het warmste voorjaar in tijden. De Japanse sierkers langs de weg naar de bushalte staat in volle bloei. Het negentiende-eeuwse koffiehuis op de hoek heeft het terras al uitstaan.

Ze staat op zodra het licht wordt en loopt door het park naar het zwembad. Daar is het om die tijd vrij rustig. Alleen de serieuze zwemmers trekken hun baantjes. Ze stapt in een kleedhokje, trekt haar badpak aan en zet haar badmuts en zwembril op. De ochtendlucht is nog fris, maar het water is warm. Ze trekt baantjes in het vijftigmeterbad en geniet van haar slag. Ze ziet het licht rimpelend in het water weerkaatsen. Ze denkt terug aan Orkney, de horizon, het licht. Terwijl ze zwemt veranderen haar gedachten. Ze worden minder grillig. In het water is er geen verleden en geen toekomst. Als ze uit het zwembad komt, tintelt haar hele lichaam en is haar hoofd schoon.

Ze doet alles te voet. Ze loopt naar haar werk. 's Middags loopt ze langs het kanaal terug en geniet van het licht, van de veranderende lucht. Ze gaat op haar terras zitten en voelt de warmte op haar huid. Ze koopt bloemen, elke zondag, op de markt. Op een zondagmorgen ziet ze ook planten, die ze koopt en in terracottapotten in de vensterbank in de kleine kamer zet, waar veel zon komt. De avonden worden langer; om zeven uur is het nog licht.

In de loop van april wordt het steeds warmer en tegen het eind van de maand lijkt het wel juli. Elke ochtend staat ze vroeg op en gaat vóór haar werk naar het zwembad, waar ze elke dag grotere afstanden zwemt. Haar werk is oké, maar ze weet dat ze aan verandering toe is. Ze overweegt naar een andere baan te solliciteren, Farringdon misschien te verruilen voor Lissabon of New York. Al die banen waar ze niet op heeft gesolliciteerd, al die kansen die ze niet heeft gegrepen in de tijd dat ze wachtte, pas op de plaats maakte. Ze is nergens aan gebonden, kan doen en laten wat ze wil, gaan en staan waar ze wil.

Na haar werk, in haar stille appartement, pakt ze een glas water, drinkt het staand bij het aanrecht op, gaat naar de kleine kamer, kleedt zich uit en gaat naakt in de avondzon liggen. Ze sluit haar ogen en laat het licht in paars, rood en groen door haar oogleden spelen. Ze voelt zich vervuld, al weet ze niet precies waarmee.

Als ze op een avond weer zo ligt, zoemt haar telefoon: een bericht.

Ze pakt hem, ziet de naam: Nathan.

Moet wat spullen ophalen. Is dat oké?

Ze staart ernaar en laat lange seconden verstrijken. Ze antwoordt niet. Een halfuur later zoemt de telefoon opnieuw.

Is het goed als ik straks langskom?

Ze legt haar telefoon neer, pakt hem weer op.

Hoe laat?

Zo meteen? Ben in de buurt.

Haar hartslag versnelt.

Oké. Kom maar. Ik ben weg.

Ze staat op en trekt een onderbroek aan en een oude zwarte zomerjurk die ze zo vaak heeft gedragen dat de stof zich tegen haar huid vlijt. Ze laat haar telefoon thuis om niet in de verleiding te komen hem te bellen, pakt haar sleutels en loopt naar het kanaal. Het is nog warm. De kroegen aan Broadway Market zijn vol, maar ze loopt ze voorbij en volgt het kanaal naar Victoria Park. Ze neemt de tijd, loopt een rondje over het avondlijke gras tussen de lengende schaduwen van de bomen en gaat dan in het laatste licht terug naar huis.

Ze weet dat hij er nog is zodra ze haar sleutel in het slot steekt: een verandering in het soort stilte, een lichte verstoring in de lucht. Ze ziet hem niet meteen als ze haar sandalen uitschopt en op blote voeten in de deuropening blijft staan. Ze hoort een geluidje in de kleine kamer. Ze loopt over de houten vloer, door de gang, duwt de deur open. Hij staat bij het raam en staart naar de boom.

Hij draait zich om. 'Ik kom hier maar niet weg.' Zijn stem is hees. Er staat een kleine tas bij zijn voeten.

Ze zou kwaad moeten zijn, denkt ze, maar de woede is ver weg.

'Je hebt hier iets veranderd,' zegt hij. 'Je hebt geschilderd.'

'Ja.'

'Mooi.' Hij maakt een gebaar naar de planten op de vensterbank, de prent aan de muur. 'Gek dat we hier nooit iets aan hebben gedaan, hè? Aan deze kamer. Al die tijd.'

'Ja, misschien.'

Buiten klinken snelle voetstappen, het geroffel van sportschoenen op de stoep, spelende kinderen.

'Hoe gaat het?' vraagt hij.

'Goed,' zegt ze. Ze leunt tegen de muur achter haar en laat zich langzaam op de grond zakken. Ze voelt dat ze oppervlakkig ademt, in en uit. De avondzon valt nog in een rechthoekig vlakje op het vloerkleed tussen hen in. 'Een hele tijd slecht. Nu beter.'

Hij knikt.

'En jij?' vraagt ze.

'Han,' zegt hij zacht. Hij zet een stapje naar haar toe, maar zij steekt een hand op om hem tegen te houden.

'Nee,' zegt ze. 'Niet dichterbij komen.'

Hij blijft als een stuurloos schip midden in de kamer staan.

Er is zoveel wat ze wil zeggen:

Hoe kon je me dit aandoen?

Hoe durf je je hier weer te laten zien?

Maar wat ze uiteindelijk zegt is:

'Hoe was het?'

'Hoe was wat?' vraagt hij.

'Met Lissa.'

'Han.' Zijn gezicht trekt samen. 'Niet doen.'

Ze leunt met haar hoofd tegen de muur en kijkt naar hem. Het verdriet op zijn gezicht. Hoe is het mogelijk dat zij zich na dat alles zo sterk voelt, maar dat hij van hieruit gezien wel haast lijkt te breken? 'Vertel,' zegt ze. 'Ik wil het weten.'

Zij heeft al die tijd in het vuur gelegen, daardoor is dit mogelijk, ze is als staal gehard in het vuur.

Hij wendt zich af. Pakt zijn tas, tilt hem op, zet hem weer neer, laat hem los. 'Het was... Het voelde gevaarlijk,' zegt hij. 'En verkeerd.'

'Was dat fijn?' vraagt ze.

'Ja,' zegt hij. 'Op een bepaalde manier.'

'Kwam ze klaar?'

'Wat?' Hij kijkt doodongelukkig.

'Je hebt me wel verstaan. Kwam ze klaar?'

'Alsjeblieft,' zegt hij. 'Niet doen.'

'Ik heb er recht op,' zegt ze. 'Toch?'

'Dat weet ik niet.'

‘Kwam ze klaar?’

‘Ja.’

‘Was ze luidruchtig? Wat voor geluid maakt ze als ze komt?’

‘Ze was niet luidruchtig,’ zegt Nathan. ‘Nee.’

Het is alsof ze in iets hards boort en dat voelt intens bevredigend. ‘Hoe neukt ze? Wond ze je op?’

Ze staat op en laat de bandjes van haar jurk van haar schouders glijden; langzaam valt de stof om haar middel. Haar tepels zijn hard.

Een hele tijd beweegt ze niet, totdat de jurk op de grond glijdt en ze alleen haar onderbroek nog aanheeft. ‘Wil je me?’ vraagt ze.

Hij knikt en zijn gezichtsspieren verslappen van begeerte.

‘Net zo graag als je haar wilde?’

‘Meer.’

Ze blijft staan, op het plekje zon op de vloer. Het dier in hem. Het dier in haar. ‘Zeg dat nog eens,’ zegt ze.

‘Meer,’ herhaalt hij en dan komt hij langzaam naar haar toe. Hij knielt voor haar neer met zijn hoofd op de grond. Dan kijkt hij op, schuift het kruis van haar broekje opzij, laat zijn vingers in haar glijden en zij kromt haar rug bij zijn aanraking.

Lissa

Ze praten weinig in de trein die door de westelijke buitenwijken van Londen rijdt. Een ongemakkelijke wapenstilstand; het reisje is een zoenoffer van Lissa, aangenomen door Sarah, de eerste dag in weken die ze samen doorbrengen. Als ze Reading uit zijn, opent het land zich met wijdere luchten en kleinere dorpen. De zomer staat in volle, stralende bloei.

Sarah dommelt; haar hoed ligt naast haar op het bankje en een roman ligt opengeslagen op haar schoot. Lissa bestudeert het gezicht van haar moeder. Ze ziet er niet ziek uit, eerder mooier dan ooit. Door het gewicht dat ze is kwijtgeraakt komt de fraaie architectuur van haar gezicht, dat niet verslapt zoals bij andere oudere mensen als ze slapen, beter tot zijn recht. Haar haar is nog net zo lang en dik als altijd.

Haar moeder opent één oog en kijkt ermee naar Lissa, die zich afwendt.

Op een plattelandsstationnetje stappen ze uit en ze steken de rivier over. Sarah loopt langzaam, leunend op haar stok, en haar rode sjaal wappert zwierig om haar breedgerande hoed. Er zwemmen zwanen in de rivier, twee jonkies die nog niet wit zijn. Ze zwemmen vlak naast elkaar voor hun ouders uit. Door de wei aan de overkant meanderen koeien. Het is hier mooi, maar ze lopen over een landweggetje zonder stoep, er is alleen een smalle begroeide berm, het verkeer is snel en luidruchtig en ze voelen zich opgejaagd.

'Wacht even, mam.' Lissa legt een hand op haar moeders arm, draait zich dan om en steekt haar duim op. Bijna onmiddellijk stopt er een man in een Range Rover. Hij is aardig en hartelijk en Lissa voelt de onuitgesproken opluchting van haar moeder terwijl hij heuvelopwaarts naar de Common rijdt en hen op het parkeerterrein afzet, waar ze haar helpt bij het uitstappen. Sarah loopt naar het hek, waar nog een oude wachttoren staat. Lissa slentert naar een bord met informatie over de geschiedenis van de Common, van de luchtmachtbasis, de flora en de fauna hier. *Greenham Common*, staat er, *teruggegeven aan de natuur.*

De begrazing door het vee van de dorpsbewoners heeft voor een zeldzaam rijke flora gezorgd, zoals heide, gaspeldoorn en andere planten die op zure grond gedijen.

Nu de start- en landingsbanen en de hekken zijn verwijderd kunnen de dorpelingen weer gebruik maken van hun begrazingsrechten.

Ze knijpt haar ogen toe. In de verte ligt een betonnen pad, de oude startbaan, waar twee meisjes, jonge tieners, vliegtuigje spelen, met gespreide armen om de wind te vangen. Hun gelach klinkt hoog door de lucht.

'Deze kant op,' zegt Sarah. Het zanderige grind knerpt onder hun voeten, overal bloeit de hei en tussen het gras langs het pad staan stervormige witte bloemen. Ze lopen parallel aan de oude startbaan, langs een vijver, een brandkraan. Sarahs hoofd draait naar links, naar rechts, af en toe knikt ze peinzend alsof alles op zijn plaats valt. 'Dat was het Blauwe Hek,' zegt ze en ze wijst met haar stok. 'Daar.'

Fietsers komen hen achterop: gezinnen, oudere mannen in groepjes van drie of vijf met helm en fietsbril die hen bijna van het pad af drukken. Sarah kijkt hen misprijzend na. Het is warm en de temperatuur loopt op. Lissa haalt een fles water uit haar tas en houdt die Sarah voor, die hem aanpakt en een grote slok neemt.

'Daar,' zegt Sarah ineens met een strakke blik op iets achter Lissa. 'Daar zijn ze. De raketsilo's. Daar zaten de kruisraketten in.'

Lissa draait zich om. Ze zijn reusachtig, met gras begroeid. Lissa vindt ze vooral op grafheuvels lijken van het soort waarin in de bronstijd koningen met oorlogsbuit en al werden begraven. Langzaam lopen ze er over de Common naartoe. Er staan nog steeds drie rijen prikkeldraad omheen; iemand heeft er met rode verf op gekladderd:

Spleet
Kut

Fuck

You

Tussen de verwilderde begroeiing staat nog steeds een bord met MINISTERIE VAN DEFENSIE.

Sarah rammelt met haar stok tegen het prikkeldraad. 'Betonschaar,' zegt ze trots, 'daarmee kwam je daar wel doorheen.' Ze glimlacht. 'We hadden altijd een betonschaar bij ons.' Dan gooit ze haar hoofd in haar nek en stoot een onvoorstelbaar vreemd geluid uit – ululeren –, klanken die tegelijk aards en heel onaards aandoen. Lissa ziet wandelaars verbaasd opkijken. Als Sarah stopt is het stil; ze grijnst boosaardig. 'Die militairen schrokken zich altijd wezenloos,' zegt ze. 'Ze wisten zich geen raad met ons.'

'Vind je het gek? Ik zou niet weten hoe snel ik weg moest wezen.'

'Heb ik je weleens van dat dansen verteld?'

'Nee, waar dan?'

'Daar.' Sarah wijst met haar stok naar de raketsilo's. 'We knipten dat hek door, zetten een ladder tegen de silo's, klommen erop en dansten in het maanlicht. Met oudjaar. We maakten zelf muziek. We dansten onder de maan.'

Ze is een heks, denkt Lissa en Sarah begint weer te zingen, zacht nu. *Mijn moeder is een heks.*

Ze loopt een stukje door, naar de braamstruiken die het pad overwoekeren. Ze plukt een handvol rijpe bramen, die ze naar Sarah brengt, een offer in haar handpalm. 'Heerlijk,' zegt Sarah, 'dank je.' Ze heeft ergens een veer gevonden, die ze tussen de band van haar hoed steekt. 'We kunnen er nog meer plukken. Voor een *crumble*, straks thuis.'

Lissa houdt de takken opzij zodat Sarah bij de donkerste,

rijpste bramen aan de binnenkant kan. Ze haalt de boterhammen voor de lunch uit de trommel en vult die met glanzende vruchtjes. Als de trommel vol is lopen ze door, naar een klein maar dicht stuk bos waar het licht vlekkerig door de bladeren van de berken en platanen valt, de varens tot hun schouders komen en de silo's niet te zien zijn. 'O ja, hier was het,' zegt Sarah, 'dit pad herken ik.'

Ze komen bij een boom met meerdere stammen en Sarah raakt hem aan. 'Dag boom, jou ken ik nog wel,' zegt ze. 'Hier heb ik gekampeerd, bij deze boom.'

'Dat weet ik nog,' zegt Lissa. 'Daar was ik bij.'

'Ja.' Sarah kijkt haar aan. 'Natuurlijk. Jij was er ook even. Dat vergeet ik steeds.'

Langzaam lopen ze door en voorbij het hek lopen ze weer in de zon. Een restje van de omheining staat er nog, een stuk betonnen muur achter een nieuwer hek. Het is beschilderd met slangen en een eenvoudige groene vlinder; niet verfijnd, nauwelijks meer dan likjes verf, maar er gaat een mysterieuze kracht van uit. Bijna alsof je een vergeten grotschildering vindt. Onder het roestige metaal is de groene verf nog te zien, afbladderend door zon en ouderdom. De lucht voelt benauwd en de begroeiing rukt achter hen op.

'Dit herken ik,' zegt Lissa en ze steekt haar vingers door het hek. Zeildoek, gespannen tegen de regen. Rode vrouwengezichten. De geur van wol, vuur en lichamen.

'Dertigduizend mensen,' zegt Sarah, 'hand in hand om de basis heen. Ze sleurden ons uit onze tent. Zeiden dat we onnatuurlijk waren,' ze lacht, 'alsof het zo natuurlijk is om dodelijke kruisraketten op gemeenschapsgrond te stallen.'

'Ik weet nog dat ze eraan kwamen.' Lissa's vingers sluiten zich om het gaas van het hek. 'Dat ze jou uit de tent haalden. Ik was doodsbang. Ik vond het verschrikkelijk. Dat jij daar was.'

'Hoezo?'

'Ik dacht dat ik je kwijt was. Dat ze je gingen doodschieten.'

Sarah kijkt haar aan. 'De wereld is angstaanjagend,' zegt ze vlak. 'Het was niet mijn taak om daarover te liegen. Wel om te proberen hem veiliger te maken. Als jij een kind had, zou je dat weten.'

De opmerking komt binnen. Draait. Doet zijn werk.

'Ik ben ooit zwanger geweest,' zegt Lissa zacht. 'Van Declan.' Ze kijkt weer naar de omheining, waar een minuscuul insect over de bladderende groene verf loopt. 'Het was niet makkelijk. Dat besluit. Ik had verwacht van wel, maar dat was niet zo. Maar ik had het nooit gered. Niet met Declan. Niet in mijn eentje.'

'God. Waarom heb je dat nooit verteld?'

'Omdat ik me zo stom voelde dat ik het zover had laten komen, denk ik.'

'En waarom heb je het niet gehouden?'

Lissa zucht. 'Omdat ik jong en egoïstisch was en mijn eigen leven wilde. Ik wilde werken. En ik wilde geen kind dat het gevoel had dat het me in de weg zat.'

Haar moeder zwijgt even. 'Had jij dat gevoel zelf dan? Gaf ik jou dat gevoel?'

'Soms. Vaak. Ja.'

Sarah schudt haar hoofd. 'Dat gevoel heb ik nooit over jou gehad.'

'Echt niet?'

'Echt niet.' Sarah kijkt haar recht aan. 'Maar ik moest wel leven. Ten volle. Anders zou ik een moeder van niks zijn geweest.'

Lissa knikt. 'Dat snap ik,' zegt ze. En nu ze hier zo staat met haar vingers om dat hek, weet ze dat het echt zo is.

Na een korte stilte gaat ze verder. 'Het spijt me,' zegt ze en ze kijkt haar moeder aan.

'Wat spijt je?'

'Dat je geen grootmoeder bent geworden. Je zou een fantastische grootmoeder zijn geweest.'

En dat is waar. Magisch zelfs. Dat zou de juiste afstand zijn geweest om van haar te houden. En liefgehad te worden.

'Dertien,' zegt Lissa. 'Mijn kind zou nu dertien zijn geweest.' En ze merkt dat ze huilt, echt huilt, met schokkende schouders en krampachtige snikken. Haar moeder neemt haar in haar armen.

Na een tijd duwt Lissa de hielen van haar handen in haar ogen en Sarah laat haar los. Dan draaien ze zich om en lopen door het bos terug naar de Common en Lissa is blij met de ruimte en de frisse lucht. In de verte ziet ze een kudde koeien op de vlakke grond. Als ze dichterbij komen, zien ze dat de koeien midden op de startbaan staan en liggen. 'Moet je zien.' Sarah grinnikt. 'Die dames zouden geen gevechtsvliegtuig hebben doorgelaten.'

De wind steekt op. Sarahs hoed waait af en Lissa rent erachteraan tot hij in een struik blijft zitten.

Terwijl ze langzaam naar haar moeder terugloopt, denkt ze: *Daar heb je het dan, de ramp. Mijn moeder gaat dood. Ik ga mijn moeder verliezen. Binnenkort is mijn moeder er niet meer.*

'Houd je hem even vast?' vraagt Sarah.

Dan loopt ze de startbaan op, sluit haar ogen, gaat met haar gezicht naar de wind staan en spreidt haar armen alsof ze vliegt, en Lissa komt naast haar staan en doet hetzelfde, voelt de wind onder zich als ze haar armen optilt.

Hannah

Ze is moe. De lente heeft plaatsgemaakt voor de zomer, met alle warmte van dien. Dan slaat het weer om, het wordt kouder en het gaat regenen. Nog steeds is ze moe.

Op een dag legt ze op haar werk haar hoofd op haar bureau en valt in slaap. Als ze thuiskomt gaat ze meteen naar bed, trekt de dekens over haar hoofd en slaapt als een blok. Midden in de nacht wordt ze dorstig wakker en staat op om water te drinken.

Ik ben zwanger, denkt ze als ze bij het aanrecht staat. De gedachte lijkt van bovenaf te komen, van buitenaf.

Ze gaat naar de badkamer; achter in de kast staat nog een doosje met oude zwangerschapstesten. Ze pakt er een uit en plast eroverheen in het donker. Ze hoeft niet lang te wachten: vrijwel meteen verschijnt er een duidelijke streep.

Ze kijkt ernaar. En kijkt en kijkt en kijkt.

Het is een zoemen in haar bloed.

Het is spanning.

Het is een grote, alles doordringende schacht van blijdschap, een zo zuivere blijdschap dat ze zich ergens aan moet vasthouden en wachten tot het overgaat.

Het is angst.

Ze heeft al eerder verlies meegemaakt. Ze weet hoe dat aanvoelt, hoe het eruitziet en hoe je je daarna voelt.

Ze vertelt het aan niemand. Niet aan Nathan. Niet aan haar moeder. Niet aan Cate. Ze weet dat het misschien niet standhoudt.

In het weekend slaapt ze lang uit en wordt vol dromen wakker. Ze ligt in bad en kijkt naar haar tenen.

Cate

Ze neemt de trein naar Charing Cross, de metro naar Bethnal Green en de bus over Cambridge Heath Road, stapt uit bij Mare Street en loopt langs het kanaal, langs de gashouder, langs de poort van Sams oude appartement en dan langs Broadway Market. Het is donderdag en het is vrij rustig buiten, al zijn alle tafeltjes op het terras van de delicatessenzaak bezet. Aan het eind van de weg slaat ze links af, langs de rij victoriaanse huizen, blijft voor een hoog huis met hoge ramen staan, kijkt omhoog en loopt dan het park in, waar de Londense platanen schitterend vol in blad staan.

De koffietent was Lissa's keus – een bakkerij onder een van de bogen bij het station – en Lissa zit al buiten op haar te wachten. Als ze Cate ziet aankomen, staat ze haastig op.

'Ik had al koffie voor je gehaald.' Ze gebaart naar het tafeltje.

'Dank je,' zegt Cate. Ze gaat zitten.

Lissa is sober gekleed, spijkerbroek en effen T-shirt, geen make-up, haar hoog opgestoken. Ze is veranderd. Haar gezicht, dat zo lang immuun voor de tijd heeft geleken, lijkt er nu minder tegen bestand. Er zitten grijstinten in haar blonde haar.

'Ik wist niet of je me wel wilde zien,' zegt Lissa.

'Ik wist niet of ik wel zou gaan.'

'Vind je 't erg als ik rook?'

Cate schudt haar hoofd en Lissa pakt haar shag en draait.

'Ik kwam langs het oude huis,' zegt Cate. 'Op weg hierheen.'

'O?'

'Heel vreemd. Voor de deur staan en niet naar binnen gaan. Woon je nog steeds in het souterrain?'

'Nog nét. Ik kan het eigenlijk niet betalen. Ik moet waarschijnlijk weg.'

'Dat is dan echt het eind van een tijdperk.'

'Ja, waarschijnlijk wel.' Lissa steekt haar sigaret aan en blaast de rook bij hen vandaan. 'Hoe gaat het met Tom?' vraagt ze. 'En met Sam?'

'Goed. Tom loopt al.'

'Heb je foto's?'

Cate pakt haar telefoon en opent een paar recente foto's. Lissa buigt zich naar haar toe. 'Wat ziet hij er lief uit.'

'Dat is hij ook. Soms.'

'En hoe gaat het met Hannah?' vraagt Lissa zacht.

'Oké, geloof ik. Voor zover ik weet zijn ze nog steeds uit elkaar. Ik zie haar straks. Daarna weet ik vast meer.'

Lissa knikt en kijkt naar de straat. 'Ik ga niet proberen me te verdedigen,' zegt ze.

'Oké.'

Boven hen het gedender van een trein, het piepen van de remmen. Het gesis waarmee de deuren opengaan.

'Gek,' zegt Lissa, die zich weer omdraait. 'Ik moet de laatste tijd weer aan die auditie denken. Die film. Weet je nog? Voordat we naar Griekenland gingen?'

Cates maag trekt samen. 'Ja.'

'En dat ik je niet kon vergeven. Ik haatte je daarna zelfs, geloof ik. Omdat je het niet op tijd had gezegd.'

'Lissa...'

'Nee.' Ze steekt haar hand op. 'Laat me uitpraten. Ik weet dat jij je eigen versie van het verhaal hebt. Ik wilde alleen zeggen dat ik de laatste tijd ben gaan begrijpen dat ik tot dingen in staat ben die ik nooit zou hebben gedacht. En ik wilde zeggen dat ik je vergeef, wat er verder ook gebeurt. Dat ik je het allerbeste gun.'

Cate doet haar mond al open om zich te verdedigen, maar

sluit hem dan weer. 'Dank je,' zegt ze. 'Dat betekent veel voor me.'

In het station boven ratelt weer een vertrekkende trein, naar Liverpool Street of naar het noorden, de verste uithoeken van de stad.

'Sarah is ziek,' zegt Lissa. 'Kanker.'

'O god,' zegt Cate. 'Hoe ver?'

'Stadium vier.'

Cate zet haar kopje neer. 'Wat erg, Liss.'

Lissa's handen gaan naar haar haar en dan weer terug. 'Ja,' zegt ze, 'het is nogal kut allemaal.'

'Wordt ze behandeld?'

'Nee, dat wil ze niet.'

Cate wacht tot Lissa verdergaat.

'Ergens bewonder ik dat wel,' zegt Lissa, 'maar ik ben ook kwaad... Of liever gezegd fucking woedend.'

Cate knikt.

'En...' Lissa kijkt op. 'Jij hebt het met jouw moeder ook meegemaakt, dus ik wilde je vragen wat ik kan verwachten.'

Ze heeft de middag voor zichzelf, tot zes uur, als ze bij Hannah moet zijn, dus loopt ze naar de boekhandel, waar ze een prentenboek voor Tom koopt. De tafeltjes bij de delicatessenzaak zijn nog allemaal bezet. Iedereen die daar zit lijkt onvoorstelbaar jong. Terwijl ze binnen in de rij staat voor een salade kijkt ze naar hen, die jonge mensen in hun zomerkleren, zoals ze zitten, alsof ze voortdurend voor een foto poseren met hun citroenwater en hun flat whites, alsof ze allemaal de ster zijn in de film van hun leven. Zoals je doet als je vier-, vijfentwintig bent en jezelf van buitenaf bekijkt. Ze rekent af en loopt met haar salade naar het park, waar ze onder de oude boom bij het oude huis gaat zitten om hem op te eten en dan in de met zonlicht doorspikkelde schaduw te gaan liggen.

Om kwart voor zes loopt ze naar Hannahs appartement. Hannah drukt de metalen benedendeur open en ze loopt de drie trappen op, naar haar vriendin, die staat te wachten.

Hannah ziet er goed uit: ze is bruin en heeft een jurk met korte mouwen aan. Haar haar is wat langer geworden. Cate weet niet wat ze had verwacht, zieltogende restjes verdriet misschien, maar het appartement ziet er aangenaam uit, huiselijk, zoals het licht op de bloemen op tafel valt. Hannah zet thee en die nemen ze mee naar het terras om in de laatste avondzon op te drinken.

'Je ziet er goed uit,' zegt Cate. 'Hoe gaat het nu?'

'Ik zwem tegenwoordig,' zegt Hannah. 'Elke ochtend. Dat helpt. En jij? Hoe is het met jou en Sam?'

'Oké, geloof ik. Goed wel.'

'Mooi.'

'Ik heb een mailtje van Hesther gehad,' zegt Cate.

'Van wie?'

'Van Hesther. Uit Oxford. Ik had haar geschreven om Lucy's adres te vragen. Alweer een tijdje geleden. Afgelopen winter. Ze heeft teruggeschreven. Met de contactgegevens.'

'O jezus, Cate. Echt?'

Cate kijkt naar de zon, die achter de bomen wegzakt. Ze denkt aan de dagen na het mailtje, aan alle opgestelde, weggegooide en herschreven brieven. En aan de ochtend, begin zomer, dat ze Tom aankleedde en bij Alice afzette, door het morgenlicht naar haar werk fietste en ineens wist of begreep wat ze eigenlijk al die tijd al had geweten. Met schrijven viel niets te winnen. Wel veel te verliezen.

'Ik heb geen contact opgenomen,' zegt ze luchtig, 'uiteindelijk.'

Ze hoort Hannah uitademen. 'Gelukkig.'

Ze kijkt Hannah aan. 'Maar Lissa heb ik wel gezien.'

'Lissa?'

Cate ziet dat haar vriendin even schrikt. 'Ik had vanmiddag met haar afgesproken.'

'Om over mij te praten?'

'Nee. Niet echt. Al vroeg ze wel naar je. Ze leek veranderd. Verdrietig. We hebben het over Sarah gehad.'

'Over Sarah? Hoezo?'

'Die gaat dood. Ze heeft kanker. Lissa wilde me spreken, vragen stellen. Hoe zoiets kan gaan.'

'Ach,' zegt Hannah. 'Sarah? Ach nee.' Ze zwijgt een hele tijd en leunt voorover met haar handen voor haar gezicht.

'Han...' Cate legt een hand op Hannahs arm, bang dat ze haar broze bubbel van geluk lek heeft geprikt, maar als Hannah opkijkt, ziet Cate tot haar verrassing dat ze straalt.

'Ik ben zwanger,' zegt ze heel zacht.

'Wat?'

Hannah lacht, brengt haar handen naar haar gezicht.

'O god,' zegt Cate. 'Wie...'

'Nathan. Die kwam langs. Om spullen op te halen. Het ging heel snel. Zo snel.' Ze schudt haar hoofd. 'Al die tijd, en dan ineens...' Ze maakt een gebaar met opgeheven handpalmen en Cate ziet aan haar gezicht dat ze nog steeds verbaasd is.

'Weet hij het?'

'Nee.'

'Ga je het hem vertellen?'

'Ja. Nee. Ik weet niet. Nog niet.'

'Je moet het hem wel vertellen, Han.'

'Nog even wachten. Kijken of ik het deze keer binnen kan houden. Of het blijft zitten.'

'Hoeveel weken?'

'Acht, negen. Ik weet niet precies. Ik heb eind van de maand een afspraak voor een echo.'

Cate ziet dat haar handen naar haar buik gaan en daar blijven liggen. 'Mag ik mee?'

'Naar de echo?'

'Ja. Mag ik dan mee?' Cate buigt zich naar haar vriendin toe en pakt haar hand.

Lissa

Er werd geopperd dat Sarah misschien naar beneden wilde verhuizen, naar de oude studeerkamer achter, maar dat weigerde ze. *Nee, dank je, ik sterf in mijn eigen bed.*

Laurie is bij haar ingetrokken, in de slaapkamer naast die van Sarah, die uitkijkt op de straat. Ze hebben een prettig ritme opgepakt, Lissa en Laurie; ze zorgen voor elkaar en zitten om beurten bij Sarah terwijl de ander kookt, schoonmaakt of slaapt.

Sarah is een verrassend makkelijke patiënt; hoeveel pijn ze ook heeft, en Lissa weet dat het erg moet zijn, ze klaagt zelden.

Sarahs vriendinnen komen. Sommige heeft Lissa bijna dertig jaar niet gezien: June, Caro, Ina en Ruth. Ze verzamelen zich rond Sarahs bed. Lissa laat hen alleen. Soms klinkt er rauw, wild gelach. Soms zingen ze.

Als Sarah slaapt, gaan ze aan de keukentafel zitten. Ze nemen het over. Ze zetten Lissa op een stoel en geven haar wijn of thee. Ze nemen haar gezicht tussen hun handen, huilen, kussen haar op haar wangen en zeggen dat ze zo op haar moeder lijkt, en wanneer ze Lissa aan hun boezem drukken, weet ze dat ze ziektes en kinderen of kinderloosheid hebben doorstaan, dat ze een stam zijn, die vrouwen met hun verweerde lichamen en hun littekens.

Ze heeft ontzag voor hen, die vrouwen van de generatie van haar moeder; ze lijken te stralen als een sterrenbeeld dat in het westen ondergaat. Die vrouwen, die hoedsters. Wat moet er van de wereld worden als zij er niet meer zijn?

Als ze weg zijn is het erg stil in huis.

Ze fietst in de zomerse zon langs het kanaal naar Hackney, pakt de spullen uit haar appartement in dozen die ze in een huurbusje zet en naar een opslag aan de North Circular Road brengt. Dan gaat ze terug, maakt de oven schoon en lapt de ramen. Rookt een laatste sigaret op het brede stenen stoepje. Dan gooit ze de sleutel door de brievenbus van de makelaar in Stamford Hill en stapt met drie kleine tassen in een taxi naar Tufnell Park.

Ze neemt haar intrek op zolder, waar ze op een futon op de grond slaapt. Ze vindt het hier fijn, al is het in deze tijd van het jaar wel warm, zo vlak onder het dak. De oude stoel staat er nog en ze zit er vaak in te lezen als Sarah beneden slaapt. Ze struint de boekenkasten van haar moeder af en leest van alles door elkaar: Carson McCullers, Zola, Katherine Mansfield. In veel boeken staan aantekeningen van haar moeder; sommige uit haar tijd als lerares, andere van heel vroeger, uit haar studententijd. Het heeft iets roerends om zo naast haar moeder te lezen, de jeugdige energie in het handschrift van haar moeder te voelen, haar gezelschap te houden terwijl zij ligt te slapen.

Op een middag, terwijl ze zit te lezen, valt haar een gedachte in, een verrassende gedachte, die ze in haar lichaam laat indalen; ze voelt de contouren en snuffelt eraan.

’s Morgens vroeg pakt ze de oude, versleten tuinslang om

de tuin te sproeien; *in die hitte moet je dat vroeg doen*, zegt Sarah, *anders verbranden de blaadjes*. Lissa staat in de kas achterin, snuift de scherpe geur van de tomaten en groente op en kijkt naar het huis, naar Sarahs slaapkamer, waar de gordijnen nog dicht zijn; haar moeder slaapt. Ze heeft inmiddels haar lievelingsplanten: de vrouwenmantel waarop de waterdruppels als kwik blijven liggen, de lathyrus die zich langs het latwerk omhoog slingert. Soms pakt ze de ranken tussen haar vingers en streelt de uiteinden die zich naar het leven uitstrekken. Ze probeert het gras te maaien met de oude roller met de roestige bladen die meer zagen dan snijden.

Op de lange, lichte avonden gaan ze in Sarahs kamer zitten om haar voor te lezen. Ze vindt het heerlijk om te worden voorgelezen, vooral poëzie: *meer waar voor je geld*, zegt ze, *geen tijd meer voor* De gebroeders Karamazov. Ze stuurt Lissa en Laurie telkens weer naar de boekenkast; ze weet precies welk boek waar op de volle planken staat en wat ernaast staat, ze kan je zelfs in het donker de weg naar het juiste boek wijzen. Ze beschouwt gedichten als medicijn en weet wat ze nodig heeft.

Ze vraagt om Shakespeare en Lissa en Laurie lezen haar om beurten de sonnetten voor. Op een zonnige zondag belt Lissa Johnny, die naar hen toe komt, fris geschoren en beladen met bloemen, taart, goede koffie en wijn. Ze lezen *Antony and Cleopatra* helemaal voor en nemen ieder een paar rollen voor hun rekening. Ze zijn er de hele dag mee bezig en het is een van de mooiste dagen die ze zich herinnert. Sarah houdt haar ogen bijna de hele tijd dicht. Soms gaat Lissa naast haar zitten en pakt haar handen. Sarah geeft haar af en toe een kneepje.

Later helpt Johnny Sarah naar de tuin te dragen. Het is de eerste keer in een week dat Sarah uit bed komt. Als Lissa en Johnny hun handen tot een draagstoel ineenvlechten en haar optillen, is ze voelbaar lichter. Laurie verdwijnt in de keuken om een kip te braden en stuurt hen naar buiten.

'Wil je mijn schetsboek even halen?' vraagt Sarah als ze in haar stoel zit. Lissa brengt het haar, en ook haar blikje met houtskool. Dan gaat ze op het bankje achter haar zitten kijken hoe haar moeder haar houtskool over het papier laat glijden en de tuin onder haar hand tot leven brengt. Johnny dommelt in een ligstoel, Ruby ligt met haar buik omhoog in de zon.

Later die avond, als de kip op is, Sarah weer naar bed is en Johnny is vertrokken, staan Lissa en Laurie bij het aanrecht de laatste borden af te drogen.

'Is hij je minnaar?' vraagt Laurie.

'Wie?' Lissa kijkt geschrokken op.

'Johnny?'

'Nee.'

'Hij zou het wel willen. Het is een leuke man.'

'Ik hoef geen minnaar,' zegt Lissa. 'Niet nu.'

Laurie knikt.

'En hij is nogal ingewikkeld.'

'Iedereen is ingewikkeld,' zegt Laurie. Ze zet borden in de kast en veegt oppervlakken schoon. De keuken is nog nooit zo netjes geweest.

'Ik ga stoppen met acteren,' zegt Lissa. 'Dat besefte ik daarnet toen we aan het voorlezen waren. Ik heb er geen zin meer in.'

'Wat zonde, Liss,' zegt Laurie zacht.

'Nee,' zegt Lissa. 'Niks zonde. Ik wil nooit meer auditie doen.'

Ze voelt het binnenkomen, de zekerheid. De opluchting.

'Weet je al wat je dan gaat doen?'

'Min of meer.' Buiten strijkt het licht neer in de perenboom. 'Ik heb erover nagedacht. Ik wil mijn lesbevoegdheid halen.'

'Echt?'

Ze knikt. 'Lerares Engels.'

'Net als je moeder.'

'Ja, net als Sarah.' Ze kijkt Laurie aan. 'Maar helemaal zeker weet ik het nog niet. Ik ga eerst weg. Om te beslissen.'

'Waarnaartoe?'

'Weet ik nog niet.'

Het valt niet mee om een bestemming te bedenken die niet geforceerd aanvoelt; ze wil zichzelf niet tegenkomen. Of misschien ook wel. Misschien is dat juist wat ze wil.

Een paar dagen later, als Sarah een dutje doet en Laurie een avondwandeling over de Heath maakt, gaat Lissa naar beneden om Ruby eten te geven. Terwijl de poes bij haar bakje zit, vult ze in de schemerige keuken de oude gieter, loopt de tuin in en geeft de bloembedden water. De tuin is vol avondgeuren: jasmijn, kamperfoelie en lavendel, en overal klinkt het zachte zoemen van de bijen. Terwijl ze haar ronde doet, voelt ze hoeveel haar moeder van haar tuin heeft gehouden; eenvoudig, moeiteloos, zonder rancune, wrijving of pijn. Ze voelt de keuzes en de zorg van haar moeder, haar subjectiviteit, als een sluier die over dit kleine stukje grond hangt en zich met de nacht vermengt. Misschien is dit wat overblijft, denkt ze.

Ze overweegt een sigaret te roken, maar doet het niet. Ze gaat weer naar binnen en zet thee. Ze loopt ermee naar boven en haar ogen wennen aan het donker. Zodra ze de kamer in komt voelt ze het. Ze zet haar thee neer en loopt langzaam naar haar moeder in haar bed. Ze pakt Sarahs hand, die koel aanvoelt, en wrijft haar moeders duim met de hare. Even wil ze blijven wrijven, het leven in haar moeder terug wrijven zoals je iemand warm wrijft die het koud heeft, maar dan dringt tot haar door dat dat niet kan, dat die tijd voorbij is, en ze houdt ermee op en laat haar moeders hand in de hare rusten. Zacht strijkt ze het haar uit haar gezicht. Iemand heeft het raam dichtgedaan – Laurie natuurlijk – en Lissa staat op en zet het open. Dan gaat ze weer naast haar moeder zitten om haar hand vast te houden.

De ochtend na Sarahs dood komt Ina. Die is verpleegkundige in een hospice en weet wat er moet gebeuren. Lissa kijkt toe terwijl Ina naast Sarahs lichaam haar tas uitpakt: bruine flesjes met stoppen, een schaar, draad, lapjes katoen. Ina is klein, kalm en vastberaden. 'Mag ik kijken?' vraagt Lissa.

'Je mag helpen,' zegt Ina. 'Als je wilt.'

Eerst legt Ina Sarahs armen en benen recht, dan neemt ze haar hoofd in haar handen en beweegt het voorzichtig heen en weer, legt het op het kussen en legt ook een kussen onder haar kin. 'Nu gaan we haar wassen,' zegt ze.

Lissa haalt gekookt water uit de keuken, Ina voegt er lavendelolie en salie aan toe en legt lapjes katoen in het geurige water. De vrouwen wassen Sarahs oksels, borst en benen. Ina haalt ook een lapje tussen haar benen door. Ze pakt een nieuw lapje, vouwt het op en legt het in een schone onderbroek.

'Ze kan gaan lekken,' zegt ze zakelijk. 'Iedereen lekt.'

Die lichaamssappen, die bezoedeling, die stront, daaraan moet het leven het hoofd bieden, zwaar en moeizaam, op leven en dood.

Ze mist Hannah. Ze wil met Hannah praten.

'Kijk,' zegt Ina terwijl ze om Sarahs lichaam heen loopt. 'We moeten haar vingers inwikkelen om haar ringen af te kunnen doen. Haar vingers gaan opzwellen en dan kan het niet meer.'

Lissa kijkt toe terwijl Ina Sarahs vingers met katoendraad omwikkelt, met olie masseert, de vloeistof voorzichtig in de richting van haar moeders pols wrijft zodat de ringen gemakkelijk af gaan. Zelf doet ze dat bij de ringen van de linkerhand. 'Goed zo,' prijst Ina. Dan leggen ze Sarahs handen onder Ina's leiding behoedzaam op haar borst. 'Dat is beter, dan loopt het bloed niet naar één plek.' Ze lijkt wel een vroedvrouw met haar tedere, trefzekere zorgen, denkt Lissa, een vroedvrouw van de dood.

'Mag ik even alleen met haar zijn?' vraagt ze.

Als Ina de kamer uit is, pakt Lissa de handen van haar moeder. Ze brengt haar vingers naar haar gezicht alsof haar moeder haar zo kan lezen – de braille van haar dochters gelaatstrekken, zelfs nu, voorbij de dood. Dan legt ze de handen langzaam weer op het laken.

Hannah

Cate staat al bij het ziekenhuis te wachten. Hannah ziet dat ze naar het parkeerterrein tuurt, haar zoekt.

'Ze denken vast dat we een stel zijn,' zegt Cate als Hannah naar haar toe komt, en ze lacht. Haar handen bewegen als vogels die niet weten waar ze moeten neerstrijken.

'Nou,' zegt Hannah. Ze geeft haar een arm. 'Oké toch.'

Ze zijn de eersten en hoeven niet te wachten. Een echolaborant in T-shirt en spijkerbroek roept hen en ze gaan een donker kamertje in.

Hannah gaat op de tafel liggen. De monitor staat van haar afgedraaid. Haar hart. Haar snelle ademhaling.

De echolaborant kijkt in Hannahs status. 'En u bent de partner?' vraagt ze aan Cate.

'Nee,' zegt Cate, 'gewoon een vriendin.'

'Goed,' zegt de vrouw vriendelijk, 'u mag daar gaan zitten.'

Ze wijst naar een stoel aan het hoofd van de tafel.

De vrouw smeert koude gel op Hannahs buik. Hannah houdt haar adem even in als de sensor over haar strakke huid glijdt. Ze kijkt naar het gezicht van de vrouw. Die zwijgt en staart naar het scherm, naar de donkere holten in haar binnenste; haar gezicht staat ondoorgrondelijk. Een zieneres, wichelaarster naar betekenis, runenlezeres. Maar waarom zegt ze niets?

Een golf van angst en misselijkheid overspoelt Hannah. 'Is alles goed?'

De vrouw kijkt op. 'Tot dusver wel,' zegt ze.

Hannah balt haar vuisten met de duimen naar binnen.

'Even opmeten,' zegt de vrouw.

Ze rolt met een balletje, het toetsenbord klikt en dan draait ze de monitor naar hen toe. 'Kijk, uw kindje. Alles ziet er goed uit.'

Daar wordt een wezentje geprojecteerd dat met armpjes en beentjes zwaait. Een knipperend hartje dat nog sneller klopt dan dat van Hannah zelf.

Lissa

De hele week zijn Sarahs vrienden, collega's, oud-leerlingen en alle mensen die haar hebben gekend en liefgehad welkom in haar huis om iets voor haar op een katoenen lint te schrijven. Lissa en Laurie zetten koffie en thee, schenken glazen wijn en water in, zetten chips, toastjes en soep op tafel en luisteren.

Ze stelt zich voor dat het ook ongeveer zo voelt als er een kind is geboren: een overgangsperiode waarin de tijd zich anders gedraagt en wordt gekoesterd en vastgehouden.

Er komen mannen van middelbare leeftijd die als tiener les van Sarah hebben gehad en vertellen over haar docentschap, haar invloed op hun leven. Jongere vrouwen met kinderen, die naar het huis kijken – de boeken, de schilderijen – en knikken alsof ze het zich precies zo hadden voorgesteld, of hierop hadden gehoopt. Sarahs kunsthandelaar komt met een spectaculair boeket en laat een spoor van dure geuren achter.

Johnny komt met zijn oudste dochter, een groot meisje van zeven met steil bruin haar dat over haar schouders hangt. 'Dit is Iris,' zegt Johnny. Iris heeft hoge basketbalschoenen en een hoody aan. Ze houdt de hand van haar vader vast. 'We gaan een ijsje kopen,' zegt ze. 'Wil je mee?'

'Graag,' zegt Lissa.

Ze lopen over straat, de straten doen vreemd aan, dit is de eerste keer in dagen dat ze buiten komt. 'Is je moeder dood?' vraagt Iris.

'Ja,' zegt Lissa.

Johnny slaat een arm om Lissa heen en zij laat het toe, en zijn dochter kijkt toe en lijkt het niet erg te vinden.

Ze slaapt in het bed van haar moeder, het bed waarin ze is gestorven, en dat is niet eng maar troostend. Haar moeder is gegaan zoals ze wilde, denkt ze. Ze begrijpt nu wat een groot geschenk dat is. Hoeveel mensen kunnen haar dat nazeggen?

Op de ochtend van de uitvaart trekt Lissa een geel zonnejurkje aan. Het is oktober, maar erg warm voor de tijd van het jaar. Johnny en Laurie komen helpen: ze vlechten verse bloemen in de rieten mand.

Je moet het geen doodskist noemen, lieverd. Het is een mand, zo wil ik het, een mand vol bloemen.

De mand is inderdaad vol bloemen, gedroogde en verse,

en boeketjes kruiden en linten met opschriften waarin Sarah wordt uitgezwaaid. Als zij, Laurie en Johnny Sarah achter in haar oude busje tillen, waaien de linten op.

Sarah had voor de grap gezegd dat ze onder de perenboom in de tuin begraven wilde worden, maar ze brengen haar naar het Islington and St Pancras Crematorium.

Dat trouwens in Finchley ligt, had Sarah lichtelijk teleurgesteld opgemerkt toen ze op de kaart keek.

De aula is stampvol, er zijn honderden mensen gekomen. Na de plechtigheid komen ze een voor een naar Lissa toe om haar te condoleren. Haar vader is er ook, met haar stiefmoeder, en hij omhelst haar lang voordat hij haar loslaat. Op dat moment ziet ze hen: Hannah en Cate. Die waren er natuurlijk de hele tijd al.

'O,' zegt Lissa tegen haar vriendinnen. 'O,' zegt ze weer.

Hannah steekt Lissa haar hand toe en Lissa neemt hem aan.

'Je bent zwanger,' zegt ze en pas dan begint ze te huilen.

'Ja,' zegt Hannah.

En nu staat ze in de zon te knikken en stompzinnig te grijnzen. 'Kijk nou,' zegt ze. 'Wat zie je er schitterend uit.' En dat is zo, Hannah lijkt wel een mooie, rijpe vrucht.

'Ik kom voor Sarah,' zegt Hannah. 'Om afscheid te nemen.'

'Ja,' zegt Lissa. Ze knikt. 'Dank je.' En dan: 'Ik vind het zo erg, het spijt me zo. Vergeef me alsjeblieft.' En dan, want ze kan het nog steeds niet geloven: 'Je bent zwanger,' herhaalt ze. 'Mag ik?' Ze steekt een hand uit.

Hannah knikt, ze mag haar hand daar leggen.

En nu lacht Lissa, in de zon, met haar hand op de strakgespannen huid met het leven eronder, lachend, huilend, hoofdschuddend.

Het is stil in huis. Laurie heeft aangeboden mee te gaan, net als Johnny, maar dat heeft Lissa afgeslagen. *Dat hoeft echt niet*, zei ze.

Er liggen opengeslagen boeken op de tafels, die ze voorzichtig oppakt, dichtslaat en weer in de kast zet. De ontbijtboel staat nog op het aanrecht. Ze spoelt de kommen uit, zet ze weg en doet de deur naar de tuin van haar moeder open. Het zonlicht stroomt naar binnen. Ze maakt een gin-tonic en draait een sjekkie.

Ze heft het glas naar de urn op de keukentafel. Maandag heeft ze met Laurie, Ina, Caro en Rose afgesproken om naar Greenham te gaan en een deel van de as van haar moeder onder de oude boom te strooien. Sarah had haar gevraagd de rest in de tuin uit te strooien, *waar je maar wilt*. Dat gaat ze morgen doen, alleen.

In haar inbox zit een vliegticket naar Mexico. Haar vlucht gaat volgende week. Ze heeft geen plannen, alleen een vaag reisdoel: een stadje aan de kust van de Stille Oceaan. Het is geen eind en ook geen nieuw begin. Of misschien ook wel. Maar als het een eind is, dan geen duidelijk, afgehecht eind – alleen het punt waarop het ene patroon overgaat in het andere. Gemaakt van bloed, pezen en botten.

Als haar sigaret op is, doet Lissa de deur dicht en op slot. Ze loopt naar de tafel. Hoeveel uren heeft ze daar doorgebracht? Hoeveel ontbijtjes, lunches en avondmaaltijden? Hoe vaak is ze daar neergezet met teken of knutselspullen omdat ze zichzelf moest bezighouden?

Ze herinnert zich de keer dat ze niet kon slapen, stemmen in de keuken hoorde, naar beneden kwam en haar moeder met vriendinnen om de tafel zag zitten. 'Wat maken jullie?' had ze gevraagd.

'Kraanvogels,' had haar moeder gezegd. 'Hier, kijk maar.' Sarah had haar op schoot genomen, voorgedaan hoe ze het papier moest vouwen om een origamivogel te maken en uitgelegd dat ze die maakten omdat op die dag zo- en zoveel jaar geleden een bom op Japan was gevallen, dat kraanvogels vredessymbolen waren die zeiden dat zoiets nooit meer mocht gebeuren. Ze zaten om de tafel, die vrouwen, zacht pratend, Lissa deed wat haar moeder zei en als door toverkracht ontstond er een vogel, alsof er iets moois werd geboren.

De vrouwen mompelden tegen elkaar en ze werd omringd door de zachte, zoemende klank van hun stemmen, het af en toe kabbelende gelach, de warmte van haar moeder, haar geur van terpentijn en specerijen, het gevoel dat ze op mocht blijven en werd vastgehouden, het witte papier, het plezier in het vouwen, iets moois maken.

Dat herinnert ze zich allemaal op deze avond in de keuken: de vrede die in dit vertrek heerste. Ze herinnert zich dat gevoel van vrede.

2012

Hannah

De laatste dagen kan ze moeilijk in slaap komen. Zelfs met al die kussens kan ze geen gemakkelijke houding vinden.

Ze wordt vaak wakker van de baby. Dan ligt ze daar en voelt de baby bewegen in de kleine ruimte die haar nog rest. Soms meent ze een hiel, een elleboog te voelen. Ze raakt de baby door haar buikwand heen aan. De baby is een *selkie*. Een onderwaterzwemmertje. Een ingezetene van het donker.

Het is een meisje. Dat vond Hannah aanvankelijk verontrustend. Een jongen leek op de een of andere manier simpeler. Hoe bemoeder je een meisje?

Maar nu vindt ze het een heerlijke gedachte.

Nu wil ze zo snel mogelijk kennis met haar maken.

Maar eerst moet ze een hindernis nemen. De bevalling. Ze denkt niet dat ze bang is voor pijn. Misschien vindt ze vooral de overgave beangstigend.

Soms spreekt ze Nathan. Hij heeft een kamer in een appartement in de buurt. Hij komt op bezoek en is dan rustig en behulpzaam. Hij kookt voor haar, soep en risotto. Hij maakt een grote pan en laat die voor haar op het fornuis achter. Soms wandelen ze langs het kanaal. Als ze moe is, leunt ze soms op zijn arm. Soms, voordat hij weggaat en zij met haar enorme lijf op de bank zit, ziet ze hem kijken, zijn gezicht als hij naar haar kijkt.

Hij vraagt weinig, maar hij heeft wel gevraagd of hij bij de geboorte mag zijn. Ze heeft nog geen ja gezegd. Ze weet niet of zijn aanwezigheid het makkelijker of juist moeilijker zal maken. Ze weet zoveel nog niet. En dat niet-weten is op de een of andere manier oké, in deze koude januaridagen die worden verlicht door de warmte in haar.

Cate komt elke week een dag logeren. Hannah verheugt zich altijd op haar komst, op het samen praten en lachen. Ze heeft gevraagd of Cate bij haar bevalling wil zijn en Cate heeft ja gezegd. Ze kan vanuit Canterbury in anderhalf, hoogstens twee uur bij haar zijn.

Midden in de nacht wordt Hannah wakker.

Het is heel laat, of heel vroeg. Vier uur. De tijd waarop mensen worden geboren en waarop mensen doodgaan. Het is donker en ze is nat; haar pyjamabroek is doorweekt. Ze pakt haar telefoon en belt Cate.

'Ze komt,' zegt ze.

Ze voelt haar hart opspringen en haar bloed in haar oren kloppen.

Ze komt. Hier, in het donker, begint een nieuw verhaal.

Haar meisje komt.

London Fields

2018

Het is zaterdag, dus marktdag. Het is eind voorjaar of begin zomer. Halverwege mei, in de verwilderde voortuin bloeien de hondsrozen. Lissa ziet ze onderweg naar het park.

Het is warm. Ze is eenvoudig gekleed in een verwassen spijkerbroek en een geborduurde boerenblouse. Ze heeft dunne sandaaltjes aan en een linnen tas over haar schouder, met daarin mooie tomaten, brood, rioja en geitenkaas met een askorst.

Als ze het park in loopt, blijft ze even op het pad staan om naar het grote oude huis met de afbrokkelende tuinmuur te kijken, de oude boom waar ze zo graag onder zaten. Nu is het gras onder de boom bezaaid met lichamen, de lucht is zwaar van de barbecue- en sigarettenrook en het lawaai uit concurrerende speakers. Het lijkt wel een popfestival. Ze kijkt nog één keer naar het huis met de open ramen en de verre, schimmige gestalten daarbinnen voordat ze doorloopt. Ze hebben afgesproken aan de andere kant van het park, bij het zwembad, de kant waar de gezinnen zitten. Hier is het rustiger en het gras is nog groen. Ze vindt een plekje, legt haar oude kleed neer en schopt haar schoenen uit. Het gras voelt heerlijk aan onder haar voeten. Ze is zenuwachtig. De afspraak was haar idee; zij had hen allebei in een opwelling geschreven, op een ochtend op het balkon van haar apparte-

mentje in Mexico-Stad, om hun te laten weten dat ze overkwam – een van haar zeldzame bezoeken aan Engeland, aan Londen, voor Lauries begrafenis – om te vragen of ze haar weer wilden zien, na al die tijd. Ze was blij verrast toen ze allebei terugschreven en de uitnodiging aannamen.

Ze hoort iemand roepen en als ze opkijkt ziet ze Cate, in een licht zomerjurkje, samen met een meisje van een jaar of vijf over het gras naderen. Lissa ziet dat Cate even de pas inhoudt, zich naar het meisje toe buigt en wijst, ongetwijfeld om haar te vertellen wie de lange vrouw met het korte blonde haar is, want Lissa heeft Cates dochter nooit ontmoet, die is geboren in het jaar nadat zij voorgoed wegging.

Dit is Poppy, zegt Cate als ze elkaar hebben omhelsd. Ze vindt het zo spannend om je te ontmoeten. Ik heb haar verteld dat je vroeger actrice was. Ze is gek op optreden.

Ah, zegt Lissa, ja, dat is lang geleden. Ze knielt naast Poppy, een vrolijk kind met een rond gezichtje, stelt de juiste vragen en luistert naar haar gebabbel over balletles en het kerstspel op school.

Weer roept er iemand, ze kijken op en daar komt Hannah, vers uit het zwembad, met haar dochter naast zich, een groot meisje van zes dat Lissa ook nooit heeft ontmoet en dat sprekend op haar moeder lijkt: net zo gestroomlijnd, hetzelfde donkere haar, hetzelfde ernstige gezicht. Clara, zegt Hannah, dit is Lissa. Hannah en haar dochter gaan op het kleed zitten, het eten wordt uitgepakt, glimlachend bekeken en verslonden.

Maar de gesprekken blijven aan de oppervlakte en Lissa, die zich dit moment weken-, jarenlang heeft voorgesteld, voelt een zekere teleurstelling. Ergens had ze op meer gehoopt. Maar wat kunnen ze na al die tijd nog tegen elkaar zeggen? De conversatie is oppervlakkig, de bruggen naar de diepere lagen zijn jaren geleden verwoest. En wie heeft dat op haar geweten?

Maar naarmate de middag zich verdiept, de wijn wordt gedronken en het licht zich verdicht, ontspannen de vrouwen zich. Ze praten over vroeger. Ze brengen een dronk uit op het oude huis. Hannah vraagt Lissa naar haar leven in Mexico en Lissa vertelt over haar baan als docent Engels op een taleninstituut, over de stad waarvan ze is gaan houden, de ochtenden dat ze met haar laptop naar een koffietent gaat om te schrijven. Kleine ogenblikken eigenlijk, maar dan voelt ze dat ze leeft. En terwijl Lissa praat en de lucht met haar handen doorklieft, voelt Hannah dat zich in haar binnenste iets ontvouwt, net als de eerste keer dat ze haar ontmoette; Lissa heeft kleur in zich, dat is altijd zo geweest, en Hannah merkt dat ze dichter naar haar toe schuift en zich warmt aan het vuurtje van haar oude vriendin.

Als Cate en Hannah praten, gaat het voornamelijk over hun kinderen; ze praten zelfs via hen, steken hun hand naar hen uit, raken hen vaak aan, strijken hun haar glad. En hun kinderen praten met elkaar: ze kennen elkaar duidelijk goed, ze vertellen Lissa over hun vakantie in Frankrijk, afgelopen zomer. Lissa kijkt toe en voelt weer die vertrouwde steek vanbinnen. Dit jaar wordt ze vierenveertig. Naarmate haar vruchtbare jaren afnemen, voelt ze een wonderlijk verdriet opkomen. Niet dat ze een kind wil, niet echt, ze is blij met haar leven, met haar appartement in een koel betegeld gebouw in Coyoacan, met haar partner, een vriendelijke, zachtmoedige man. Met hem slaapt ze in het weekend uit. Ze hebben hun eigen leven. Maar de laatste tijd blijft ze soms op weg naar haar werk of in het weekend op de markt ineens ademloos staan als ze een baby ziet. En er zijn in Mexico veel baby's. Maar meestal, de meeste dagen, is er niets aan de hand. Haar partner heeft een zoon van vijftien die in de buurt woont, bij zijn moeder. Hij is om het andere weekend bij hen. Lissa kan goed met hem opschieten. Hij is vriendelijk, studieus en geestig, net als zijn vader. En hij houdt ook van uitslapen.

Hannahs dochter heeft het over haar vader – die haar straks komt ophalen, want ze slaapt vanavond bij hem – en de gedachte aan

Nathan hangt gevaarlijk in de lucht tussen de vrouwen, maar als het meisje doorbabbelt, zich nergens van bewust, verliest het moment zijn lading en gaat over in het volgende moment en het moment daarna.

Ze kijken naar elkaar, de vrouwen, terwijl de meisjes praten, en zien hoe ze allemaal ouder zijn geworden. Ze zijn niet meer hetzelfde als toen.

Ze maken zich zorgen. Over hun ouders, hun vaders vooral. Hannahs vader, die vergeetachtig wordt – blijkbaar steeds erger – en haar niet meer van het station komt halen als ze op bezoek komt. Cates vader in Spanje, die te veel drinkt en eenzaam is. Lissa's vader, die helemaal geen plezier in zijn leven lijkt te hebben.

Ze maken zich zorgen over de zomer, die elk jaar vroeger begint en langer duurt, een zorg die hun plezier in deze mooie meimiddag vertroebelt als een druppel zwarte inkt in helder water. Ze maken zich vooral zorgen over de toekomst, over hun kinderen, over de wereld die zij zullen erven, een wereld die zo verdeeld, snel en versplinterd lijkt. Ze maken zich zorgen over het oordeel dat de toekomstige generatie over de hunne zal vellen, en als dat oordeel hard uitvalt, over de vraag of er nog tijd is om het recht te zetten, want ze hopen tegenwoordig steeds vuriger dat degenen die na hen komen met trots aan hen kunnen terugdenken.

Soms lijkt de lijst van hun zorgen eindeloos, ze lijken erdoor weg te roesten, uitgehold te worden, zij en iedereen die ze tegenwoordig spreken.

Maar de lijst van dingen waar ze dankbaar voor zijn, al zijn die soms moeilijker te benoemen, is ook lang: kleine dingen die niet meer zo klein lijken. Ogenblikken. Zoals voor Cate die ochtend, toen ze afscheid nam van haar man en zoon in de wetenschap dat ze hen die avond weer zal zien als ze thuiskomt, dat er dan een maaltijd is, een tafel om aan te zitten, de gesprekken van haar kinderen. De stabiele aanwezigheid van haar man in haar leven. Voor Hannah de trots die haar werk haar nog steeds geeft, het feit dat ze bevriend is met de vader van haar kind, het eeuwige, nooit aflatende wonder van haar dochter, een liefde zo sterk en fel dat ze nooit eenzaam is en nooit naar een andere liefde verlangt; ze heeft de liefde van haar leven gevonden. Voor Lissa de stilte in haar appartement als ze 's morgens vroeg opstaat en de warmte van die dag al voelt, maar nog in de ochtendkoelte zit te schrijven en genoeg heeft aan zichzelf.

Voor die dingen zijn ze dankbaar omdat ze weten dat ziekte en ouderdom misschien niet zo heel ver weg meer zijn en dat die niet genadig zijn. Dat hebben ze al gezien en begrepen en het stemt hen nederig. Ze zijn tegenwoordig vaak nederig gestemd.

Op een zeker moment, als de meisjes weinig gezond eten en veel taart ophebben en strak staan van de suiker en de heftige, ongedurige energie, springen ze op en rennen weg bij hun moeders en de blonde vrouw die ze niet kennen en wier naam ze snel weer zullen vergeten, over het gras, geroepen door de zon en de lucht en nog iets anders, een innerlijke, onweerstaanbare drang om nú te bewegen. Misschien wel dezelfde impuls die zaadjes oproept om op te komen en naar het licht te reiken.

Hannahs dochter pakt de handen van Cates dochter en ze draaien rond en rond, rond en rond, en de vrouwen kijken toe, geraakt door hun onhandige gratie, de assertiviteit van hun lijfjes in de ruimte, vervuld van een vreugde die dicht bij pijn komt, misschien zelfs pijn ís. En de meisjes tollen rond, lachend, blij zich te hebben bevrijd van die deken, dat gewicht van de aandacht van hun moeders, de hunkering van hun moeders, de meanderende, rijzende, dalende, moeilijk te volgen draad van het gesprek van de vrouwen; dronken van het bewegen, hun handen stevig vast, rond en rond, rond en rond, in dit ogenblik van gesponnen goud, uitgelaten, dronken van leven.

Dankwoord

Als er een heel dorp nodig is om een kind op te voeden, dan is er een heel bijzonder dorp nodig om een kind op te voeden én de moeder te ondersteunen terwijl die een roman schrijft. Terwijl ik aan dit boek werkte, had ik het geluk zo'n dorp om me heen te hebben. Mijn dank gaat uit naar mijn hele familie in de Gouw, maar vooral naar Judith Way voor haar cognitieve therapie, naar Cherry Buckwell voor de wandelkuur, naar Kate Christie voor haar moedergodinnenliefde, naar Fionnagh Winston voor haar humor en wijsheid, naar Rebecca Palmer voor het tweede thuis dat ze mijn dochter heeft gegeven, naar Kelly Tica voor haar mateloze liefde, steun en kippensoep, en naar Rachael Stevens voor het organiseren van mijn leven op meer gebieden dan ik kan opnoemen.

En naar Ben en Toby voor de geweldige gesprekken over Seattle en L.A., ook al hebben die het boek uiteindelijk niet gehaald.

Naar Olya Knezevic omdat ze me heeft aangeraden *Herfstsonate* te gaan zien.

Naar Judith omdat ze me naar Canterbury heeft gehaald, me haar bibliotheekpas heeft geleend en me haar liefde voor de stad heeft bijgebracht.

Naar de mevrouw die op een wilde, natte dag in november het Graf van de Adelaars voor me heeft opengesteld en zo lief en gul de tijd voor me nam.

Naar Philip Makatrewicz, Thea Bennett en Cherry Buckwell, die de eerste versies van dit boek hebben gelezen en me enorm hebben geholpen met hun duidelijkheid en enthousiasme.

Naar Josh Raymond en zijn legendarische dunne zwarte pennetje; zijn opmerkingen en suggesties verdienen een heel eigen ISBN.

Naar de Onbeschrijflijken, die na een heel decennium van liefde en steun nog lang niet moe zijn.

Naar Naomi Wirthner, die me voor haar productie van *De meeuw* heeft gevraagd en haar magie om ons allemaal heen heeft geweven.

Naar mijn moeder, Pamela Hope, wier activisme me heeft geïnspireerd en gevormd en met wie ik een memorabele wandeling naar Greenham Common heb gemaakt.

Naar Dave, die er op een of andere manier voor heeft gezorgd dat alles werkte.

Naar Bridie, die de oproep heeft gehoord en die met haar wilde, stralende, wonderbaarlijke zelf heeft beantwoord.

Naar mijn fantastische redacteur Jane Lawson, die begrijpt hoe het eind van een verhaal eruit moet zien.

Naar de onnavolgbare Alison Barrow. Ik ben zo blij dat jij in mijn team zit.

Naar mijn agent Caroline Wood, met haar nooit aflatende toewijding aan dit boek en haar verlangen het zo goed mogelijk te maken. Caroline, je hebt me meer dan wie ook geholpen om dit boek tot stand te brengen. Dank je voor je nauwgezetheid, je enthousiasme en je steun.

En ten slotte naar de prachtige vrouwen die mijn leven vorm

hebben gegeven, die naar de horizon kijken, wild dansen, busjes ombouwen, in rivieren zwemmen, zorgen en de oude kunsten kennen. Dank voor alles wat jullie me hebben geleerd en voor alles wat we hebben gedeeld. Meer, alsjeblieft, meer.